Hugo Hamilton
Echos der Vergangenheit

.

HUGO HAMILTON

Echos der Vergangenheit

Aus dem Englischen von
Henning Ahrens

Luchterhand

I

Da bin ich nun und werde in einem Handgepäckstück durch die Departure Lounge des JFK Airport getragen. Die Tasche gehört einer jungen Frau namens Lena Knecht. Sie fliegt nach Europa. Bringt mich gewissermaßen nach Hause. Nach Berlin, die Stadt, in der ich geschrieben wurde. Wo ich 1924, vor knapp hundert Jahren, in einem kleinen Verlag erschien. Wo ich davor bewahrt wurde, am Abend des 10. Mai 1933 in den Flammen zu landen. Die Stadt, die mein Verfasser am Tag von Hitlers Machtergreifung fluchtartig verließ. Mein heimatloser Verfasser. Mein rastloser, umherirrender, staatenloser Verfasser. Ständig auf der Flucht, aus einem Koffer lebend. Um sein Leben bangend.

Sein Name: Joseph Roth.

Mein Titel: *Die Rebellion.*

Zur Welt kam ich: in der Weimarer Republik, der Zeit zwischen dem Ersten und dem Zweiten Weltkrieg. Der Zeit zwischen dem, was anfangs als Feld der Ehre und später als Feld der Schande galt. Einer Zeit der Waisen und der Kinderarmut. Als Frauen das Land am Laufen hielten, weil die Männer auf den Schlachtfeldern geblieben oder als Besiegte heimgekehrt waren, als Kriegsversehrte, die Hilfe brauchten, um ihr Glas Bier an die Lippen zu setzen. Die von Albträumen gequält wurden, in denen sich verwesende Hände aus Schützengräben reckten. Eine Zeit eisiger Winter, die

man mit den Worten charakterisierte, Gottes Faust fege aus
dem Osten heran. Und des Hungers, wie er in der Miene
eines Straßenbahnschaffners zum Ausdruck kam, der die von
einem Fahrgast zurückgelassene, im Kino gekaufte Schokolade verschlang.

Eine Zeit der Mühsal und des Glamours. Eine Zeit der
Revolution. Der Emanzipation, des Cabarets – der freien
Liebe und der freien Künste.

Jeder war Mitglied irgendeines Clubs. Jeder wollte einem
Verein, einer geselligen Vereinigung angehören: Schachclub,
Tanzverein, Hundezüchterverband, Briefmarkensammler-
verein, Orchideenzüchterverband. Frauenverein. Herrenclub.
Jagdverein. Saufclub. Lachgesellschaft. Oder einem Club von
Witzbolden, die möglichst albern auftraten und futterten,
was das Zeug hielt, oder Passanten Geld dafür anboten, eine
Flasche Wein in ihre Tasche kippen zu dürfen.

Jeder gehörte einem Bund oder einer Gewerkschaft an.
Dem Bund der Kriegsblinden. Dem Bund der Zeitungsver-
käufer. Dem Zentralverband der Deutschen Uhrmacher. Der
Deutschen Fleischerinnung. Dem Deutschen Brauereiver-
band. Dem Interessenverband Deutscher Kantinenpächter.

Jeder war gegen irgendetwas. Jeder hatte ein Manifest. Die
Rechten und die Linken. Es war eine Zeit der Missgunst,
des Grolls und der exklusiven Clubs. Eine Zeit, in der man
sich als Buch nicht mehr sicher fühlen konnte. Als Hitler
schon Pläne für meine Auslöschung und die meines Verfassers schmiedete.

Welche Bedeutung hat die Zeit für ein Buch?

Ein Buch hat alle Zeit der Welt. Meine Regallebenszeit ist
unendlich. Mein antiquarischer Preis ist bescheiden. Samm-

ler können mich für ein paar Dollars bei eBay kaufen und anschließend horten wie das Exemplar einer ausgestorbenen Spezies. *Die Rebellion* – ich hatte zig Auflagen. Wurde in zig Sprachen übersetzt. Wissenschaftler können mich in fast jeder Bibliothek finden. Ich wurde zweimal verfilmt. Und da bin ich, als Erstausgabe, leicht beschädigt und etwas ausgeblichen. Immer noch lesbar. Ein kurzer Roman über einen Leierkastenmann, der im Ersten Weltkrieg ein Bein verlor. Die Umschlagillustration zeigt die Silhouette eines Mannes mit Holzbein, der die Krücke zornig gegen den eigenen Schatten erhebt.

Lena, meine jetzige Besitzerin, hat die Angewohnheit, alles in ihre Tasche zu stopfen: Reisepass, Portemonnaie, Handy, Make-up, Hygieneartikel, eine zerfranste Spielzeugente aus ihrer Kindheit, sogar ein halb verspeistes Gebäckstück. Da bin ich nun, ich stecke in einem finsteren Sack und warte wie meine Reisegefährten darauf, von Lenas blinder Hand ans Licht befördert zu werden.

Sie holt meist ihr Handy heraus. Wie soll ein Buch gegen ein so raffiniertes Gerät anstinken? Es enthält ihr gesamtes Leben. Alle privaten Informationen, ihre Fotos, ihre Passwörter, ihre intimen Nachrichten. Es kennt ihr Denken, beeinflusst ihre Entscheidungen. Es leistet mehr als jedes Buch. Es gleicht einem unvollendeten Roman, einem Werk, das sich unaufhörlich fortschreibt, es erahnt ihre schlimmsten Befürchtungen und wildesten Träume.

Ihr Vater war Deutscher, sprach aber kein Deutsch mit ihr. Er war Bürger der DDR, Bäcker von Beruf, der nach dem Mauerfall in die USA auswanderte und seine Muttersprache verleugnete, um nicht als Deutscher erkannt zu werden. Er kehrte nach Feierabend mit mehlweißen Wimpern, Augenbrauen und Händen heim, ein lebendiger Geist, der sein innerstes Wesen in einem nicht mehr existierenden Land zurückgelassen hatte. Als Lena zwölf war, trennten sich ihre Eltern. Ihre Mutter kehrte zurück nach Irland, und Lena wohnte mit ihrem Vater in einer nach Hefe riechenden Zweizimmerwohnung in einem Vorort Philadelphias. Dort stand ich in einem Bücherregal neben der Tür, ungelesen, nie verliehen, bis ich vom Vater, der tödlich an Krebs erkrankt war, an Lena übergeben wurde. Er nahm ihr mit schleppender Stimme, in der der Akzent eines verlorenen Landes nachhallte, das Versprechen ab, gut auf mich achtzugeben.

Pass auf dieses Buch auf wie auf einen kleinen Bruder, sagte er.

Ist die Vergangenheit kindlicher als die Gegenwart? Muss die Geschichte gehütet werden, als gehöre sie zur Familie?

Ich wurde ein wenig verschandelt. Mein ursprünglicher Besitzer, ein Germanistikprofessor an der Berliner Humboldt-Universität, notierte ein paar geografische Anmerkungen auf den Seitenrändern. Sein Name lautete David Glückstein, und er war Jude. Er zeichnete auch etwas auf die letzte, leere Seite – einerseits eine Illustration, andererseits eine Landkarte. Er benannte den Ort nicht. Die Illustration zeigt eine Brücke über einen Fluss. Einen Pfad, an dem eine Eiche steht, vor dieser eine Bank. Auf einer Seite des Pfades befindet sich ein Wald, auf der anderen ein Bauernhof. In einem Scheunentor erkennt man eine Schaukel, auf dem Hof eine Sonnenuhr. Die Schatten der Gebäude sind so akribisch gezeichnet, als müsse man zu einer bestimmten Stunde dort sein, um den Ort wiedererkennen zu können. Die Karte spiegelt eine private Erinnerung, sollte eines Tages gedenken, als der Professor gemeinsam mit der Frau, die er liebte, etwas unter der Sonnenuhr vergrub, damit es nicht in falsche Hände geriet.

Unnötig zu sagen, dass diese Zeichnung in keinem Zusammenhang mit meinem Inhalt steht. Der Zweck eines Buches besteht darin, die vom Verfasser erdachte Geschichte auch für kommende Zeiten zu bewahren. In meinem Fall die eines vom Glück verlassenen Leierkastenmanns.

Wahrscheinlich kann ich von Glück reden, noch am Leben zu sein. Damals versammelte sich eine große Schar Schaulustiger auf dem Opernplatz, um der Bücherverbrennung beizuwohnen, doch ich blieb verschont. Während die zahllosen, von Menschen handelnden Geschichten von den Flammen entstellt wurden, als Rauch und verkohlte Fetzen in den Abendhimmel über der Preußischen Staatsbibliothek aufstiegen, wurde ich von dem weitsichtigen Professor zwecks sicherer Aufbewahrung an einen jungen Studenten übergeben. Dieser war Lena Knechts Großvater. Er verbarg mich unter seinem Mantel. So wurde ich gerettet und in der Familie weitergegeben, bis ich in Lenas Hände gelangte. Und nun fliegt sie nach Berlin, um herauszufinden, was es mit der Karte auf sich hat.

2

Ich lag wochenlang auf dem Nachttisch, stumm und unbemerkt, einer von vielen leblosen Gegenständen. Ich war stiller Zeuge, wenn sie zu später Stunde lang ausgestreckt zur Decke aufsahen, während sie wieder zu Atem kamen. Wie soll ein Buch dem Leben genügen? Ein Buch kann nur hoffen, das, was sich zugetragen hat, mit Wörtern nachzuzeichnen.

Sie sind erst seit Kurzem verheiratet – Lena Knecht und Michael Ostowar. Sie haben ihre Hochzeit in Irland gefeiert. In einem kleinen Hotel in Kilkenny. Sie hielten gemeinsam das Messer, als sie die Torte anschnitten, und tupften einander einen Schokoladenklecks ins Gesicht, wie es mancherorts Brauch ist. Sie verlebten ihre Flitterwochen zunächst an der irischen Westküste, auf Clare Island, wo sie ein paar Tage in einem Leuchtturm wohnten und zum Brausen erwachten, mit dem sich die Wellen an den Felsen brachen.

Sie haben sich in Chelsea, Manhattan, eingerichtet. Lena ist Künstlerin, Michael arbeitet als Experte für Cybersecurity. Sie reden inzwischen davon, eine Familie zu gründen.

Wie wäre es, wenn wir ein Kind bekommen?

Als wären ihr Leben, ihr Glück und ihr Platz auf dieser Welt nicht gesichert, wenn sie keine Familie gründen würden. Ein Baby würde ihren Gefühlen Sinn und Zweck verleihen. Es wäre ein leibhaftiger Beweis für ihr tiefes Glück.

Natürlich haben sie darüber diskutiert, ob es angebracht sei, in diesen Zeiten ein Kind zu bekommen. In welcher Welt würde es aufwachsen? Wie mag dieser Planet in fünfzig Jahren aussehen? Ich höre sie darüber sprechen, wie viele Menschen die Erde verkraftet. Sie wissen sehr wohl – wenngleich Michael dies nicht einmal scherzhaft zu sagen wagt –, dass der ökologische Fußabdruck eines Kindes dem von vierundzwanzig Neuwagen entspricht. Sie haben den Roman von Margaret Atwood gelesen, der schildert, wie Mägde als Gebärmaschinen gehalten werden, haben auch die Serie geschaut. Sie sind große Fans von *Matrix*. Sie begeistern sich für alles, was mit Raumfahrt zu tun hat. Ihr Lieblingsfilm, *Auslöschung*, handelt von einem Paar, das einen durchsichtigen Schild überwinden muss, um wieder zueinanderzufinden. Sie sprechen davon, ein Kind zu bekommen, das zweihundert oder mehr Jahre alt wird, ein ewiges Kind, das nie altert.

Ein Ruf aus der Zukunft.

Während ihrer Flitterwochen haben sie Museen in London und Madrid besucht. Lena wollte unbedingt Picassos Meisterwerk *Guernica* sehen. Im Prado standen sie vor einem verstörenden Gemälde, das prominent im größten Saal hängt. Es zeigt den Sündenfall, nur dass der Apfel von einem Kind an Eva überreicht wird, nicht von der Schlange. Welch ein Gedanke! Ein Kind setzt dem Dasein im Garten Eden ein Ende. Sie haben beide wenig für religiöse Geschichten übrig. In Lenas Augen enthalten die Texte der Bibel bestenfalls ein Körnchen Wahrheit. Trotzdem empfand sie dieses Gemälde als ungutes Omen, hatte das Gefühl, ertappt worden zu sein. Die Schlange in Gestalt eines Kindes signalisierte, dass der Ernst des Lebens begann. Jeder Rausch währt nur einen

Augenblick, das ist eine grausame Grundtatsache. Während sie die grinsende Kind-Schlange betrachteten, durchzuckte sie wie alle Liebenden die Angst vor dem Ende ihres Glücks. Sie konnten gar nicht anders, als über ein eigenes Kind zu sprechen. Sie wären die hingebungsvollsten Eltern und würden es mit Liebe überschütten.

Immer wenn sie darüber reden, sagt sie zu Mike, er wäre bestimmt ein wunderbarer Vater. Sie hätte gern einen Jungen, der ihm gliche. Zugleich hat sie das Bedürfnis, sich zunächst ganz auf sich selbst zu konzentrieren. Als Künstlerin verspürt sie den Impuls, alles zu visualisieren, was sie erlebt. Und ein Kind könnte sie von diesem Ziel ablenken.

Er wiederum befürchtet, ihre künstlerischen Ambitionen könnten die Mutterinstinkte überlagern. Er beschließt seine Argumentation gern mit einer ironischen Bemerkung: Wenn du den Planeten retten willst, Lena, wenn dir wirklich daran gelegen ist, etwas für unseren Planeten zu tun, dann solltest du schwanger werden, denn unser Kind könnte der nächste Einstein oder die nächste Rosalind Franklin sein, wäre vielleicht klug und genial genug, um alles wieder in Ordnung zu bringen.

Lena lacht dann stets und sagt: Lass uns noch ein bisschen warten. Anschließend tippt sie auf ihren Bauch und ergänzt: Ist das okay für dich, Einstein?

Eines Nachts, beide lagen im Bett, ohne sich zugedeckt zu haben, fiel ihr wieder ein, dass ich auf dem Nachttisch lag.

Dieses Buch, sagte sie leise. Sie schien das Gefühl zu haben, von mir belauscht und beobachtet zu werden wie von einem Fremden. Einem Eindringling. Einem Spanner. Der Kind-Schlange.

Sie nahm mich zur Hand und betrachtete die Umschlagillustration des Mannes, der seinem Schatten die Krücke entgegenreckt. Sie setzte sich hin, hüllte ihre Beine ins Deckbett und strich über mein Gesicht. Sie las den Titel, in Sütterlin gesetzt, fast handschriftlich wirkend. *Die Rebellion* – Joseph Roth. Die Ränder meines Einbands waren abgenutzt. Verblasste Fingerabdrücke zeugten von Lesenden, die längst von dieser Welt verschwunden waren. Sie kann mich nicht lesen, weil ich die deutsche Ausgabe bin, hat in der Bücherei aber eine englische Übersetzung aufgetrieben und sich in die Geschichte des Leierkastenmannes vertieft. Als sie meine Seiten durchblätterte, entdeckte sie in einer oberen rechten Ecke die Überbleibsel einer zerquetschten Mücke, Andenken an einen fernen Sommer. Die geografischen Angaben auf den Seitenrändern konnte sie nicht einordnen. Sie fand die Karte, die ganz hinten gezeichnet worden war, faszinierend und strich mit den Fingerspitzen über die darauf skizzierte Landschaft, als würde sie ein Märchenreich betreten.

Schau mal, sagte sie, das muss ein Kiefernwald sein. Sie zeigte auf einen hölzernen Bildstock mit spitzem Dach. Sie sah eine Eiche und eine Bank. Und dies, meinte sie, ist wohl ein Denkmal – oder eine Sonnenuhr?

Mike ärgerte sich, dass sie mit den Gedanken woanders war, so als hätte ein Buch die Macht, einen Keil zwischen ihn und sie zu treiben.

Irgendetwas steckt dahinter, sagte sie.

Während sie die Karte betrachtete, war sie sich des Versprechens bewusst, das sie ihrem Vater gegeben hatte. Sie beschloss spontan, nach Berlin zu reisen. Sie hatte noch einen Onkel in Deutschland, genauer in Magdeburg. Der Bruder ihres Vaters. Vielleicht wüsste er, was es mit der Karte auf sich hatte.

Mike ließ sie ungern ziehen. Er kleidete seine Einwände in ein Lob. Er erinnerte sie daran, wie gut ihre Karriere laufe, dass New York genau der richtige Ort für eine junge Künstlerin sei. Es wäre ein Fehler, dieses Umfeld zu verlassen. Sie erwiderte, sie brauche frische Energie, neues Material. Und nun habe sie eine Vision, der sie folgen könne – die Lebensgeschichte eines Buches.

Du wirst mir fehlen, sagte Mike.

In künstlerischer Hinsicht würde sich Lena vermutlich als Diebin charakterisieren. Sie verarbeitet Bilder, die sie in anderen Medien findet. So wurde sie von dem berühmten Ende eines Films von Truffaut inspiriert. Ein Junge, der aus einem Erziehungsheim geflohen ist, erreicht das Meer, und als er sich in der letzten, langen Aufnahme umdreht, kommt in seiner Miene ein ganzes Leben zum Ausdruck, all seine Zuversicht, all sein Leid. Sie suchte im Internet nach ähnlich intensiven Bildern. Der Durchbruch gelang ihr mit *Misfortune*, einer Serie von Bildern kleiner häuslicher Katastrophen, die auf YouTube gepostet worden waren: Hunde, die gegen Türen rennen, Leute, die vom Fahrrad fallen, Kinder, die zusammenprallen. Sie filterte die überraschten Gesichtsausdrücke heraus, und indem sie diese intimen Momente in statische Bilder verwandelte, entzog sie ihnen die Komik und verwandelte sie in etwas sowohl Liebenswertes als auch Groteskes. Kunstkritiker interpretierten diese Arbeit als Ausdruck einer Welt, die in stiller Verzweiflung über ihre eigene Tollpatschigkeit lacht.

Am Tag vor ihrem Abflug nach Berlin fand sie noch

die Zeit, das MoMA zu besuchen. Sie betrachtete ein Gemälde von Rothko, als wollte sie Abschied nehmen. Wenn man sagt, ein Kunstwerk spreche zu jemandem, bedeutet das, dass das betreffende Werk eine visuelle Energie auf den Betrachter überträgt. Umgekehrt wird ein winziger Anteil des Betrachters auf das Werk übertragen. Dieses Gemälde von Rothko hat inzwischen sicher eine Million Herzen aufgesogen. Ich wiederum häufe das Innenleben meiner Leserinnen und Leser an. Durch ihre Gedanken, die sich unterhalb des Textes angesammelt haben, bin ich zu einem lebendigen Geschöpf mit menschlichen Zügen und einem Gedächtnis geworden. Wenn sich die Geschichte zu wiederholen droht, merke ich das.

3

Alle Passagiere sind erleichtert, nachdem das Flugzeug sicher in der Luft ist. Der Cateringwagen naht im Gang. Lenas Stimme übertönt das Brummen der Flugzeugturbinen. Sie hat mit einer Sitznachbarin ein Gespräch angeknüpft, und sie sind beim Thema Insekten gelandet. Sie sei, erzählt die Frau, mit dem Auto aus Princeton gekommen und habe im Parkhaus des Flughafens festgestellt, dass ihre Windschutzscheibe vollkommen sauber war. Früher, wenn sie mit ihrem Vater bei Dunkelheit heimgefahren sei, habe sie im Licht der Scheinwerfer ganze Insektenschwärme gesehen. Als Kind, erzählt die Frau, habe sie es geliebt, verdorrte Fliegen und Motten mit dem Schlauch vom Auto zu spülen. Oft habe sie sie abkratzen müssen.

Lena wiederum erzählt der Frau von einem Urlaub in einem Cottage im irischen Cork. Sie hatte das Fenster offen und das Licht eingeschaltet gelassen, und als sie mitten in der Nacht erwachte, schien das ganze Zimmer in Bewegung zu sein. Alle möglichen Insekten saßen an den Wänden und umwogten die Glühlampe.

Ach, du meine Güte, sagt ihre Nachbarin. Mussten Sie umziehen, um weiterschlafen zu können?

Lena lacht freundlich und leise in sich hinein.

Nein, entgegnet sie. Sie sei wie gelähmt gewesen. Sie habe nicht einmal durch die wogende Insektenwolke zur Tür gehen können. Sie habe zu viel Angst gehabt, die Decke über ihren Kopf gezogen und sei irgendwann wieder eingeschlafen.

Am nächsten Morgen, sagt Lena, waren die meisten verschwunden.

Hier muss ich etwas beisteuern. Ein Buch will schließlich hinaus in die Welt, weil es etwas zu sagen hat. Ich würde den beiden gern erzählen, dass ich zwei Jahre neben einem schmalen Buch über Insekten im Regal stand. Es stammte von einem französischen Autor, der eines schönen Tages auf die Idee kam, alle Insekten, die er im Garten vorfand, zu dokumentieren. Er bestimmte und zeichnete sie und sammelte sie in seinem Tagebuch, als gehörten sie zur Familie. Dieses Buch steckte voller Herzenswärme. Wir wurden enge Freunde. Es war die schönste Zeit meines Lebens, denn das Summen glich einem ewigen Sommer.

Aber das ist natürlich absurd.

Ich kann nicht direkt zu Lena sprechen. Ich bleibe ein stummer Passagier. Ich bin nichts, solange meine Geschichte nicht durch Lesende angekurbelt wird. Wie sagt man? Lesen bedeutet, mit dem Kopf eines anderen zu denken. In den Geist eines anderen Menschen einzutreten.

Ach, wie sehne ich mich nach Lesern! Nach Menschen, die meinen Seiten Leben einhauchen.

Wir (also die Bücher) neigen dazu, uns von realen Situationen fernzuhalten. Wir plaudern nachts in den Bibliotheken. Sie glauben sicherlich, öffentliche Büchereien wären stille Orte, aber Sie sollten die Debatten hören, die bis Tagesanbruch in den Regalen geführt werden, das Getöse, die schiere Lautstärke, mit der Meinungen ausgetauscht werden. Alle reden durcheinander. Es gleicht einem gewaltigen geistigen Ringen. Einer Gerichtsverhandlung, in der jedes Buch seine eigenen Beweise vorträgt, ohne dass jemals ein abschließendes Urteil gefällt wird. Manche Bücher sind lauter als andere. Einige sind pompös und geradezu herrisch. Andere halten endlose Predigten und spucken Warnungen aus. Wieder andere sind glänzend gelaunt, gut gekleidet und in ihrem jeweiligen Plot gefangen. Einige sind schlicht sie selbst und reden nur, wenn sie tatsächlich etwas zu sagen haben. Manchmal bekommt man kein Wort dazwischen – das Stimmengewirr steigert sich zu einem einzigen Getöse, es kommt zu einem Schlagabtausch wie bei einer Parlamentssitzung, bis der Bibliothekar morgens zurückkehrt. Dann tritt wieder Stille ein.

Als das Essen serviert wird, kommt Lenas Mitreisende auf das Thema Insekten zurück. In Afrika, sagt sie, habe sie mal einen Burger aus Fliegen gekostet. Sie werden das nicht glauben, sagt sie, aber die Kinder fangen Fliegen, die über dem Victoriasee schwärmen. Die Eltern verarbeiten sie dann zu schwärzlichen Burgern, deren Proteingehalt fünfmal so hoch ist wie der eines Rindfleisch-Burgers.

Lena lächelt.

Nach dem Essen beschließt die Frau, einen Science-Fiction-Film zu gucken. Lena möchte Musik hören. Sie setzt die Ohrstöpsel ein und schließt die Augen. Sie schiebt die Tasche, in der ich hellwach auf dem Rücken liege, mit einem Fuß behutsam unter den Sitz vor ihr.

Eine Weile schlafen alle.

Und nach der Landung, als sich die Passagiere zum Aussteigen bereit machen und wieder auf ihre Handys schauen, als sie ihre Sachen aus den Gepäckfächern holen, stets darauf achtend, dass anderen nichts auf den Kopf fällt, scheinen sie vorübergehend in Bücher verwandelt worden zu sein. Dicht gedrängt im Gang stehend und bereit, in Bewegung gesetzt zu werden, gleichen sie alle Romanen. Erfüllt von Gedanken. Erfüllt von Fiktionen. Strotzend vor Möglichkeiten. Ein Flugzeug voller Plots in Gestalt von Passagieren, die darauf warten, dass die Türen aufgehen.

Lena spürt beim Aufstehen, dass sie von einem Mann betrachtet wird, der ihre Geschichte zu erraten versucht. Sie trägt eine grüne Lederjacke mit abgewetzten Ellbogen. Ihre Jeans hat Löcher. Das Tattoo eines Geckos schlängelt sich von ihrer Schulter bis auf den Hals. Sie schüttelt ihre langen Haare nach hinten. Sie nimmt sofort Blickkontakt auf und entledigt sich des Gaffers durch ein Lächeln. Man könnte ihr Lächeln auffallend nennen. Sie hatte das Gefühl, mit einem Mund voll überquellender Zähne aufzuwachsen. Sie charakterisiert die Ehe ihrer Eltern gern als zusammengewürfelte Mischung deutsch-irischer Zähne, ein dreidimensionales Bild für ihre Unvereinbarkeit: einerseits der Pragmatismus ihres Vaters, andererseits die stets zur Dramatisierung neigende Mutter. Sie brauchte Jahre, um beide Charaktere auszutarieren. Inzwischen lächelt sie ungehemmt, sie erinnert dabei an die junge Bianca Jagger auf Partys zu später Stunde, im Beisein von Prominenten wie Andy Warhol, die lange vor Lenas Geburt gelebt haben.

Sie greift in ihre Tasche und holt das Handy heraus, um Mike zu schreiben, dass sie gut angekommen sei. Die Passagiere bewegen sich zur Tür. Jeder eine Erzählung auf zwei Beinen, die sich noch einmal umdreht, um sicherzugehen, dass sie nichts vergessen hat, um dann, den Wegweisern folgend, durch lange Gänge zum Ausgang oder zur Gepäckabholung zu laufen und an der Kontrolle den Pass zu zücken.

4

Es muss die Luft sein. Die Sprache. Die unverwechselbare Klangkulisse Berlins. Das zeitlose Echo von Stimmen, die durch die Stadt hallen. Lena ist in eine Demo geraten. Die Menschen schreiten gleichmäßig aus, skandieren Parolen, schlagen Trommeln. Sie fordern ein Umdenken. Man dürfe keine Zeit verlieren – es gehe um unser aller Zukunft.

Sie stürzt sich wie eine Schwimmerin in die Menge und wird als vorübergehende Demonstrationsteilnehmerin von der starken Strömung mitgeschwemmt. Sie strandet an einem Ufer, weit von ihrem Ausgangspunkt entfernt. Nachdem sie den menschlichen Fluss hinter sich gelassen hat, biegt sie in eine stille Straße ein und betritt einen Innenhof.

Dort befindet sich eine Kaffeebar. Musik ertönt, jemand singt: *I got seven days to live my life and seven ways to die.* Lena wird von einer Frau in die Arme geschlossen. Sie heißt Julia. Julia Fernreich, und sie führt eine Berliner Kunstgalerie.

Sie setzen sich und bestellen Kaffee.

Julia erkundigt sich nach New York: Erzähl mir, was läuft. Sie gehen gemeinsame Bekannte aus der Kunstwelt durch. Julia bereitet gerade eine Ausstellung vor. Das Gästezimmer ihrer Wohnung sei schon aufgeräumt, aber das Wohnzimmer, fügt sie warnend hinzu, stehe voller Verpackungsmaterial und anderem Krempel.

Julia ist eine füllige Endvierzigerin. Ihre Stimme ist heiser und selbstbewusst. Sie hat ein dröhnendes Lachen. Ihre Wortwahl ist kämpferisch und ironisch, sie erteilt Ratschläge und bekennt sich unumwunden zu den Fehlern, die sie in ihrem Leben begangen hat. Sie kommt umgehend aufs Eingemachte zu sprechen und lässt sich über das Glück aus. Das falsche Ziel, sagt sie. Man hat noch nie so viel dummes Zeug über das Glück geredet, meint sie, und das, obwohl die Welt vor lauter Angst außer Rand und Band ist. Wir sprühen vor Optimismus in bedrohlichen Zeiten, erklärt sie laut lachend. Wenn man ganz für den Augenblick leben wollte, könnte man sich ebenso gut der Religion zuwenden. Sind dir je so viele Leute begegnet, die alles schönreden und mit Adjektiven wie toll, fantastisch, großartig, umwerfend, grandios um sich werfen?

Schön. Wunderbar. Super. Alles verlogen. Ein Triumphzug der Lügen. Allmählich gehen den Leuten die Superlative aus.

Dann will sie unvermittelt wissen, ob Lena hungrig sei – wolle sie vielleicht etwas essen?

Nein, danke, antwortet Lena, ich möchte nichts.

Glück macht die Leute nicht glücklich.

Ich bin ein gutes Beispiel, meint Julia. Ich hatte nie Glück in der Liebe. Meine letzte Freundin ist gerade ausgezogen. Es war immer mein Schicksal, verlassen zu werden. Durchgeknallte Bitch. Ich liebe sie trotzdem noch. Man sieht sie oft auf ihrem Motorrad herumdüsen.

Ich habe einen Sohn aus einer früheren Beziehung, erzählt Julia. Matt – du wirst ihn kennenlernen. Ein Glückspilz. Er hat zwei Mütter. Und einen Vater, eine männliche Bezugsperson, obwohl er ihn selten sieht. Ich sorge dafür, dass wir einmal im Jahr Urlaub machen, alle vier, als Familie. Matt ist in schlechte Gesellschaft geraten, er hat ein kleines Drogenproblem. Ich sollte ihn zu seiner anderen Mutter nach Hamburg schicken.

Ich hoffe, er fängt sich wieder, erwidert Lena.

Entschuldige, sagt Julia. Du bist ja nicht in Berlin, um dir meine Jammerei anzuhören.

Danach erzählt Lena. Ihre Stimme klingt jünger. Ihre Worte werden von einer Welle der Begeisterung getragen. Sie beugt sich vor, während sie erzählt, dass sie einen neuen Ansatz suche. Meine Arbeit, sagt sie. Ich hoffe, sie geht in eine neue Richtung, während ich in Berlin bin. Sagen wir mal, ich will hier Material sammeln.

Dann leg los, sagt Julia.

Lena zögert stets, dies zu erwähnen, doch ihre *Misfortune*-Serie hat ihr viel Anerkennung beschert. Julia weiß von der Ausstellung in einer kleinen Lower-East-Side-Galerie in Manhattan und möchte gern, dass Lena beim nächsten Mal in ihrer Galerie ausstellt. Sie gibt Lena einige konkrete Ratschläge. Als Kuratorin habe sie viele Künstlerinnen und Künstler erlebt, die hochgespült wurden und wieder abgesoffen seien. Es gehe nicht um Ruhm und Erfolg. Sondern um Provokation. Um Aggressivität. Kompromisslosigkeit. All das hast du, Lena. Glaub an dich. Zertrümmere die Klischees. Lass die Zügel schießen und tue etwas vollkommen Verrücktes.

Danke, sagt Lena.

Hock dich mitten in einen Raum, meint Julia, und scheiß auf den Boden, einfach, weil du Lust drauf hast.

Lena lacht.

Lena wurde durch ein Stipendium gewürdigt, mit dem

sie ihren Berlinaufenthalt finanziert. Was sie braucht, ist ein kleines Atelier.

Ich höre mich um, sagt Julia. Ich strecke die Fühler aus. Vielleicht finden wir etwas.

Im Café scheint die Musik lauter geworden zu sein. Ein Mann will schreiend von einer Frau wissen, wo sie die letzte Nacht verbracht habe, und sie antwortet, sie habe unter den Kiefern geschlafen, wo die Sonne niemals hingelange, und die ganze Nacht gezittert. Die Stimme des Sängers klingt todtraurig.

Julia sagt: Ich liebe Cobain. Ich trauere täglich um ihn. Er hat sich einen Schuss Heroin gesetzt, vor einem Bild seiner Frau onaniert, und dann hat er sich erschossen, in dieser Reihenfolge.

Da übertönt jemand den lauten Gesang. Es ist ein Gast, der an der Bar sitzt und sich umdreht, um zu rufen: Meine Damen, achten Sie auf Ihre Handtaschen. Eine verspätete Warnung, die durchs Café hallt und zuerst ähnlich rau und tief klingt wie die Stimme des Sängers. Der Mann wiederholt seine Warnung – Handtaschen –, doch es dauert eine Weile, bis sie zum Tisch durchdringt, an dem Julia und Lena sitzen.

Julia springt auf. Die Stuhlbeine kreischen.

Hey, ruft sie. Ist das deine Tasche, Lena?

O mein Gott.

Die Tasche, in der ich in Erinnerungen an meine frühen Jahre in dieser Stadt schwelgte, hängt nun über der Schulter eines Diebs, der aus dem Café flieht. Warum überrascht mich das nicht? Berlin ist seit jeher die Hauptstadt der Bücherdiebe und entwendeten Taschen. Die Stadt der Opportunisten. In der man Bestohlenen oft genug anbot, ihr Eigentum zu einem Spottpreis zurückzukaufen.

Ich habe mich in der Tasche wohlgefühlt. Habe von der Zeit meiner Erstveröffentlichung geträumt, als ich noch druckfrisch war. Als Neuling wurde ich in der Literaturszene wohlwollend, wenn auch nicht überschwänglich aufgenommen. Ich wurde von einem gewichtigeren Buch überschattet, einem längeren Roman, einem Meisterwerk über ein Sanatorium, das im gleichen Jahr erschien. Ich war sehr neidisch auf dieses Buch. Manchmal habe ich mir gewünscht, mein Verfasser hätte es geschrieben. Andererseits war ich stets froh über meine Geschichte, die von einem Mann handelt, der ein Bein für die Verteidigung seines Landes gab, danach von seinen Landsleuten im Stich gelassen wurde und sich schließlich gezwungen sah, gegen alle zu rebellieren.

Sinnieren ist jetzt aber unangebracht. Man hetzt mit mir durch die Tür auf die Straße.

Gerade heimgekehrt, und ich werde geklaut.

Du solltest doch auf mich achten, Lena. Solltest du nicht auf mich aufpassen wie auf einen kleinen Bruder?

Ich spüre eine abrupte Beschleunigung. Jemand rennt mit mir durch die Straße. Julia scheint den Dieb zu verfolgen, denn ich kann ihre barsche Stimme hören, sie klingt, als wäre der Sänger, dessen Song im Café ertönte, wieder zum Leben erweckt worden und nach draußen gerannt, würde röhrend an Hauseingängen vorbeipreschen. Es klingt wie akustisches Graffiti. Der Dieb ist flink, ein junger Mann, der leichtfüßig auf lautlosen Sohlen rennt. Julia kann nicht mithalten. Es klingt, als würde sie ein Bierglas, das sie im letzten Moment von der Theke geschnappt hat, nach ihm werfen, gut

gezielt, denn es trifft meinen Entführer, meinen unrechtmä-
ßigen neuen Eigentümer mit einem deutlich vernehmbaren
Geräusch am Hinterkopf, um anschließend auf dem Boden
in Scherben zu gehen.

Glas auf der Straße. Das werde ich nie vergessen.

Mein Dieb flucht. Er betastet seinen Kopf. Er drückt seine
Beute an sich und setzt seine Flucht fort. Julias Rufe verhal-
len, und ich würde ihr am liebsten wie in einem Film zuru-
fen: Ich finde dich! Doch ich werde außer Hörweite in einen
nahen Park verschleppt. Mein Dieb leert Lenas Tasche im
Dunkeln neben einem randvollen Mülleimer. Er nimmt an
sich, was er für wertvoll hält: Reisepass, Handy, Geld. Dann
wirft er die Tasche auf den Mülleimer. Er lässt mich auf dem
Boden zurück. Ich liege einsam und allein in meiner Ge-
burtsstadt, Zeuge meines eigenen Diebstahls, direkt neben
den Resten einer vietnamesischen Takeaway-Mahlzeit. Regen fällt. Ein warmer Spätsommerregen, der mich dennoch
frösteln lässt. Ich spüre die Feuchtigkeit unter meiner Haut.
Meine Seiten beginnen, sich zu wellen.

5

Am Abend der Bücherverbrennung, im Mai 1933, regnete es auch. Ein plötzlich aufziehender Regen drohte, alles zu verderben. Man konnte das wochenlang geplante Ereignis nicht mehr verschieben. Zur Überwachung hatte man einen Pyrotechniker engagiert. Auf dem Opernplatz war ein Holzgestell errichtet worden, getränkt mit Benzin. Es stand auf einer Schicht Sand, damit auf dem Boden keine Brandflecke zurückblieben.

In der Staatsbibliothek, gleich neben dem Ort der Verbrennung, ertönten die Parolen von Studenten, die mit einer Liste missliebiger Autorinnen und Autoren durch die Flure gingen. Sie war von einem Bibliothekar aufgesetzt worden, der festgestellt hatte, dass man Bücher genauso hassen wie lieben konnte. Mein Verfasser stand auf der Liste. Er hatte sich zu diesem Zeitpunkt schon nach Frankreich abgesetzt.

Ein Angstschauer ging durch die Regale, während die Titel aufgerufen wurden. Bücher nahmen hastig Abschied voneinander, während man sie zu Bündeln schnürte, um sie bequemer nach draußen schaffen zu können. Die Studenten kannten sich aus und gingen gründlich vor, sie durchkämmten den Katalog nach Titeln, die aus der Bibliothek entfernt werden sollten wie faule Zähne aus einem Kiefer, und reichten diese in einer Menschenkette zum Ort der Verbrennung weiter.

Sie galten als unvereinbar mit dem nationalen Interesse.

Die Studenten triumphierten. Dies war ihr großer Moment. Ihre Rache für all die Jahre, die sie mit der Lektüre verhasster Bücher am Schreibtisch verbracht hatten. Sie waren mit Herz und Verstand nicht mehr bei den Büchern, sondern der neuen Infrastruktur, der Autobahn. Sie konnten dem geltenden Wissen den Rücken kehren und in einem glorreichen Akt des Vandalismus schwelgen. In einen Zustand wie vor der Aufklärung zurückkehren. Zu dem Recht auf Unwissenheit.

Sie konnten alles abhaken, das Einzige, was zählte, war der Geist der Nation.

Die Bücher meines Verfassers waren zwar im Katalog der Staatsbibliothek aufgelistet, aber ich gehörte Professor Glückstein. Dieser hatte mich zu Hause in seine Aktentasche getan und in die Humboldt-Universität gebracht, weil er nicht wusste, wie weit man bei der Säuberung gehen würde, ob die Studenten nicht doch in Privatwohnungen eindringen würden, was später tatsächlich geschehen sollte. Der Professor hatte sich in seinem Büro mit einem zuverlässigen Studenten verabredet, dem er mich zwecks sicherer Aufbewahrung übergeben wollte.

Dieser Student hieß Dieter Knecht. Er war Lenas Großvater. Ein großer junger Mann mit leiser Stimme, der lieber las, als Sport zu treiben. Er stand kurz vor dem Abschluss seiner Zwischenprüfung in Germanistik. Er nahm mich entgegen, und beide sprachen eine Weile voller Sympathie über meinen Verfasser.

Indem Lenas Großvater diese Schmuggelware, diesen einen Roman vor der Verbrennung rettete, setzte er eine stille Welle des Widerstands in Gang, die bis heute anhält. Es war ein kleines, aber bedeutsames Ereignis, das sich hinter verschlossenen Türen abspielte, fern der Katastrophe auf dem Opernplatz. Es beeinflusste den Lebensweg von Menschen. Es wirkte sich auf Entscheidungen aus, die später, lange nach dem Untergang des Reichs der Bücherverbrenner, unter ganz anderen Umständen getroffen wurden.

Lenas Großvater, der die Gesänge und Parolen im Flur hörte, schob mich unter den Mantel, neben sein Herz. Er verschränkte die Arme vor der Brust, damit ich nicht herausfiel, und verließ das Gebäude über eine breite steinerne Treppenflucht.

Auf dem Opernplatz loderten Flammen. Studenten hatten schon Tage zuvor Hirschfelds Institut für Sexualwissenschaft geplündert. Sie tobten gegen den Schmutz in der Literatur, gegen sexuelle Freiheiten, Kapitalismus, die jüdische Dominanz, wie sie es nannten. Die von der Bibliothek auf den Opernplatz führende Menschenkette lieferte stetig verhasste Bücher. Jede Autorin und jeder Autor wurden im Schnellverfahren verurteilt – man rief den Namen auf, erklärte kurz, warum die Werke der neuen nationalen Vision nicht entsprachen, und warf sie ins Feuer. All das wurde landesweit im Rundfunk übertragen.

Mein Verfasser wurde der sogenannten Asphaltliteratur zugeordnet, dem neuen Stil der multikulturellen Städte.

Die ersten Bücher, die im Feuer landeten, stammten von Karl Marx. Es folgten zahlreiche weitere jüdische Autoren. Ein Autor wurde wegen seines Namens für einen Juden gehalten und protestierte im Nachhinein wütend gegen die Verleumdung. Man verbrannte die Bücher einer Autorin, deren Protagonistinnen zu selbstbewusst agierten und den Nazi-

Idealen der Mutterschaft nicht entsprachen. Thomas Manns *Der Zauberberg* wurde verschont, Heinrich Manns Roman *Professor Unrat* jedoch nicht. Ebenso wenig die Werke eines Dramatikers, der ein Stück über einen Mann geschrieben hatte, dessen Genitalien in einer Schlacht abgerissen worden waren. Und die Werke eines noch berühmteren Dramatikers, dessen *Dreigroschenoper* in Berlin großen Beifall gefunden hatte und der später in einem Gedicht sagen sollte, wie froh er sei, dass man ihn nicht verschont habe: »Verbrennt mich! Tut mir das nicht an! Laßt mich nicht übrig!«

Man hörte eine Schaulustige sagen: Herrlich ist das, herrlich. Wie meinte sie das wohl? Bejubelte sie das neue anti-intellektuelle Zeitalter, in dem man sich das Denken sparen konnte und keine Fragen mehr stellen musste, weil man sowieso alles bejahte?

Immer mehr Bücher warf man in die Flammen. Ein Mann mit weißem Hemd zuckte vor der Hitze zurück, als er dem Feuer zu nahe kam. Feuerwehrleute standen bereit. Ein Autor, dessen Werke im Feuer landeten, verschwand eilig, als sein Name ausgerufen wurde.

Viele Bücher, die an jenem Abend verbrannt wurden, hatten den Krieg zum Thema. Es waren Bücher, die sich weigerten, den Tod zu glorifizieren. Unheroische Geschichten von Männern mit abgerissenen Gliedmaßen, durchtrenntem Rückgrat oder Lungenproblemen. Von Männern, denen das halbe Gesicht fehlte. Berlin wimmelte von Veteranen, die zitternd zu Hause saßen und ihre Angehörigen nicht mehr erkannten. Die Schilderungen von Kriegsverstümmelungen sollten aus der Öffentlichkeit getilgt werden, weil sie angeblich die Moral schädigten, den Krieg in ein schlechtes Licht rückten und eine falsche Einstellung gegenüber Tod und Leid förderten.

Mein Verfasser berichtete als Journalist über seinen Besuch in einem Lazarett mit zweieinhalbtausend Verwundeten, alle gesund geboren und auf dem Schlachtfeld verstümmelt. Ein Soldat kehrte als Schatten eines Mannes von der Front zurück. Mein Verfasser nannte diese Männer lebende Kriegsdenkmäler. Er lernte im Krankenhaus jemanden kennen, dessen Lippen fehlten. Davon abgesehen war er unversehrt, die explodierende Granate hatte ihm nur die Lippen abgerissen – er konnte nicht mehr küssen.

Der Protagonist des Romans *Die Rebellion* basiert auf diesem Versehrten. Es geht um den Kriegsveteranen Andreas Pum, der sich in einem Militärlazarett voller menschlicher Wracks wiederfindet. Er hat im Krieg ein Bein verloren und einen Orden bekommen. Wie andere Invaliden beneidet er die »Zitterer«, weil diese vom Staat versorgt werden. Als Andreas schließlich vor der ärztlichen Kommission erscheint, die über die Zukunft der Patienten befindet, beginnt er in seiner Panik zu zittern. Ein Glücksfall. Das Zittern verschafft ihm einen Lebensunterhalt. Es erregt das Mitgefühl der Kommissionsmitglieder, und er erhält umstandslos eine Lizenz für einen Leierkasten. Eine sichere Zukunft tut sich vor ihm auf, denn als Straßenmusiker kann er überall in der Stadt acht verschiedene Melodien erklingen lassen. Er kommt in der Wohnung eines Wurstdiebs namens Willi und dessen Geliebter Klara unter. Sie arbeitet als Kassiererin, hat aber Nebenverdienste. Andreas beobachtet heimlich, wie sie sich entkleidet. Er hört, wie sich die beiden küssen, und während er einschläft, träumt er von der Liebe.

Die Geschichte dieses ordensgeschmückten Veteranen, der nicht vorhat, gegen Gesetze zu verstoßen, sondern lediglich seinen Lebensunterhalt verdienen will, wurde nun als lebensunwerte Literatur eingestuft.

Lenas Großvater, der mich unter seinem Mantel verbarg, betrachtete das Feuer. Die Gesichter der Schaulustigen glänzten im warmen Schein. Ihre Augen wirkten pechschwarz. Ihre Lippen schillerten grünlich. Sie sogen den beißenden Papierqualm durch die Nase ein, er roch wie brennendes Haar.

Ein Lagerfeuer aus Lebensgeschichten. Die Seiten rollten sich auf und segelten als Rußflocken über die Dächer. All die erdachten Leben, all die menschlichen Gedankengänge wurden in nutzlose Hitze verwandelt. Die Wörter lösten sich aus den Sätzen, sie verloren ihre Bedeutung. In den Flammen erklangen unzählige Stimmen, die zu einem Bewusstseinsstrom verschmolzen, einer Kakofonie von Textbruchstücken, einer geisterhaften Rezitation zusammenhangloser Phrasen und Dialogfetzen. Liebesbekundungen. Rufe von Männern nach der Mutter. Das Weinen von Kindern, die man den Eltern entriss. Wohnhäuser, die sich in Asche verwandelten, Familiengeschichten, die sich mit einer langen, stummen Klage, die durch die ganze Stadt hallte, in Rauch auflösten.

Kurz vor Mitternacht erschien Joseph Goebbels, um eine Rede zu halten. Man hatte in sicherem Abstand zum Feuer Mikrofone für ihn aufgestellt. Falls er Durst hätte, standen Wasserflaschen auf einem kleinen Tisch bereit. In einen beigefarbigen Mantel gehüllt lobte er die Studenten für ihre Säuberungsaktion. Mit einer Stimme, deren Volumen nicht zu seiner kleinen Gestalt passte, erklärte er die literarische

Vorherrschaft jüdischer Autoren für beendet. Schluss mit der Asphaltliteratur. Höchste Zeit, dem Tod die gebührende Bewunderung zu zollen.

Er sprach vom Willen des Volkes.

6

An verschiedenen Ecken des Parks stehen Dealer, die ihre Kunden leise im Dunkeln ansprechen: Alles okay? Brauchst du was? Sie holen ihren Stoff unter einem Busch hervor und wickeln die Geschäfte neben dem überquellenden Mülleimer ab. Was interessiert sie ein Roman über einen Invaliden? Sie stammen aus Ländern, in denen es zu viele Kriege und abgerissene Gliedmaßen gab. Länder, in denen Jungen auf Landminen treten und anschließend einbeinig Fußball spielen. Die Reste der vietnamesischen Mahlzeit haben der Welt nicht mehr viel zu bieten. Sie wurde verdaut und in Clubbing-Energie umgesetzt, danach in sexuelle Energie, gefolgt von Schlaf, dann in weitere Clubbing-Energie inmitten einer See von Körpern, und am Ende wurde sie ausgeschieden.

Eine Ratte huscht über mein Gesicht. Ihre Schwanzspitze liegt auf dem Namen meines Verfassers: Joseph Roth. Während sie pinkelt und wittert, richtet sie ihre braunen Analphabeten-Augen auf die Wegwerfverpackung, ohne an die Reste herankommen zu können. Die Ratte scheint Lungenprobleme zu haben. Vielleicht irgendein Gift. Blutverdünner. Was Menschen hilft, kann Ratten schaden.

Ein Flaschensammler, der im überquellenden Mülleimer wühlt, zwingt die Ratte, sich in die Schatten zurückzuziehen. Er legt sich probehalber Lenas Umhängetasche über die Schulter, aber da er ahnt, dass es Diebesgut ist, legt er sie wieder weg und fischt zwei Flaschen Beck's Gold aus dem Müll, die er seiner wachsenden Sammlung klirrenden Glases hinzufügt.

Ist er vielleicht daran interessiert, ein herrenloses Buch über Nacht an seinem Schlafplatz zu beherbergen? Ein Antiquar würde ihm ein paar Euros dafür zahlen. Doch er hat andere Prioritäten und entfernt sich mit seiner blauen IKEA-Tasche voller ausgetrunkener Spaßbringer.

Das erinnert an den Mann, der seinen Leierkasten auf den Straßen erklingen lässt, oder? Joseph Roth setzte sich für Obdachlose ein. Als Reporter schrieb er über Männer, die im Freien übernachten mussten. Über das Berliner Obdachlosenasyl, in dessen Kinosaal vormittags um halb zehn stets ein Film für die Schlafgäste lief. Er schrieb über Frauen auf der Straße, etwa über die Prostituierte mit dem goldenen Lächeln, über eine Frau, die vor Gericht stand, weil sie angeblich ihre Freier vergiftet hatte, um sie dann auszurauben. Er hielt zu den Bettlern, den Arbeitslosen, den Vermissten, den Ermordeten. Den namenlosen, erloschenen Gesichtern. Dem lebenden Toten, der nach fünfzig Jahren Haft entlassen wurde und fassungslos den Verkehr auf dem Potsdamer Platz betrachtete.

Er schrieb über einen Mann, der Zigarettenstummel sammelte und am Wochenende die meiste Beute machte. Roth erkundigte sich nach seinem Namen und lud ihn in sein Hotel ein, aber der Zigarettensammler kam nicht. Danach rauchte er seine Zigaretten nie mehr ganz auf, dies in der Hoffnung, alle anderen würden auch etwas übrig lassen, damit Kippensammler nach Anbruch der Dunkelheit etwas finden konnten.

Dann der schwerbehinderte Kriegsveteran, der eine Nagelfeile auf der Straße fand. Konnte er mit einem solchen Utensil überhaupt etwas anfangen? Er feilte seine Fingernägel, als bräuchte es nicht mehr, um ihn wiederherzustellen. Er schrieb über Einwanderer. Über Frauen, die in Berlin eintrafen, ein Kind wie einen Wäschesack auf dem Rücken, gefolgt von einem zweiten, auf krummen Beinchen laufend und an einer Brotrinde knabbernd. Über einen jungen Mann, der, die Hände in den Taschen, davon träumte, eine Passage von Hamburg nach New York zu ergattern. Und über eine Familie, die mit Schere, Lineal, Nadel und Garn eintraf, bereit, sofort wieder einen kleinen Betrieb zu eröffnen.

Im öffentlichen Diskurs waren diese Menschen als »Bedrohung aus dem Osten« bekannt. Mein vagabundierender Verfasser stammte auch von dort. Er verstand das Bedürfnis, in Bewegung zu bleiben. Er besaß keine Geburtsurkunde.

Hatte nie einen Vater. Die Bevölkerung seines Geburtsortes in Galizien (nun Teil der Ukraine) war zu zwanzig Prozent jüdischer Abstammung und sollte bald von der Landkarte verschwinden.

Es regnet nicht mehr, doch die Nacht ist kalt.

Ein Buch will nicht bemitleidet werden. Literatur ist ein langfristiges Spiel. Es ist keine Schande, zu den Vergessenen zu gehören. Es kann durchaus erfrischend sein, unbeachtet zu bleiben, wie ein Vorgänger meines Verfassers zu sagen pflegte.

Meine Geduld wird am Ende belohnt. Ein junger Mann wischt die Regentropfen mit dem Ärmel von meinem Einband. Ich werde ins Licht der Straße gehalten. Und wissen Sie was? Ich weiß auf Anhieb, dass er ein Leser ist. Mein feuchtes Herz empfindet Zuneigung, als er die Seiten durchzublättern beginnt. Er tut das mit Gefühl. Ein gestrandetes Buch in den Händen einer Person, die die ersten Sätze aufsaugt und mich danach zwecks späterer Lektüre in eine Jackentasche steckt.

So ein Glück!

Wir erreichen eine Wohnung. Wir betreten eine Küche, in der Musik läuft. Eine Frau singt davon, über Wasser zu laufen. Mein neuer Hüter wird von zwei Männern und einer Frau begrüßt und eingeladen, einen Whiskey mit ihnen zu trinken, und bei dieser Gelegenheit erfahre ich seinen Namen: Armin. Sie bieten ihm einen Joint an, doch er beschließt, in sein Zimmer zu gehen.

Er legt sich aufs Bett und beginnt zu lesen.

Andreas Pum, der Kriegsinvalide. Die feuchte Luft lässt seinen Beinstumpf schmerzen. Sein fehlendes Bein schickt immer noch Botschaften aus der Kraterlandschaft, wo es zwischen Tausenden anderer Körperteile begraben liegt, und alle bitten den Menschen, zu dem sie gehörten, sie heimzuholen. Wenn sich der Himmel bewölkt und Regen einsetzt, tut das fehlende Bein weh, der Stumpf beginnt zu trauern.

An einem sonnigen Tag, Andreas Pum lässt seinen Leierkasten in einem der Innenhöfe erklingen, wird er von einer Frau gebeten, sein traurigstes Lied zu spielen. Sie hat just ihren Mann verloren. Er wählt das Lied über die Loreley aus, die Männer am Rheinufer ins Verderben lockt. Eine getragene Melodie, die er mit viel Gefühl ertönen lässt, während sie im offenen Fenster lehnt und lauscht. Sie heißt Katharina Blumich. Die Frau seiner Träume. Als es zu regnen beginnt, bittet sie ihn herein und stellt ihm ein Essen auf den

37

Tisch. Sie verlieben sich. Sie heiraten. Sie bietet ihm ein warmes Zuhause und kauft einen Esel, damit er den Leierkasten nicht mehr auf dem Buckel schleppen muss. Die Menschen lieben seine Musik, und es regnet Geld aus den Fenstern.

7

Ein kleines Tierchen krabbelt über das Bettzeug. Ein Mitreisender aus dem Park. Armin richtet sich auf und versperrt dem Ohrenkneifer mit einer Hand den Weg. Das Tierchen krabbelt hinauf und purzelt über die Handkante. Armin probiert es noch einmal. Der Ohrenkneifer purzelt wieder herunter. Beim nächsten Anlauf kehrt er nach kurzem Zögern um, und Armin steht auf und bringt das verirrte Insekt zum offenen Fenster. Es kennt keine Schwerkraft.

Armin widmet sich wieder der Lektüre.

Die Stimmen hallen aus der Küche in den Flur. Das schallende Lachen einer Frau. Es verstummt so abrupt, als hätte sie sich an etwas Ernstes erinnert, das ihr das Lachen verbietet. Nach einer Weile geht es wieder los, der Witz scheint jetzt noch lustiger zu sein.

Irgendjemand pocht gegen eine Wand. Die Nacht ist voller Lärm und Gegenlärm. Nebenan, vielleicht auch in der Wohnung darunter oder darüber, scheint sich jemand durch die Lachsalve beleidigt oder ausgeschlossen zu fühlen. Das Pochen, wo es auch ertönt, hat eine einsame Qualität, man fühlt sich an einen Häftling erinnert, der im Kerker durch Klopfsignale mit der Welt zu kommunizieren versucht. Die Vorstellung drängt sich auf, dass jemand auf einem Bett oder Tisch steht und einen Besenstiel gegen die Decke stößt, weil er verzweifelt wissen will, was so lustig ist.

Andererseits könnte das Pochen eine ganz andere Ursache haben. Vielleicht wird es von einem Paar verursacht, das irgendwo im Haus miteinander schläft. Vielleicht stammt der stete Rhythmus von einem gegen die Wand knallenden Kopfbrett oder von einem Stuhl, der auf dem Fußboden hin- und herwippt. Da gäbe es zig Möglichkeiten. Natürlich weiß man nicht mit Gewissheit, dass sich das Geräusch einem Liebesakt verdankt. Denkbar wäre auch, dass jemand beschlossen hat, zu später Stunde ein Bild aufzuhängen, ohne jede Rücksicht auf die Nachbarn einen Nagel in die Wand schlägt, das Bild anbringt und, als er zurücktritt, feststellt, dass es zu hoch hängt, dass der Nagel entfernt und etwas tiefer eingeschlagen werden muss. Dann nimmt das Hämmern an Fahrt auf. Es kann nicht daran liegen, dass jemand mitten in der Nacht auf die Idee gekommen ist, sein Zimmer umzudekorieren, dazu ist es zu wild. Kehren wir lieber zur Stuhl-Hypothese zurück. Der Stuhl, sofern es denn einer ist, scheint sich ruckelnd durch ein Zimmer zu bewegen, zunehmend schneller und mit einem Krach, als würde ein Pferd über Holzdielen preschen und beim Erreichen der Wand kehrtmachen.

Nun ertönt wieder das Gegenpochen. Die Person, die sich unten beschwert, hat sich so in die Sache hineingesteigert, dass der Lärm des gegen die Decke knallenden Besenstiels fast anfeuernd klingt. Das unten ertönende Pochen begleitet das oben ertönende Pochen, fordert das Paar auf, sich um Himmels willen zu beeilen, die Sache rasch zu erledigen – das Glück anderer kann einen wirklich in Rage bringen. Das ganze Haus ist miteinander verbunden, alle nehmen Teil an diesem orgiastischen Geschlechtsakt. In einem Zimmer das Paar im Rausch, unten ein misanthropisches Individuum, das wütend und empört reagiert, dazu die Leute in der Küche, die sich vor Lachen ausschütten, und im Nebenzimmer jemand, der versucht, ein Buch zu lesen.

Einer der Männer, die in der Küche sitzen, öffnet die Tür zu Armins Zimmer. Er fragt, warum er nicht einen Schluck mit ihnen trinke – die Nacht sei ja noch jung.

Vielleicht später, erwidert Armin.

Er vertieft sich wieder in die Geschichte von Andreas Pum, der mit dem Leierkasten, nun auf den Rücken eines Esels gebunden, durch die Stadt zieht. Die Geschäfte laufen gut, und er erwägt, sich einen Papagei anzuschaffen, damit sein Auftritt mehr Aufmerksamkeit auf sich zieht. Er weiß, welche Innenhöfe er meiden muss. Solche mit Schildern mit der Aufschrift »Betteln und Hausieren verboten«. Er sucht nur Orte auf, wo man seine Melodien schätzt. Wo Kinder angelaufen kommen, um fasziniert die Märchenszenen zu betrachten, die seinen Leierkasten schmücken. Wo Münzen, in Papier gewickelt, damit sie den Esel nicht verletzen, aus den Fenstern fliegen.

Er spielt auch die Nationalhymne, falls erwünscht. Sie gibt den Leuten, die so vieles verloren haben, in dieser Nachkriegszeit ein gutes Gefühl. Er kann das Tempo und die Stimmung der Melodie variieren, indem er die Kurbel unterschiedlich schnell betätigt. Manchmal spielt er die Hymne als Walzer. Manchmal als flotten Marsch. Manchmal spielt er sie als Requiem, um dem Elend einer besiegten Nation Ausdruck zu verleihen. Und manchmal spielt er sie als Wiegenlied, um jene zu trösten, die keinen Schlaf finden, weil die Straßen von Aufruhr und Groll beherrscht werden. Zornige, mittellose Invaliden marschieren mit Transparenten durch die Straßen und verlangen den Sturz der Regierung. Die zitternden Männer, die nichts mehr zu verlieren haben, protestieren gegen den Staat.

Andreas Pum ist ein gesetzestreuer Bürger, der keinen Groll gegen die Obrigkeit hegt. Er zückt stolz seine Straßenmusiklizenz, wenn ein Polizist danach verlangt. Sein ganzes Glück beruht auf diesem amtlichen Dokument. Es verschafft ihm einen Platz in der Gesellschaft. Es misst ihm als Individuum einen Wert bei. Es erlaubt ihm, zu essen und hungrig zu sein. Es schenkt ihm das Recht zu leben, zu lieben, glücklich zu sein.

Damals war ein Leierkasten eine erhebliche Investition, er kostete zwischen zweitausend und dreitausend Mark. Laut meines Verfassers gab es in Berlin gut zwölftausend Straßenmusiker. Lizenzen wurden ausschließlich an Kriegsinvaliden vergeben. Auf Straßen mit vielen Passanten gab es das meiste zu holen, in den Innenhöfen weniger. Blinde Leierkastenmänner hatten es schwer, weil sie leicht bestohlen werden konnten. Die Bedienung eines Leierkastens setzte kaum Können voraus, man musste nur kurbeln. Der mechanische Klang dieses Apparats hatte etwas Künstliches und zugleich Aufregendes, sollte aber bald vom Radio verdrängt werden, das ein ganzes Orchester in der guten Stube erklingen ließ. Andreas Pum hatte das Glück, das neueste Leierkastenmodell erhalten zu haben. Durch Fortschritte in der Produktionstechnik waren die alten Leierkästen, deren Walzen rasch abnutzten und am Ende nur noch ein paar schiefe Töne hervorbrachten, längst überholt.

Betrüblicherweise mündet die Geschichte des Leierkastenmannes in eine Abwärtsspirale. Sein Schicksal hängt von der Gunst seiner Mitmenschen ab. Eines Abends, er hat Esel und Leierkasten zu Hause gelassen, begibt er sich zum ersten Mal in die Stadt, um das Glück zu feiern, seinen Lebensunterhalt verdienen zu können. Er hat eine Ehefrau, ein Zuhause, eine Familie – sein Platz in der Gesellschaft ist gesichert. Nun ist es an ihm, großzügig zu sein und einem Straßenmusiker eine Münze zu geben.

Danach fährt er mit der Straßenbahn nach Hause, weil er müde ist, und auf dieser Fahrt gerät er mit einem wohlbestallten Geschäftsmann aneinander, der ihn prompt ins Unglück stürzt. Der Mann ist ein erfolgreicher Posamentenhändler. Er hat Frau und Kinder, was ihn aber nicht davon abhält, seine junge Sekretärin zu begehren und schließlich zu bedrängen. Es handelt sich um einen klassischen Fall sexueller Belästigung am Arbeitsplatz, um den Machtmissbrauch eines Vorgesetzten, der eine junge Frau nötigen will. Sie erklärt, sie sei verlobt, und kann entwischen. Am nächsten Tag erscheint ihr Freund, ein talentierter Tierstimmenimitator, um den Geschäftsmann der versuchten Vergewaltigung zu beschuldigen. Er erklärt, sich nicht mit einem Schweigegeld abspeisen zu lassen, sondern auf Schadensersatz klagen zu wollen. Er will, dass die Ehre seiner Freundin wiederhergestellt wird, und bringt den Geschäftsmann in Rage, indem er vor sich hin trillernd Vogelstimmen imitiert.

Abends in der Straßenbahn, die Vogelimitation hallt noch schrill in seinen Ohren nach, lässt der Geschäftsmann seine Wut an Andreas Pum aus. Er weigert sich, den Leierkastenmann durchzulassen, und unterstellt dem dekorierten

Kriegsveteranen, seinen Invalidenstatus durch Simulation ergaunert zu haben. Das Holzbein sei Betrug, behauptet er. Es sei ganz einfach, so zu tun, als ob. Andreas Pum ist es gewohnt, dass die Leute aufstehen und ihm einen Platz anbieten. Nun wird er als Simulant beschimpft. Diese Invaliden sind gefährliche Simulanten, erklärt der Geschäftsmann. Ich war gerade jetzt in ihrer Versammlung. Alle natürlich Bolschewiken. Ein Redner gab Anleitungen, wie man simuliert. Ein anderer Fahrgast pflichtet bei, indem er meint, Andreas sei wohl ein Jude. An diesem Punkt reckt der Leierkastenmann erbost die Krücke. Man ruft einen Polizisten. Der Gesetzeshüter schlägt sich auf die Seite des Geschäftsmanns. Andreas Pum wird die Lizenz entzogen.

Er hat schlagartig kein Dokument mehr.

8

Bevor ich es vergesse. Am Tag der Bücherverbrennungen waren die Werke Joseph Roths bereits in einer Extraabteilung der Preußischen Staatsbibliothek unter Verschluss. Sie standen direkt neben dem Opernplatz, dem Ort der Verbrennung, in einer literarischen Giftkammer. Man bekam sie nur mit einer Sondergenehmigung ausgehändigt. Sie waren vor der Öffentlichkeit, ja sogar vor den Studenten versteckt, die sie ins Feuer werfen wollten. Dieser Sonderstatus bewahrte viele vor den Flammen, nicht überall in Deutschland, aber in Berlin. Jeder neue Titel, den Roth im Exil veröffentlichte, wurde dieser Sammlung hinzugefügt. Wenn die Wehrmacht auf ihrem Eroberungszug durch Europa in ein neues Land einmarschierte, stießen die Eroberer auf Ausgaben seiner Werke, die nach Berlin verbracht und in der Kammer für kontaminierte Bücher einsortiert wurden.

Mit dem Beginn der Bombardierung der Hauptstadt wurde der Großteil der wertvollen alten Bücher aus der Bibliothek an einen sicheren Ort außerhalb der Stadt verbracht. Ironischerweise blieb in diesem Zuge auch die Sammlung verbotener Bücher verschont. Die Preußische Staatsbibliothek sank in Schutt und Asche, doch die auf der schwarzen Liste stehenden Bücher lagerten in einer Villa im entlegenen Köslin, heute das polnische Koszalin. Jahrzehnte später, nach dem Fall der Berliner Mauer, tauchten zwei Werke Roths, die zu der Sammlung gehört hatten, in einer polnischen Bibliothek auf. In den Niederlanden gedruckt und von einem Sonderkurier nach Berlin gebracht erhielten sie den Stempel der Staatsbibliothek, wurden dann in eine Villa auf dem Land in Sicherheit gebracht und landeten am Ende in der Universitätsbibliothek von Łódź, wo sie der Öffentlichkeit nun wieder zugänglich sind.

Am Tag nach den Bücherverbrennungen kehrte Lenas Großvater mit seiner Ausgabe von *Die Rebellion* in seine Heimatstadt Magdeburg zurück. Nachdem er den Ort der dortigen Bücherverbrennung passiert hatte, begab er sich schnurstracks nach Hause und fügte mich seiner kleinen, aber stetig wachsenden Bibliothek hinzu.

Nun stand ich in der Nähe Goethes. Schillers. Fontanes. Büchners. Unantastbare Bücher, könnte man sagen. Vertrauenswürdige Meisterwerke, die mir entspannt Gesellschaft leisteten. Sie tolerierten mich, lernten mich mit der Zeit vielleicht sogar ein wenig zu schätzen.

Einige Jahre war ich dort in Sicherheit. Lenas Großvater trat in Magdeburg eine Stelle als Lehrer an. Da Professor Glückstein nicht mehr an der Humboldt-Universität lehren durfte, konnte er mich meinem ursprünglichen Besitzer nicht zurückgeben. Die kuriose Landkarte auf meinen letzten leeren Seiten faszinierte ihn. Er hätte gern gewusst, welchen Ort genau die Karte markierte und ob er, sobald keine Bücher mehr verboten wären, irgendetwas unternehmen oder herausfinden sollte. Er wartete darauf, dass sich der Professor bei ihm meldete, doch er hörte nichts von ihm. Der Professor hatte ihn einmal anlässlich einer literarischen Soirée, die das Erscheinen eines Lyrikbandes feierte, zu sich nach Hause eingeladen. An jenem Sommerabend las eine Frau eine Auswahl von Gedichten vor gut zwanzig Gästen, die in der Bibliothek auf Stühlen saßen. Die Terrassentüren standen offen, die Worte trieben über die stille Oberfläche des nahen Sees. Während des Empfangs auf der Terrasse wurde er der Verlobten des Professors vorgestellt, Angela Kaufmann, die am Philosophischen Seminar der Universität tätig war. Zu den erlesenen Gästen, die an jenem Abend anwesend waren, gehörte ein Autor, den Lenas Großvater von Kindesbeinen an bewundert hatte, der Verfasser des Jugendbuchs *Emil und die Detektive*, ebenjener Autor, der zugeschaut hatte, wie man seine Bücher ins Feuer warf, und dabei von einer Frau erkannt wurde, die auf ihn zeigte und schrie: Schaut mal, das ist er, da steht er ja.

Lenas Großvater hatte die Adresse Professor Glücksteins in Wannsee. Weil er keine verbotenen Bücher erwähnen durfte, schrieb er dem Professor, er würde sich gern mit ihm treffen, um über Neuerscheinungen zu sprechen.

Er erhielt keine Antwort.

An einem Samstagvormittag, kurz nach der Reichspogromnacht, zog er mich aus dem Regal und legte mich auf den Tisch. Dann griff er nach einem Roman Theodor Fontanes, den er neben mich legte. Ein Klassiker mit dem Titel *Effi Briest*. Die Geschichte einer Frau, die sich in einen Freund ihres Mannes verliebt, einen Offizier namens Crampas.

Wir lagen nebeneinander auf dem Tisch, als wäre es eine Übung in Komparatistik.

Lenas Großvater holte ein Fleischmesser aus der Küche. Er schärfte es und nahm eine Operation vor, die mein Leben verändern sollte. Er stieß das Messer in die Seiten von Fontanes Roman. Als er die Klinge durch den Buchblock zog, ertönte ein gequälter Schrei, der klang, als würde man eine trockene Brotrinde zerbrechen. Ich war überrascht, dass kein Blut floss. Anschließend bettete er mich in das Rechteck, das er ausgeschnitten hatte, und ich lag zwischen den Deckeln von Fontanes Roman wie in einem Sarg. Ich erhielt einen neuen Titel. Einen neuen Verfasser. Ich lebte nun im Verborgenen. Wie ein nachgemachter Schlüssel, der, in einem Buch versteckt, zu einem Gefängnisinsassen geschmuggelt wird.

Ich bin Effi Briest, rede ich mir ein.

Von da an sah ich die Welt mit ihren Augen. Ich sah zu, als sie sich auf ein Stelldichein mit Crampas vorbereitete.

Mein Verfasser hatte sich während seines Studiums zweifellos mit diesem Roman beschäftigt. Bestimmte Aspekte hatte er auf mich übertragen. Bücher haben die Eigenart, sich in den Gedanken der Lesenden einzunisten und weitergetragen zu werden, um in nachfolgende Werke einzufließen. Ich war ein Teil dieser lebendigen, in die Zukunft weisenden Kette von Ideen.

Zwischen Fontanes Buchdeckeln begann ich ein Doppelleben. Ich steckte unter Effis Wintermantel, als sie am Tag der schicksalhaften Schlittenfahrt mit Major Crampas aus dem Haus ging.

Nach dem Weihnachtsessen, so erzählt es Fontane, brechen die Gäste zu einer Schlittenpartie auf. Sie fahren in Pferdeschlitten durch die winterliche Landschaft am Meer und erreichen einen zugefrorenen Fluss. Die Pferde spüren, dass es zu gefährlich wäre, ihn zu überqueren. Also muss die Gesellschaft einen anderen Weg einschlagen, und während die meisten Gäste mit der Kutsche heimkehren, folgt Effi ihrem Mann auf einer riskanten Route durch den Wald. In letzter Sekunde springt Major Crampas zu ihr in den Schlitten, weil er, wie er erklärt, nicht zulassen kann, dass sie allein fährt.

Auf dieser Fahrt werden sie ein Liebespaar. Sie verfällt einem Bann, den sie nicht abschütteln will. In der Verfilmung halten die beiden kurz auf einer Lichtung. Es herrscht eine tiefe Stille wie in einem weißen Raum.

Und so geht die Liebesszene bei Fontane: Crampas haucht ihren Namen in ihr Ohr. Er löst die Finger ihrer verschränkten Hände und bedeckt sie mit Küssen. Sie steht kurz vor einer Ohnmacht. Als sie die Augen öffnet, haben sie den Wald hinter sich gelassen.

Danach bricht ihre Welt zusammen. Ihr Mann entdeckt Briefe, und ihre Affäre kommt ans Licht. Sie wird aus der Ehe verstoßen, man entreißt ihr das Kind, das sie zur Welt bringt. Sie versinkt in einer tiefen Depression.

Eingebettet in die tragische Geschichte einer um Freiheit ringenden Frau wurde ich von Lenas Großvater nach Berlin mitgenommen. Es war Winter, wie am Tag der schicksalhaften Schlittenfahrt. Da es zwecklos gewesen wäre, die Universität aufzusuchen, fuhr er zum Wannsee. Der See war zugefroren. Leute liefen Schlittschuh, Zeichen hinterlassend, als würden sie aufs Eis schreiben.

Er fand das Haus von Professor Glückstein und läutete. Niemand öffnete. Er wartete eine Weile, dann schaute er durch die Fenster. Die Zimmer wirkten verwaist. Er ging zur Rückseite des Hauses, um nachzuprüfen, ob alles in Ordnung war. Auf der Terrasse, die einen Blick auf das Wasser bot, schaute er noch einmal durch die Fenster, konnte aber kaum etwas erkennen, weil sich der See zu hell im Glas spiegelte. Er stellte fest, dass eine Terrassentür offen war, und betrat die Bibliothek, in der ihm die Ehre zuteilgeworden war, an der literarischen Soirée teilzunehmen. Der Raum wirkte verlassen, der Fußboden war von Büchern bedeckt.

Was haben wir hier zu suchen? Bleib ja nicht an einem Ort, der von Bücherhassern geschändet wurde.

Dann ertönten Stimmen im Flur, und wir mussten uns hinter einem Bücherregal verbergen. Mein Herz, Effis Herz, hämmerte in meiner Brust. Sie bekam kaum noch Luft. Ein leiser Schrei entrang sich ihrer Kehle, und ich befürchtete kurz, ihre Schuldgefühle und ihre Abenteuerlust könnten uns verraten. Zwei Männer, die Kisten mit Briefen und anderen Dokumenten trugen, betraten die Bibliothek. Sie begannen, die Materialien zu sichten, und als sie das Gesuchte fanden, gingen sie wieder in den Flur und von dort in ein anderes Zimmer. Wir schlüpften bei der ersten sich bietenden Gelegenheit auf die Terrasse und huschten durch den Garten zu einem Weg, der am See entlangführte.

9

Zurück in Magdeburg, im Haus, das Lenas Großvater mit seiner alten Mutter bewohnte, wurde eines Morgens gegen die Tür gepocht. Draußen standen die beiden Männer, die im Haus am See die Unterlagen Professor Glücksteins gesichtet hatten. Nun gingen sie in die Bibliothek und durchforsteten die Regale, auf denen ich stand, versteckt in *Effi Briest*. Unter ihrem Mantel fühlte ich mich geborgen und spürte den Respekt, den mir die anderen Klassiker zollten. Ich stand direkt neben *Woyzeck*, dieser famosen Verkörperung von Eifersucht und Zerstörungslust, diesem unvollendeten Drama über einen Soldaten, der seine Geliebte tötet, weil sie mit einem Tambourmajor im Bett war. Vielleicht hätte der Leierkastenmann seine Frau Katharina auch besser ermordet, als sie ihn einen elenden Krüppel schimpfte und sich an einen Polizisten heranmachte, der noch beide Beine hatte, doch er wandte seinen Kummer gegen sich selbst wie eine Klinge.

Während die Männer die Regale Buch für Buch durchkämmten, wollten sie von Lenas Großvater wissen, warum er seinem ehemaligen Berliner Professor geschrieben hatte. Schließlich habe er schon lange nichts mehr mit der Humboldt-Universität zu tun. Lenas Großvater erwiderte, es sei aus Höflichkeit geschehen, er habe schlicht wissen wollen, ob sein früherer Literaturprofessor wohlauf sei. Dann unterstellten ihm die Männer, einer Gruppe degenerierter Akademiker anzugehören, die sich gegen den Staat verschworen hätten. Er musste sich setzen, und sie begannen, ihn zu verhören. Einer nahm die Armbanduhr ab und legte sie auf den Tisch, um zu demonstrieren, dass sie alle Zeit der Welt hatten.

Mein Verfasser hätte den Mann, der das Verhör führte, als Person mit bleichem, teigigem Gesicht beschrieben, mit schmalen Lippen, die kaum die Zähne bedeckten, und gelblichen Ohren, die im Licht, das durch das Fenster fiel, fast durchscheinend wirkten.

Wir wissen, dass Sie es haben.

Was?

Sie waren sein bevorzugter Student.

Er ist ein brillanter Hochschullehrer.

Sie haben sich angefreundet.

Ein klassisches Verhör, in dessen Verlauf beide Seiten versuchen, möglichst wenig preiszugeben. Der Verhörte beteuert, nichts zu wissen. Der Verhörführer tut so, als wüsste er alles.

Lenas Großvater entgegnete auf jede Frage, er wisse nicht, wovon sie sprächen.

Während der ganzen Zeit befürchtete ich, Effi könnte ihren Mantel öffnen und einen leisen Leierkastenton entlassen.

Niemand nannte den Titel, aber es lag auf der Hand, dass sie das Buch mit der Landkarte suchten. Diese Karte wies den Weg zu sagenhaften Schätzen. Alle drei wussten, dass David Glückstein der Erbe eines Papierfabrikanten war, aber, da Wesenszüge gern eine Generation überspringen, kein

Interesse an dem Reichtum hatte, der ihm in den Schoß gefallen war, sondern sich lieber mit Kunst und Literatur beschäftigte. Der Vater produzierte Papier – sein Sohn befasste sich mit dem, was daraus wurde. Er interessierte sich für Bücher, vor allem für jene der revolutionären neuen Autoren, zu denen auch mein Verfasser zählte, jene, die Menschen am Rand der Gesellschaft eine Stimme gaben.

Der Mann, der das Verhör führte, riet Lenas Großvater, ihre Zeit nicht zu vergeuden. Auch das war eine wohlerprobte Strategie, die verhörte Person sollte wissen, dass jede Nachsicht ihre Grenzen hätte. Dann erlaubte sich Lenas Großvater einen Patzer – er beteuerte, nicht zu wissen, welches Buch sie meinten.

Der Mann lächelte.

Wie kommen Sie darauf, dass wir ein Buch suchen?

Sie haben doch die Bücherregale durchkämmt.

Diese naive Antwort missfiel den Männern. Der Verhörführer, den Buchtitel weiter verschweigend, sagte mit einer Stimme, aus der jede Geduld gewichen war: Sie wissen ganz genau, welches Buch ich meine.

Spucken Sie endlich die Wahrheit aus, schrie der andere.

An diesem Punkt begriff Lenas Großvater, dass die Wahrheit mehr oder weniger egal war, solange die beiden ihren Willen bekamen. Er hätte sich einen Haufen Ärger ersparen können, wenn er mich umstandslos ausgehändigt hätte. Er gelangte zu der Einsicht, dass er nur davonkäme, wenn er ganz ehrlich wäre, sogar das fragliche Buch erwähnte.

Sie meinen Joseph Roths *Die Rebellion*.

Sehr richtig, sagte der Verhörführer.

Lenas Großvater erzählte, wie das Buch in seinen Besitz

gelangt war. Am Abend der Bücherverbrennung, sagte er, habe ihm der Professor ein Exemplar des Romans zur Aufbewahrung übergeben. Er habe mit seinem Gewissen gerungen und nicht gewusst, was tun. Um nicht ertappt zu werden, habe er das Buch unter seinem Mantel aus der Universität geschmuggelt. Auf dem Opernplatz habe er die Menschenmenge erblickt, die das Feuer umringte, und daraufhin entschieden, das zu tun, was wohl jeder aufrechte Deutsche getan hätte.

Na, aber selbstverständlich, sagte der Verhörführer hellhörig.

Ich musste das Richtige tun.

Und was war das?

Ich habe das Buch ins Feuer geworfen.

Dies war einer der Momente, in denen Lügen absolut glaubwürdig klingen. Nicht nur einleuchtend, sondern auch politisch angeraten. Der Verhörführer schien jedenfalls keinen Anlass zu sehen, an diesen Worten zu zweifeln. Der doppelte Bluff war gegen jeden Einwand gefeit.

Das Verhör wurde beendet. Vielleicht überlegten die zwei Männer schon, wie sie auf anderem Weg an die gewünschten Informationen kommen konnten. Der Verhörführer griff nach seiner Uhr und legte sie mit einer gespielt zufriedenen Geste wieder an. Um sicherzugehen, durchkämmten sie die Bücherregale ein zweites Mal und fassten dabei kurz *Effi Briest* ins Auge. Aber sie waren keine Leser. Sie übersahen, was das Buch verbarg, und verschwanden mit leeren Händen.

10

Windstille. Wie am Morgen einer Beerdigung. Der Nebel in den Straßen scheint Berlin zum Stillstand zu bringen, gleichzeitig ist alles in Bewegung. Die Menschen, die Joseph Roth vor hundert Jahren beschrieb, sind wieder in ihren Ausgangspositionen. Die gleichen Leben, nur ein Stückchen weiter auf der Straße der Geschichte. Das kleine Mädchen, das auf einem Balkon Sand auskippt. Ein alter Herr, der im Wohnzimmer ein Buch liest. Der junge Mann, der nebenan Musik hört und ein Klangfragment in die Stadt entlässt. Fragment eines Fragments, so hat er das genannt.

In Armins Tasche liegend komme ich mir vor wie hinten in einem Krankenwagen. Man vollzieht den Weg durch die Stadt im Kopf nach. Noch fünfhundert Meter geradeaus, dann links. Nun haben wir die Marktstände auf dem Hermannplatz erreicht, wo einst ein Kaufhaus stand, das einer gewaltigen Geburtstagstorte mit zwei Türmen glich. Es wurde Ende des Krieges zerstört und später durch ein, ja, turmloses Kaufhaus ersetzt, das im Gegensatz zum Vorgängerbau kein Dachgartenrestaurant hat.

Ringsumher tummeln sich Menschen wie eine Bibliothek auf Beinen. Bücher drängen sich vor den Obst- und Gemüseständen. Ein Buch preist günstige Avocados in melodischen Tönen an. Ein steter Strom von Büchern fährt im Fahrstuhl nach unten und stößt zu jenen, die auf dem Bahnsteig warten. Bücher steigen aus, Bücher steigen ein. Ein Buch springt in die Bahn, kurz bevor sich die Türen schließen.

Die musikalische Begabung zu hören, was nicht zu sehen ist – der Leierkastenmann besaß sie. Die Begabung, leiseste Töne zuordnen zu können. Seine Ohren hatten Augen. Er konnte die Hufschläge von Vollblütern und Brauereipferden unterscheiden. Die Alten von den Jungen. Die Schwachen von den Starken.

Meine jetzigen Mitreisenden: ein Notizbuch, ein Maßband und ein Laser-Entfernungsmesser. Armins Job besteht darin, im Rahmen eines Forschungsprojekts Grundstücke zu vermessen, etwa Tankstellen und Parkplätze. In seinem Notizbuch hat er die Daten eines einstöckigen Eckhauses notiert, das zuerst Bierhandel und danach Starbucks-Filiale war und nun ein italienisches Restaurant beherbergt. Ziel des Projekts ist die Berechnung der Fläche, die aufgestockt werden könnte. Man möchte wissen, wie viel neuer Wohnraum entstehen könnte und wie sich die Hauptstadt in einen grüne Zone umwandeln ließe.

Nun bin ich also der Assistent eines Vermessers.

Nur eines beunruhigt mich. Ich befördere Bargeld. In meiner Mitte steckt ein Bündel Banknoten zwischen zwei Seiten. Ich fühle mich aufgebläht, komme mir vor wie ein Bestandteil der berechnenden Welt des Geldes. Diene ich ab jetzt als Portemonnaie? Ich würde am liebsten auf diesen Reichtum verzichten. Ich möchte ein Buch sein, das nur seinen literarischen Inhalt transportiert, das Vehikel einer Geschichte ist, kein Geldtransporter.

In einer Straße, wo zwanzig Sprachen ertönen, betritt Armin einen Barber Shop. Er setzt sich auf eine Bank. Vor ihm stecken zwei Männer bis zum Hals in schwarzen Umhängen. Der Fernseher zeigt eine Frau, die vor der Kulisse eines Sonnenuntergangs singend über einen Strand tänzelt. Die Typen auf den Friseursesseln strotzen vor Testosteron. Der linke Typ bekommt einen Buzz Cut, sein schwarzer Vollbart bleibt unangetastet. Seine Augen, stelle ich mir vor, schauen zornig und autoaggressiv drein, signalisieren die Bereitschaft zum Kampf mit seinem Spiegelbild. Der andere Typ trägt einen Spitzbart und auf dem Hals ein Tattoo, das an eine Kettensäge erinnert. Er lässt sich einen Skin Fade schneiden, auch sein Bart bleibt unangetastet. Unter ihren Umhängen zeichnen sich geballte Muskelladungen ab, regelrechte Sprengsätze.

Ob Männer bis in alle Ewigkeit in den Krieg ziehen oder aus einem Krieg heimkehren werden? Entweder besiegt wurden oder in einen Konflikt ziehen, der nicht zu gewinnen ist? Bereiten sich diese Männer auf den Zusammenstoß mit einem Feind vor? Oder auf einen großen Kampf mit der Natur? Gegen Überflutungen. Gegen Waldbrände. Gegen Wassermangel.

Eine heilige Halle des Haareschneidens, wo Männer wie gebannt ihr Spiegelbild betrachten, während der Friseur an ihrem äußeren Erscheinungsbild arbeitet. Eine Gelegenheit, Bilanz zu ziehen. Ein Ort, um nachdenken und selbstkritische innere Einkehr halten zu können. Ein Ort, wo man Neuigkeiten aufschnappt. Joseph Roth schrieb vor nahezu hundert Jahren einen Zeitungsartikel über einen Mann, der ein Friseurgeschäft betrat und plötzlich eine Analyse der aktuellen politischen Entwicklungen über die Männer ergoss, die stumm auf ihren Stühlen saßen.

Eine dicke Fliege ist in den Raum gesurrt und verspottet die Typen, die plötzlich wie aufgeblasen wirken. Ein Friseur will sie mit einem Föhn hinter Sprühdosen hervorscheuchen. Das Insekt wird in die Höhe geschleudert wie durch einen Orkan.

Die penetrante Männlichkeit der zwei bärtigen Typen, dazu die tiefe Stimme des Friseurs und der Duft von Aftershave haben zur Folge, dass Armin sich androgyn vorkommt. Später wird er folgende Geschichte erzählen, eine Kindheitserinnerung. In der Schule zerrte ihn der Lehrer nach einem kleinen Vergehen vom Stuhl und steckte ihn zu den Mädchen. Er musste einen Schleier anlegen und sich ganz hinten ins Klassenzimmer setzen, und die Mädchen drehten sich kichernd nach ihm um, als wäre es lustig, weiblich zu sein. Er war gezwungen, den Schleier den ganzen Tag zu tragen, und konnte es kaum erwarten, in seinen Jungenkörper zurückzukehren. Er denkt ungern an die Zeit zurück, als es eine Strafe darstellte, eine Frau zu sein.

Der Friseur greift nach einer Zeitschrift mit einer Schönheit im Badeanzug auf dem Cover. Er lässt sie auf den Tresen klatschen. Die Fliege ist tot. Doppelt tot. Einmal im Spiegel, einmal live. Der schwarze Kadaver landet in einem Mülleimer voller Haare. Die Fliege wird im Fell einer ganzen Männerrotte begraben.

Ein neuer Kunde kommt herein und setzt sich neben Armin auf die Bank. Er ist in den Vierzigern. Seine Lederjacke knarrt, als er mich Armin entreißt und durchblättert. Er nimmt das Geld an sich, das ich enthalte, zählt es durch und steckt es danach in die Innentasche seiner Jacke.

Ein Muslim liest ein Buch auf Deutsch?

Ich bin kein Muslim, entgegnet Armin.

Du wurdest als Muslim geboren, sagt der Mann. Tschetschenien, richtig? Das kannst du nicht ablegen wie einen Mantel. Du kannst das nicht einfach im Bus liegen lassen und sagen: Das gehört mir nicht mehr. Du wirst bis zu deinem Tod ein Muslim bleiben, mein Freund.

Ich bin hier aufgewachsen, erwidert Armin.

Sogar deine Scheiße ist muslimisch.

Dieser Mann ist eindeutig kein Leser. Er will nicht wissen, worum es in meiner Geschichte geht. Das Leben eines Leierkastenmannes interessiert ihn nicht. Er benutzt mich, um sich am Oberschenkel zu kratzen.

Richte deiner Schwester aus, sagt er, dass sie eine schöne Frau ist. Ich liebe sie. In meinen Augen ist sie vollkommen. Die Prothese hat mich nie gestört. Viele andere Männer würden sich daran stoßen, denke ich.

Armin erwidert nichts darauf.

Richte Madina aus, dass ich der einzige Mann bin, der sie liebt, wie sie ist.

Armin bleibt weiter stumm.

Ich habe ihr die Tür geöffnet, erklärt der Mann. Ohne mich wäre sie keine Sängerin. Ich habe die Voraussetzungen geschaffen. Das sollte sie nicht vergessen. Ohne mich wäre sie ein Nichts.

Er steht auf und nimmt ein Rasiermesser vom Tresen.

Darf ich?, fragt er den Friseur.

Er schneidet eine Seite aus der Geschichte. Das tut höllisch weh. Nun weiß ich, wie es für *Effi Briest* war. Zufälligerweise ist es die Seite, die schildert, wie der Leierkastenmann in der Straßenbahn Ärger bekommt, weil der Geschäftsmann nicht zur Seite tritt, wie er sich hineinzwängen muss, nur um als Simulant verunglimpft, als Jude beschimpft, als Aggressor eingestuft zu werden. Er wird als friedliebender Mensch aus der Gemeinschaft ausgestoßen. Nachdem er seinem Zorn in der Straßenbahn Luft gemacht und drohend die Krücke gereckt hat, wird er der öffentlichen Ruhestörung bezichtigt und hat sein Recht auf Glück verwirkt.

Diese Passage bringt zum Ausdruck, wie mein Verfasser zu sozialer Ungerechtigkeit steht.

Der Mann faltet die herausgeschnittene Seite zusammen und steckt sie mit dem Geld ein. Eine meiner Seiten wurde amputiert wie ein Bein. Sollte ich zum Verkauf angeboten werden, dann müsste der Antiquar meine Mängel aufzählen. Leichter Wasserschaden. Blutfleck eines Diebs. Ein Klecks Rattenurin mit Erregern der Weil'schen Krankheit. Eine handgezeichnete Karte und eine große Bandbreite von Daumenabdrücken, sowohl von Toten als auch von Lebenden. Ganz zu schweigen vom leichten Rauchgeruch, der noch vom Abend der Bücherverbrennung stammt.

Und nun fehlt diese entscheidende Seite.

Als der Mann mich zurückgibt, fällt ein Flyer heraus, der zwischen meinen Seiten gesteckt hat. Er hebt ihn auf und liest ihn durch, dann tut er ihn zurück.

Die Galerie Fernreich würde sich freuen, Sie zur Vernissage einer Ausstellung mit neuen Arbeiten von Christiane Wartenberg begrüßen zu dürfen. Die Einführung hält Ronald Koltermann, Kunstkritiker des *Tagesspiegel*. Auguststraße 89. Mitte. Getränke. 17:30.

Er steht auf und klopft mit den Fingerknöcheln hinter Armins Kopf gegen die Wand. Armin sitzt da wie in einem

Traum, während er zuschaut, wie der Mann auf die Straße tritt und verschwindet. Ein Stuhl wird frei. Der Friseur klatscht mit einer Hand darauf, um zu signalisieren, dass Armin nun zum Mann gemacht werden kann.

II

Wir biegen von der Straße in den Innenhof ab. In einer Wohnung spielt jemand Drums, dann ertönt ein explosionsartiger Akkord einer E-Gitarre, wiederum danach jault eine Mundharmonika. Im Hinterhaus weht eine Folge von Tönen durchs Treppenhaus. Armin wird auf dem Weg nach oben von einem alten Herrn angesprochen. Dieser Lärm muss aufhören, sagt er. Meine Lungenkapazität liegt nur noch bei vierzig Prozent, bei Ihnen sicher bei achtzig. Ich hänge den ganzen Tag am Sauerstoffgenerator. Sehen Sie diesen beschissenen Schlauch?, fragt er. Wenn ich den nicht in der Nase hätte, würde ich zusammenklappen.

Die Leute gehen bald auf Tournee, erwidert Armin. Schon am Montag nächster Woche.

Ich bekomme keinen Bissen runter, solange die Radau machen.

Und warum nicht?

Es kostet mich zu viele Nerven.

Der alte Herr mit dem Lungenleiden hat recht. Musik geht auf die Lunge. Er hat sein eigenes Mundharmonika-Solo, das ihn Tag und Nacht als Abfolge jaulender Töne begleitet. In meiner Brust ertönt das unablässige Pfeifen eines Leierkastens.

Die Musik schlägt uns mit fast physischer Gewalt entgegen, als Armin die Tür öffnet. Die Musiker spielen weiter, als er zu seiner Schwester Madina geht und ihr einen Kuss gibt. Auch sie spielt weiter Gitarre, während sie ein paar Worte mit ihm wechselt. Sie kommt nicht aus dem Takt. Offenbar gibt es in ihrem Kopf eine Abteilung für die Sprache und eine für die Musik.

Der Mundharmonikaspieler hat Lungen wie ein Wal. Er wiederholt mit geschlossenen Augen ein Riff. Er muss offenbar keine Luft holen, scheint über den Luftvorrat mehrerer Sauerstoffgeneratoren zu verfügen. Er gleicht einem Taucher, der eine schier unglaubliche Tiefe erreichen kann. Man kann nicht erkennen, ob und wie er Luft holt, er scheint den Sauerstoff aus einer unbekannten Quelle zu beziehen. Außerdem ist er Raucher, noch eine Beleidigung für den lungenkranken Hausbewohner weiter unten. Es liegt auf der Hand, warum der alte Herr mit dem Schlauch in der Nase so sauer ist. Es ist ein Fall von Lungenneid. Er wünscht sich, wenigstens einen Atemzug vergeuden zu können, wenigstens einen kleinen Hauch.

Die Musik verstummt. Die Musiker legen ihre Instrumente ab, als hätten sie einen Waffenstillstand geschlossen, und gehen raus, um einen Happen zu essen. Madina bleibt mit Armin zurück. Der alte Herr schnauft jetzt sicher wie ein Wal. Die Stille breitet sich wie frische, unverbrauchte Luft im Treppenhaus bis in den Hinterhof aus.

Ich habe mich mit ihm getroffen, erzählt Armin.

Mit Uli?

Ich habe ihn bezahlt.

Mein Gott. Du hättest ihn besser ignoriert.

Er folgt mir.

Wie viel war es?

Vergiss es, sagt Armin. Es ist erledigt, du musst dir keine Sorgen mehr machen.

Madina setzt sich hinter die Drums. Sie greift zu den Stöcken und lässt ihrer Wut freien Lauf, schlägt in alle Richtungen, nach links und rechts und wieder nach links.

Das Geld ist egal, sagt sie. Er rächt sich an mir, weil ich die miese Beziehung mit ihm beendet habe. Als hätte ich ihm etwas geklaut. Und weißt du, was lustig daran ist, Armin? Er ist verheiratet. Das habe ich erst vor Kurzem erfahren. Er hat eine Frau und zwei Kinder. Was sagt dir das?

Sie verpasst der Basstrommel einen kräftigen Tritt.

Er hat mich sogar zu einem Psychiater geschickt, sagt sie. Ich musste an einer Gruppentherapie teilnehmen, als wäre es meine Schuld, dass unsere Beziehung nicht gut lief.

Armin setzt sich auf einen Lautsprecher.

Alles erledigt, wiederholt er. Ich habe ihn ausbezahlt.

Genau das ist es ja, sagt sie. Ich habe ihn längst ausbezahlt. Ich habe seinen Flug nach Warschau gebucht. Sein Hotel hat mich ein Vermögen gekostet, viel mehr als das, was er für meine Gitarre ausgegeben hat.

Du schuldest ihm nichts, Madi.

Keine Ahnung, wen er in Polen kennengelernt hat, sagt sie, oder welche Flausen man ihm in den Kopf gesetzt hat. Auf jeden Fall hat er nach seiner Rückkehr anders geredet. Er hat ständig vom weißen Europa gefaselt und erklärt, man müsse die Grenzen dichtmachen, dürfe niemanden mehr reinlassen. Migranten seien nur zu gebrauchen, um Alten den Arsch abzuwischen. Ich musste ihn daran erinnern, dass sein Vater Russe war – Bogdanow.

Das ist seine Achillesferse.

Dann hat er mich plötzlich als seine tschetschenische Freundin bezeichnet. Tschetschenien. Wo liegt das überhaupt? Wir wissen schon nicht mehr, wo das liegt, stimmt's? Er bezeichnet mich als seine kleine Migrantin. Seine süße Muslima. Hast du mich jemals beten sehen, Armin? Hast du mich jemals mit Schleier gesehen? Wir kennen doch keine einzige Koransure, richtig?

Sie scheint wieder trommeln zu wollen. Sie lässt die Stöcke klackern, um ein neues Stück anzukündigen, bremst sich aber.

Er hat mir das Gefühl gegeben, akzeptiert zu werden, sagt sie. Er hat mich bestätigt. Hat mich als Künstlerin anerkannt. Als Mensch. Hat mir das Gefühl gegeben, hier dazuzugehören. Er konnte mir vermitteln, dass alles okay mit mir ist. Dass er mich liebt, wie ich bin, dass man im Bett nicht merkt, dass etwas fehlt. Und weißt du, was das bedeutet, Armin? Kontrolle. Passive Aggression. Demütigung durch Lob. Jedes Mal, wenn er über meinen Makel hinwegsah, jedes Mal, wenn er mir beim Anziehen zuschaute und sagte, ich sei trotz allem wunderschön, war das wie ein Schlag in die Magengrube.

Er hat immer diesen Song gespielt: »Perfect«. Wie als Witz.

Dann wollte er sein Geld zurück, sagt sie. Und nun weiß ich, dass er verheiratet ist. Eines Nachts, er war blau, habe ich mir sein Handy vorgeknöpft. Ich wollte herausfinden, wer seine neuen Freunde sind.

Madina lässt die Trommelstöcke fallen, geht quer durchs Zimmer und umarmt ihren Bruder.

Du bekommst das Geld von mir zurück.

Sie greift nach ihrer Gitarre und beginnt zu spielen. Einen energischen Takt, immer und immer wieder. Gleichzeitig erzählt sie von ihrem Frankfurter Adoptivvater, der ihr stets riet, ihre Wut in Kunst zu verwandeln.

12

Ein Foto zeigt meinen Verfasser als kleinen Jungen. Damals sah er aus wie ein Mädchen. Joseph Roth mit langen blonden Locken und einem runden Hütchen, ein vierjähriger Kavallerist, der mit einem Stock in der Hand auf einem Holzpferd sitzt.

Er wuchs in einer Stadt im Osten auf, wo österreichisch-ungarische Kavallerie regelmäßig durch die Straßen ritt. Die Stadt, dicht an der russischen Grenze gelegen, hieß Brody. Der Hufschlag hallte in ihm nach. Die Landschaft seiner Kindheit glich einem Gemälde von Chagall, mit Fiedlern und Hochzeiten im Himmel. Alte Juden mit Bart und schwarzem Mantel. Männer, die an der Ecke geröstete Maronen feilboten. Der Mond sah nachts zum Fenster herein und legte Bahnen aus Schnee auf die Dächer. Wenn er zur Schule ging, schien eine kalte Hand auf seinem Mund zu liegen. Die Fensterrahmen zogen sich zusammen oder quollen auf, je nach Jahreszeit, im Sommer drang die Hitze ein, im Winter die Kälte. Das Leben der sesshaften Menschen ähnelte dem Leben der vagabundierenden Menschen. Im Herbst wurden auf den Äckern Kartoffeln geröstet, im Frühling aß man schlammbespritzte Erdbeeren.

Fruchtsaft und Schlamm explodierten in seiner Erinnerung.

Er selbst schrieb wortwörtlich, er sei mit Zigeunern der

ungarischen Puszta aufgewachsen, mit subkarpatischen Huzulen, jüdischen Fiakern aus Galizien, slowenischen Maronibratern aus Šipolje und schwäbischen Tabakpflanzern aus Bačka, mit den Pferdezüchtern der Steppe, osmanischen Sibersna, solchen aus Bosnien und Herzegowina, Pferdehändlern aus der Hanakei in Mähren, Webern aus dem Erzgebirge, Müllern und Korallenhändlern aus Podolien.

Ein ungewöhnliches Kind?

Das einzige Kind einer alleinstehenden Mutter. Keine große Sportskanone, eher ein Bücherwurm. Er hielt in seinem Zimmer Spinnen, die er mit Fliegen fütterte. Beim Einschlafen ahmte er Hufgetrappel nach. Seine Finger waren voller Tinte. Seine Handschrift war so winzig, wie mit einer Nadel geschrieben. In der Schule beeindruckte er seine Klassenkameraden, indem er ein komplettes Gedicht von Schiller auf eine Postkarte quetschte. Er erzählte auch, sein Vater habe ein Händchen für Pferde. Er musste sich etwas ausdenken. Er brauchte eine Geschichte, mit der er auf die Straße gehen konnte, wurde zu einem schriftstellernden Buben, der behauptete, sein Vater sei Reitersmann, Droschkenkutscher, polnischer Offizier, ein Saufbold, ein Dieb, ein Vagabund, ein Verrückter.

Man zählte siebzehn Versionen.

In Wahrheit hatte er seinen Vater nie kennengelernt. Vermutlich fragte er sich als Jugendlicher, ob es allen Männern so erging: Sie verlieben sich und verfallen dem Wahnsinn. Nach der Liebe gibt es nur noch Krankheit und Tod. Der fehlende Vater wurde später zu einer verborgenen Geschichte, die seinen Protagonisten eingraviert war, und das Schreiben wurde für ihn zu einer speziellen Form des Liebeswahnsinns.

Seine Mutter sang traurige ukrainische Weisen. Da sie von der Unterstützung durch Verwandte abhängig war, setzte sie ihre Hoffnungen in den begabten Sohn, ihre Liebe glich der Luft in einem überheizten Zimmer. Der Sohn sollte ihre geplatzten Träume doch noch erfüllen. Sie behielt ihn stets bei sich, nie weiter als eine Armlänge entfernt, und erlaubte nicht, dass er Besuch bekam. Er schlenderte gern an der Friedhofsmauer entlang, um die Grabsteine zu betrachten, doch sie wollte, dass er zu Hause blieb.

Mein Verfasser verarbeitete sie in seinen Büchern: eine Mutter, die ihre Ranküne hinter Klagen darüber verbirgt, dass die Marmelade über Winter kristallisiert. Sie setzt zu einer Verwünschung an, die sie sich aber verkneift. Morgens trieft ihr Kummer in Gestalt zäher Glukose über das Brot. Zimmer mit welken Veilchen. Pferdeäpfel auf der Straße. Hausierer, die mit regennassen Mänteln vor der Tür stehen. Eine Landschaft aus braunem Laub, das durch Schnee und danach durch Schneematsch ersetzt wird, bis endlich der Frühling anbricht. Nun pflückt man Erdbeeren, obwohl Förster die Frauen verjagen, ihre Körbe auskippen, die Früchte zertrampeln. In den Wäldern gibt es jedoch so viele Erdbeeren, dass immer wieder frische Marmelade auf dem Tisch steht.

Eine Mutter mit dem Monokel an der Hüfte, das sie vorwurfsvoll vor ein Auge hält, um die Sehnsüchte ihres Sohnes zu ergründen. Seinen Wunsch, auf einem Kavalleriepferd in einen fernen Winkel des Reiches zu fliehen. Sie lässt das Monokel fallen, als hätte sie in seinen Gedanken etwas Entsetzliches entdeckt, das nicht in Worte gefasst werden kann.

Eine Mutter, die tief Luft holt und seufzt.

Eine Mutter, die sich ans Klavier setzt, um Chopin zu

spielen. Im Kerzenschein leuchtet ihr Gesicht auf wie das eines Mädchens, aber wenn ihre gütige weiße Hand auf die Tasten sinkt, ertönt keine Musik. Das Klavier bleibt stumm. Als er den Kasten öffnet, stellt er fest, dass die Saiten fehlen.

Eine Mutter, die ihren Sohn besitzen will wie eine Geldschatulle und alle anderen Frauen für Diebinnen hält, die ihn ihr entreißen wollen. Sie wird ihm nie erlauben, sich in eine andere zu verlieben. Er wird sagen, seine Mutter sei sein einziger Glücksquell gewesen, und doch entweicht er nach Wien. Er meldet sich freiwillig und zieht in den Krieg.

Er muss miterleben, wie Körperteile kreuz und quer über die Schlachtfelder fliegen. Nach Kriegsende berichtet er über die halben Männer, all jene, die verstümmelt heimkehren und nur ihren Militärmantel haben, um sich zu wärmen, eine Brigade von Bettlern und Straßenmusikern, die wie Nebelfetzen durch die Stadt treiben.

Überall ertönt das asthmatische Jaulen der Leierkästen.

Und Friederike.

Er begegnet ihr in einem Wiener Café. Sie ist achtzehn. Sie ist mit einer Freundin da. Nachdem sie eine Weile miteinander geschäkert haben, läuft er ihr hinterher und erkundigt sich nach ihrem Namen – Friederike Reichel. Ihr Lachen ist ansteckend. Sie hat eine Bubikopffrisur. Ihre Augen funkeln provozierend. Sie hat sich einem anderen Mann versprochen, was sie aber nicht daran hindern wird, sich anders zu besinnen.

Sie mag nicht erzählen, dass sie Jüdin ist, weil sie befürchtet, ihn zu vergraulen. Auch er verschweigt seine jüdische Herkunft, bis er ihre Eltern kennenlernt, die er danach Vater und Mutter nennt.

70

Er besucht seine Mutter, die in einem Wiener Krankenhaus am Krebs zugrunde geht. Ihre Gebärmutter wurde entfernt, sie leidet schreckliche Schmerzen. Trotzdem steht sie auf, um sein zerrissenes Hemd zu flicken. Sie will, dass er anständig aussieht. Danach legt sie sich wieder hin und stirbt. Nachdem ihr Leichnam zur Bestattung abgeholt wurde, erfährt Roth, dass ihre Gebärmutter zu Forschungszwecken aufbewahrt wird, und er möchte sie sehen. Also steht er vor der nierenförmigen Schale, in der die Gebärmutter liegt, und nimmt Abschied von ihr.

Von seinem jüdisch geprägten Geburtsort mit den Liebenden, die über Dächern schweben, den prallen, matschbespritzten Erdbeeren, den am Himmel lodernden Kartoffelfeuern und dem Maronenröster, der mit einem Hundekarren in die Stadt kommt.

Man wird ihn als ewigen Reisenden bezeichnen. Seine Briefe verraten, wie oft er vogelgleich die Stadt durchquert. Er geht zu Fuß, anstatt die öffentlichen Verkehrsmittel zu nutzen, weil er so auf der Straße mit Leuten reden kann – die Welt ist voller Verwandter. Sein Zuhause ist nun meist ein Hotelzimmer, wo ein kleiner Koffer mit den notwendigsten Dingen neben der Tür steht: ein paar Kleidungsstücke, Krawatten, Notizbuch und ein Dutzend angespitzte Stifte.

Er liebt Friederike über alles.

Frieda.

Friedl.

Ihnen bleibt wenig Zeit. Sie müssen mit Hochdruck leben. Eine bescheidene jüdische Hochzeit – Joseph und Friedl –, ihr Glück ist unbeschreiblich. Er fährt mit ihr nach Berlin. Sie wohnen im Hotel und essen in Restaurants, verleben sozusagen nicht enden wollende Flitterwochen. Sie begleitet ihn, wenn er Aufträge hat. Manchmal lässt er sie im Hotel allein und kehrt spät zurück. Ihre Gesundheit ist labil, was der Zeit entspricht, in der sie leben. Eine unbekannte Krankheit scheint sich in den Straßen auszubreiten.

In einem Brief an seine Cousine schreibt sie, ein Arm bereite ihr Beschwerden. Er sehe schlimm aus und schmerze oft. Zum Glück schwelle er nun ab. Sie huste aber noch, schlucke Aspirin und nehme heiße Bäder, lege sich dann ins Bett, um die Krankheit auszuschwitzen. Sie sei beunruhigt, schreibt sie, denn ihr Mann sei im Theater. Schon Mitternacht, und er sei noch nicht zurück. Sei das nicht schrecklich?

13

Er mag Uhren. Wenn er an einem Juweliergeschäft vorbeigeht, muss er jedes Mal die Auslage betrachten. Das Geld, das er mit seinen Zeitungskolumnen verdient hat, gibt er für eine neue Taschenuhr aus, feiert den Kauf mit einem Gläschen und holt sie voller Stolz aus der Tasche, um nachzuprüfen, ob sie noch läuft. Im Hotelzimmer baut er sie auseinander, um das Innenleben zu erkunden.

Friederike schaut zu, als er die winzigen Teile nacheinander aufs Bett legt. Er sortiert sie, als wären sie Komponenten seines Geistes. In diesem Hotelzimmer am Bahnhof wird die Welt auf klitzekleine Metallteile reduziert. Man hört einen Zug, der zu später Stunde aus dem Osten eintrifft, das Dach voller Dellen, geschlagen von großen Hagelkörnern. Leute mit Koffern stehen unten vor der Rezeption. Ein Schlüssel klirrt gegen ein Türschloss.

Wie soll er die Teile wieder zusammensetzen?

Sie lassen erahnen, was bevorsteht.

Nach dem Krieg werden die Menschen von einer Schwäche erfasst. Sie sind anfällig für Parolen. Die Grenzen zwischen Tatsachen und Fiktion sind inzwischen so schwammig, dass man beides nicht mehr voneinander unterscheiden kann. Als hätten die Leute einen Appetit auf Falschmeldungen entwickelt. Auf Lügen, die das zum Ausdruck bringen, was sie hören wollen. Beschimpfungen, die sie in ihren Vorurteilen bestärken. Sie machen die Schwachen, die Unwillkommenen, die Fremden für das verantwortlich, was sie verloren haben.

Roth sammelt Beobachtungen. Die Straßen wimmeln von Menschen wie dem Leierkastenmann, die auf Verlangen die Nationalhymne spielen. Von Flüchtlingen, die die Formulare in der Polizeiwache nicht allein ausfüllen können. Von paramilitärischen Verbänden, die sich auf Hinterhöfen bekämpfen. Dazu der Prozess gegen die Attentäter, die den jüdischstämmigen Außenminister Walther Rathenau ermordet haben. Und der Prozess gegen die Verantwortlichen des Münchner Hitlerputsches, der Deutschland in ein Tollhaus verwandelt hat. Roth spricht von einer Gruft der Geschichte, deren Tote auferstanden seien, um vor Gericht für Hitler auszusagen. Von einem grotesken Traum, den die Menschen voller Gleichgültigkeit akzeptieren.

Mit der Bahn im Tal der Ruhr unterwegs lernt er einen jungen Schwarzen mit blonden Haaren und blauen Augen kennen. Indem er diesen hochgewachsenen, selbstbewussten, halb französischen, halb afrikanischen Mann beschreibt, beschreibt er auch die Widersprüche, die sich in ihm selbst verkörpern, einem blonden, blauäugigen Juden. Ein Paradox, das die Mitreisenden verblüfft. Der Schwarze spricht fließend Deutsch, seine Muttersprache. Zu allem Überfluss ist er Leser. Ein Liebhaber deutscher Dichtung. Er trägt seinen Freunden aus Goethes Werken vor. Er braucht weder blaue Augen noch blondes Haar, um als Deutscher zu gelten.

Noch nie standen andersartige Menschen so stark unter Verdacht. Die Sprache wird verdreht. Jeder ist entweder Freund oder Feind. Die Menschen warten ab, was geschieht, bevor sie entscheiden, was zu tun ist. Roth wird dem Literaturbetrieb vorwerfen, zu unterwürfig zu sein. Warum scheuen sich Autorinnen und Autoren, wie andere Leute lautstark auf der Straße zu protestieren? Wie kommt es, dass sie ausgerechnet jetzt so passiv sind, so viel Angst davor haben, dass ihre Buchverkäufe einbrechen könnten? Er wird sagen, nie zuvor seien Schriftsteller so laut gewesen, wie sie heute leise seien.

Die Öffentlichkeit hat sich an eine neuartige Berichterstattung in den Medien gewöhnt, die Lügen gleichberechtigt neben Tatsachen stellt. Die angeblich ausgewogene Sichtweise. Es ist eine Ära der Verzerrung, in der alles umgehend auf den Kopf gestellt werden kann. Das Vokabular wird gefühllos. Jede Information ist flüchtig, als würde alles stets sein Gegenteil beinhalten. Wenn man etwas gesichert nennt, gilt es zugleich als ungesichert. Lügen bedienen die Ängste. Die Wahrheit ist zu beschwerlich.

Warum ist es mir so wichtig, Wahrheit und Lüge zu unterscheiden? Als Roman bin ich eine erfundene Welt, deren Begebenheiten als wahr gelten sollen. Das ist ein kleines Geheimnis zwischen mir und den Lesenden. Wir sind übereingekommen, nicht zu viele Fragen zu stellen. Es gleicht einer Filmszene, in der die Schauspieler den Zigarettenrauch nicht inhalieren. Oder einer Szene, in der man Tee einschenkt, der nicht dampft. In der eine Schauspielerin die Teekanne in beiden Händen hält, obwohl sie normalerweise so heiß wäre, dass man sie sofort schreiend fallen ließe.

Roth verbringt Stunden damit, die klitzekleinen Einzelteile der Taschenuhr zusammenzusetzen. Irgendwann bilden die Rädchen ein vollkommen willkürliches Muster. Er erkennt, wie schön und komplex die Sache ist, hat den Eindruck, Erinnerungsfetzen zu einer Geschichte zu verbinden, die wieder an Schwung gewinnt. Die auf dem Bett liegenden Einzelteile erfüllen keinen Zweck. Sie gehören zu Uhren, die nicht einmal in diesem Zimmer sind. Teile, die nicht dazugehören, kullern vom Bett, fallen aus dem Fenster, werden in der Stadt verstreut, in den Straßen und Bars, in stillen Zimmern, deren Bewohner keinen Schlaf finden, weil sie Angst haben, nie mehr zu erwachen.

Friedl schaut liebevoll zu. Ihr Glaube an ihn überstrahlt das Chaos im Zimmer. Er blickt zweifelnd auf, weil es den Anschein hat, als hätte die Uhr mehr Teile als nötig. Zu guter Letzt bleibt ein offenbar überflüssiges Rädchen übrig. Er bemerkt, dass Teile fehlen, an die kein Uhrmacher jemals gedacht hat.

Sie steht am Fenster und sieht sich im Wahnsinn gespiegelt, der von den Straßen Besitz ergriffen hat.

Und da gelingt es ihm. Die Uhr funktioniert wieder. Er schreit auf wie ein Junge und legt sie an ein Ohr, um das Ticken zu hören. Es ist weit nach Mitternacht. Sie küsst ihn. Ihr Glück bemisst sich nach hastigen Minuten. Er legt sie aufs Bett, als wäre sie eine auseinandergebaute Uhr.

14

Siebzehn Uhr dreißig. Armin fährt mit der U-Bahn. Die Fahrgäste sind auf dem Heimweg oder wollen noch ausgehen. Ein Akkordeonspieler steigt ein, seine kleine Rhythmusmaschine liegt auf einem Gepäckwagen. Nachdem die Bahn angefahren ist, spielt er eine flotte Hochzeitsweise. Er könnte aus der Ukraine oder aus Rumänien stammen – seine Stimme beschwört weit entfernte Orte mit traditionellen Heustiegen, auf dem Acker brutzelnden Kartoffeln und Maronenröstern. Die Musik vermischt sich mit dem Rattern der Bahn, die durch die Tunnel saust. Seine Rhythmusmaschine klingt wie ein Herzschlag. Eine Münze klappert in den Plastikbecher, den er geschickt oben auf seinem Akkordeon befestigt hat. Auch dieses ist mit mehreren kleinen Becken verziert, die wie Münzen klimpern und die Illusion erzeugen, die Fahrgäste wären außerordentlich spendabel.

Der Musiker steigt in jeder Station so perfekt getimt aus, dass er in den nächsten Wagen eilen und seinen Auftritt dort wiederholen kann. Für ihn ist jeder Wagen ein neues Spiel. Man kann durch die verglasten Verbindungstüren zuschauen, wie er die Hochzeitsweise spielt.

Beim nächsten Halt steigt eine junge Frau ein, die eine Straßenzeitung anbietet. Sie entschuldigt sich mit heiserer Stimme für die Störung, aber wenn jemand Kleingeld übrig hätte, wäre sie dankbar; wenn nicht, wünsche sie trotzdem einen schönen Abend. Sie klingt abwesend. Die Wörter sind wie Schaum in ihrem Mund.

Armin gibt ihr eine Münze, und sie bedankt sich, starrt kurz in den Becher, den sie hält, als könne diese eine Münze ihre Bedürfnisse nicht einmal ansatzweise befriedigen.

In der nächsten Station steigen wie üblich viele Menschen aus und ein, und als die Obdachlose eine Frau mit schicker Markenhandtasche entdeckt, deren Glanz Wohlstand signalisiert, erwacht Verzweiflung in ihr. Sie ist so gebannt von der Handtasche, dass sie nicht anders kann, als diese spontan von der Schulter der Frau zu reißen, bevor sich die Türen schließen. Die Frau klammert sich, obgleich schockiert, an ihre Handtasche, und es kommt zu einem stummen Tauziehen, bei dem sie einander in die Augen schauen. Der Obdachlosen scheint es um das Leben der Frau zu gehen, nicht so sehr um den Inhalt der Tasche. Die Frau wiederum ist fest entschlossen, an ihrem Leben festzuhalten, will partout nicht zu der Obdachlosen werden. Tatsächlich könnte man beide Leben problemlos austauschen.

Die Türen können sich nicht schließen, die Bahn wird aufgehalten.

Fahrgäste im Zug und auf dem Bahnsteig beobachten, was sich abspielt, als würden sie auf YouTube einen Clip schauen. Man weiß zunächst nicht genau, welcher Frau die Handtasche gehört. Die Umstehenden greifen nicht ein. Weil sie befürchten, geschlagen oder angezeigt zu werden oder sich eine Krankheit einzufangen. Alle halten sich raus. Schließlich ruft ein Mann das Wort: *Polizei*. Daraufhin klärt sich, wer die Besitzerin ist. Die Obdachlose muss loslassen, und das abrupte Ende des Tauziehens führt dazu, dass beide rückwärtstaumeln.

Die Türen gleiten zu, und die Leben der beiden Kontrahentinnen sausen rasant in unterschiedliche Richtungen. Die Besitzerin der Handtasche wird von anderen Fahrgästen getröstet, während die Obdachlose wie benommen auf dem Bahnsteig steht und darauf wartet, verhaftet zu werden. Wenn Joseph Roth heute noch lebte, würde er schildern, was der Obdachlosen als Nächstes widerfährt. Wie sie von der Polizei in Gewahrsam genommen wird. Wie man sie nach Ausweis und Adresse fragt, obwohl einer der Beamten sie von einem früheren Vorfall kennt. Auf dem Bahnsteig gibt es Zeugen, die aussagen, was sich zugetragen hat. Wie der Leierkastenmann sieht sie sich mit der Strenge des Gesetzes konfrontiert, alles wird amtlich dokumentiert. Sie stellt ab jetzt eine Bedrohung für die U-Bahn-Fahrgäste dar und muss mitgenommen werden.

Was Andreas Pum betrifft, unseren vor gut hundert Jahren agierenden, fiktiven Antihelden, so führt seine Auseinandersetzung in der Straßenbahn dazu, dass er grundlos zu sechs Wochen Gefängnis verurteilt wird. Er muss sein Zuhause und seine Ehe aufgeben. Der Leierkasten nutzt ihm nichts mehr, denn man hat ihm die Lizenz entzogen. Er zieht wieder bei seinem Freund, dem Wurstdieb, ein. Dieser rät ihm, sich versteckt zu halten. Trotzdem wird eines Morgens an die Tür gepocht, und die Polizei holt ihn ab. Wie sich herausstellt, hat seine Frau ihn verpfiffen.

Die Obdachlose kämpft um ihre Freiheit. Sie bittet die Umstehenden um Hilfe, schreit die Polizisten an: Ihr tut mir weh. Hilfe. Warum so brutal? Ihr brecht mir den Arm.

Ein Polizist hebt eine zerfledderte Ausgabe des *Motz* vom Bahnsteig auf.

Man führt sie behutsam zum Fahrstuhl, danach am Kebab-Laden vorbei zum Polizeiwagen. Man bringt sie an einen geschützten Ort, wo man ihr medizinische Betreuung anbietet, damit sie die Drogen abbauen kann. Sie wird nicht wegen versuchten Diebstahls angeklagt, sondern verwarnt und entlassen, und dennoch ähnelt ihr Leben dem des Leierkastenmanns und könnte vorzeitig enden.

Armin steigt aus. Nach einem kurzen Gang betritt er eine Galerie, wo Leute mit Weingläsern in der Hand einer Rede lauschen. Sie wird von Lenas Freundin Julia Fernreich, der Galeristin, gehalten.

Ich stelle mir vor, dass Julia zu den Gästen sagt: Diese Arbeiten zeigen, dass sich der Blick der Künstlerin auf die Welt grundlegend verändert hat. Jenen unter Ihnen, die ihre früheren Arbeiten kennen, wird zweifellos auffallen, dass sie Zitate von Autoren wie Kleist oder Fontane nach dem Zufallsprinzip auswählt und auf eine Art in ihre Kunst integriert, die, wie ein Kritiker schrieb, an Silberfunde denken lassen. In dieser Ausstellung, sagt Julia, beschäftigt sich die Künstlerin mit der Gegenwart. Ihre spannendste Stellungnahme findet sich ganz hinten im Raum.

An diesem Punkt drehen sich alle Gäste um.

Diese Serie von Drucken, sagt Julia, enthält Ausschnitte aus dem Internet. Die Künstlerin hat Google Maps die Wegbeschreibung zum kalifornischen Paradise entnommen, wo zahlreiche Menschen in den Waldbränden umgekommen sind. Die Wörter markieren den direkten Weg von Berlin zum JFK Airport und von dort per Auto bis zum Ort der Brände.

Nachdem der Applaus verebbt ist, greift Armin in seine Tasche und holt mich heraus wie einen verlorenen Handschuh. Er reckt mich hoch über seinen Kopf, damit man mich sehen kann, zeigt den Gästen meinen Titel: *Die Rebellion*. Es dauert nicht lange, da eilt Lena durch die Menschen auf ihn zu.

Mein Buch, sagt sie aufgeregt.

Armin senkt den Arm und übergibt mich.

Wie haben Sie mich ausfindig gemacht?

Der Flyer, sagt Armin lächelnd. Ich habe den Flyer der Galerie im Buch entdeckt und dachte, es lohnt einen Versuch.

15

Ein Buch weiß Bescheid. Einen solchen Blick tauschten Effi Briest und Major Crampas. Ein solcher Ausdruck lag in den Augen von Madame Bovary. Molly Bloom gingen entsprechende Gedanken durch den Kopf. Dieser Blick findet sich in Tausenden Romanen, die Bibliotheken quellen über von Zufallsbegegnungen, Neuanfängen und dem atemberaubenden Potenzial gegenseitiger Anziehungskraft, von Menschen, die mit überströmendem Herzen aufeinander zueilen. Man findet ihn auch in den Büchern Joseph Roths. Etwa in der Geschichte, in der sich ein Mann in eine unter Schock stehende Frau verliebt, die nach einem Eisenbahnunglück in sein Haus gebracht wird.

Sie unterhielten sich auf Englisch. Lena zog Julia am Arm herbei und bat Armin, alles noch einmal zu erzählen: Wie er das vom Regen durchnässte Buch gefunden, den Flyer für die Ausstellung darin entdeckt hatte. Julia schüttelte Armins Hand, und Lena bot ihm einen Wein an. Sie klemmte mich unter einen Arm, um die Rotweingläser tragen zu können. Ich spürte, wie ihr Atem vor Aufregung schneller ging.

Zwei Menschen, von einem Buch zusammengeführt.

Julia musste ihren Gastgeberpflichten nachkommen, und nachdem sie gegangen war, erzählte Lena, wie ich von ihrem Großvater vor der Bücherverbrennung gerettet worden war. Und nun, ergänzte sie lächelnd, sei ich ein zweites Mal gerettet worden. Indem sie diese Verbindung zwischen ihrem Großvater und Armin herstellte, schien sie ihn in ihre Familie aufzunehmen.

Mein Vater hat mir dieses Buch vor seinem Tod übergeben, sagte Lena. Er schärfte mir ein, darauf achtzugeben wie auf einen kleinen Bruder, und dann wurde es gestohlen. Ich bin dir sehr dankbar, Armin. Sie schlug mich hinten auf und sagte: Schau mal, diese kleine Landkarte. Ich wüsste gern, welcher Ort das ist.

Die Art, wie sie an Armin heranrückte, um ihm die Karte zu zeigen, hatte etwas Intimes. Sie hätte auch seine Hand halten können.

In der Mitte wurde eine Seite rausgeschnitten, sagte Armin. Tut mir leid.

Wie ist das passiert?

Das ist eine lange Geschichte, antwortete er.

Sie wartete stumm.

Es war der Freund meiner Schwester. Er ist kein großer Leser.

Nicht so schlimm, sagte sie.

Im weiteren Verlauf ihres Gesprächs wurde ich zu einem Mittler, der Verlust in Glück verwandelte, den Finder mit der Suchenden verband.

Lena erzählte, sie habe mich vor ihrem Abflug aus New York in einer Übersetzung gelesen. Manche Romane, sagte sie, lese man ganz unbefangen. Sie sagte das mit warmer Stimme und ergänzte, es sei eine traurige Geschichte, aber mit einem durchaus tröstlichen Ende. Ob man solche Leierkästen in Antiquitätenläden bekomme?

Willst du einen kaufen?

Ich würde das Ding gern ausprobieren.

Warum nicht?

Eine Leierkastenfrau, sagte sie.

Höchste Zeit, dass es eine gibt, erwiderte er.

Die Geschichte des Leierkastenmanns hatte endlich eine Bedeutung für die Welt der Lebenden bekommen. Sie liebe die Schilderung seiner Haftzeit, sagte sie. Er finde einen Zeitungsfetzen auf dem Gefängnishof und nehme ihn mit in seine Zelle, um die Personalien zu lesen. Als hätte er ein Stück Außenwelt hineingeschmuggelt. Die Menschen erwachen zum Leben, während er die Namen laut liest.

Die Verlobung von Fräulein Elsbeth Waldeck, Tochter von Prof. Leopold Waldeck, und Dr. med. Edwin Aronowsky. Von Fräulein Hildegard Goldschmidt und Dr. jur. Siegfried Türkl. Der Bankdirektor Willibald Rowolsky und Frau Martha Maria, geb. Zadik, zeigen hocherfreut die Geburt eines Sohnes an.

Danach sitzt er bedrückt in seiner Zelle. Er kann weder an der Freude noch den Feiern dieser Menschen teilhaben und fühlt sich ausgeschlossen. Vielleicht hätte er den Zeitungsfetzen besser nicht gefunden.

Armin wiederum gefiel die Szene, in der der Leierkastenmann um eine Leiter bittet, damit er auf der Fensterbank Futter für die Spatzen auslegen kann. Er muss schriftlich darum ersuchen. Man gibt ihm Stift und Papier. Während er den Brief schreibt, schöpft er Hoffnung. Nach kurzer Erwägung wird sein Gesuch abgelehnt, dies mit der Begründung, man könne Häftlingen keine Leiter geben, das verstoße gegen die Regeln des Strafvollzugs.

Lena schlägt vor, etwas zu trinken. Das Personal der

Galerie und die Künstlerin gehen in einen Laden weiter unten in der Straße, sagt sie. Sie wollen noch ein bisschen feiern. Kommst du mit?

Na klar. Gern.

Der Abend ist schön. Wir können draußen sitzen.

Klingt super, sagt er.

Sie sprachen kurz über ihre jeweilige Herkunft. Er hat erwähnt, dass er aus Tschetschenien stammt. Sie wollte ihm mehr entlocken, doch er meinte nur, das sei ewig lange her, er sei schon als Kind nach Deutschland gekommen. Sie erzählte, sie lebe in New York und sei in Berlin, um Verwandte zu besuchen.

Der Abendhimmel erglühte in einem warmen Licht. Kellner nahmen Bestellungen auf. Die Leute aßen Schnitzel. Man servierte Bier, leere Gläser klirrten. Eine Frau schlug auf ihren Knöchel und sagte, sie sei gestochen worden. Man hörte einen Mann sagen: Gut, dann sage ich halt nichts mehr. Drinnen erklang Musik, eine Lichterkette hing zwischen zwei Bäumen. Die Tische waren aufgestellt wie an Deck eines Schiffs. Während sie auf einen Tisch warteten, sagte Julia, sie wolle ihnen rasch etwas zeigen. Sie hakte sich bei Armin und Lena unter.

Kommt mit, sagte sie. Ich zeige euch eine kleine Sehenswürdigkeit.

Sie ging mit den beiden in den Ballsaal im Obergeschoss des Hauses. Eine Tangostunde war gerade zu Ende gegangen, die Tanzenden plauderten noch. Es war ein großer Raum mit hoher Decke und riesigen Spiegeln. Julia machte sie auf Einschusslöcher in den Spiegeln aufmerksam, Spuren der Eroberung Berlins durch die Russen. Jedes Loch war von

Sprüngen umgeben, die an große Spinnennetze erinnerten. Stellt euch mal vor, wie die Russen mit schweren Stiefeln die Treppe raufpoltern, sagte sie, um hier oben zu trinken und zu tanzen und in die Luft zu ballern.

16

Friederike, heißt es, sei sowohl innerlich als auch äußerlich eine Schönheit. Die attraktivste Frau, die man in den Berliner Literaturkreisen jemals gesehen habe. Sie hat für jeden ein offenes Herz. Ihr Lächeln ist so natürlich, dass sich jeder willkommen fühlt. Dazu die Grübchen auf ihren Wangen, der mädchenhafte Schalk in ihren Augen. Die Freiheit, die ihre langen weißen Arme verheißen.

Sie taucht in jedem Buch meines Verfassers auf.

Zum Beispiel im Roman *Der blinde Spiegel*.

Fini, eine junge Frau, die in einer Warenzentrale arbeitet, verliebt sich in einen Geiger, vor dem sie niemand gewarnt hat und der sie bald betrügt. Sie ist untröstlich. Danach verliebt sie sich in einen Redner, der aber keinen Deut besser ist. Er ist ständig beruflich unterwegs und schickt ihr Geld, doch ihr geht es nur um Liebe, das Geld ist ihr gleich. Sie isst nichts mehr. Sie verlässt die Stadt und gelangt an einen Fluss, in dem sie sich ertränkt.

Was mag Frieda von dieser Geschichte halten?

Friedl.

Wie die Protagonistin des Romans hat auch sie in einer Wiener Warenzentrale für Obst und Gemüse gearbeitet und ihre Eltern finanziell unterstützt. Sie hat zwar keinen Redner, aber einen Reporter geheiratet, der ihr Geld schickt, wenn er beruflich unterwegs ist. Sie kauft neue Kleider. Sie zieht sich gern schick an. Trotzdem fühlt sie sich zunehmend einsam und mag nichts mehr essen. Das Leben in Hotelzimmern weckt ein Gefühl der Heimatlosigkeit. Sie geht ungern allein ins Restaurant, läuft vor dem Eingang auf und ab, kann sich nicht dazu durchringen einzutreten. Sie scheut vor seinen Freunden zurück, die ständig über Literatur reden, denn sie versteht nichts davon, könnte höchstens sagen, einen Schriftsteller zum Mann zu haben, dessen Manuskripte sie liest, wenn er abwesend ist. Während seiner Abwesenheit kann sie sich nur an seine Geschichten klammern. Sie fürchtet sich manchmal vor dem Ausgehen, und manchmal mag sie nicht im Zimmer bleiben, weil die Geräusche der Heizkörper wie menschliches Getuschel klingen.

Für ein Reiseleben ist sie nicht geschaffen. Seine sonderbare Auffassung davon, was ein Zuhause sei, macht sie krank. Er fürchtet sich vor Stillstand, muss ständig den Ort wechseln.

Er beschließt, in Berlin eine Wohnung zu nehmen, damit sich Friedl endlich zu Hause fühlt, kann die Häuslichkeit aber nicht ertragen. Er fürchtet sich vor jeder Art von Familienleben. Davor, in einem konventionellen Dasein festzustecken. In einer biederen Wohnung tot aufgefunden zu werden. Also kauft er ein Dutzend Taschenmesser, um sich gegen eingebildete Eindringlinge wehren zu können. Sein Verleger ertappt ihn, als er im Wohnzimmer im Mantel auf und ab läuft, als würde er auf einen Zug warten.

Sie reisen wieder, nun nach Frankreich. Er liebt die Mischung sarazenischer, französischer, keltischer, germanischer, römischer, spanischer, jüdischer und griechischer Elemente, die der seiner eigenen Herkunftswelt ähnelt. In der Hafenstadt Marseille fühlt er sich gut aufgehoben. Jeder Zwiebelhändler sei sein Onkel, schreibt er. Die Vorfahren seiner Mutter lebten hier. Sie seien alle miteinander verwandt.

Abends durchstreift er den alten Hafen, dessen Anlage in mancher Hinsicht sein rastloses Herz spiegelt. Die Lichter auf dem Wasser. Siebenhundert Schiffe, an den Kais vertäut. Ihre Namen rufen ihm ferne Orte vor Augen, die Wüsten Afrikas, aus denen jene Händler gekommen sind, die Datteln und Gewürze auf den Kais verkaufen. Er würde am liebsten sofort an Bord eines dieser Schiffe gehen und das Leben dieser Vielgereisten teilen. Er quillt über von Abschied und Heimkehr, schleppt eine Schiffsladung neuer Romanideen mit sich herum, die er in seinem Leben nicht wird löschen können. Der Geruch nach Fisch, Schiffsdiesel und nassen Tauen, das dumpfe Klirren von Ketten, all das schürt seine Wehmut und die Sehnsucht nach fremden Orten.

Er sitzt in Nachtschwärmer-Cafés und trinkt Calvados. Er spricht mit Matrosen, hört ihre Lieder, ihre Geschichten. Ihre Sehnsucht verschmilzt mit der seinen. Am liebsten würde er sich ihnen anschließen und in See stechen.

Im Auftrag der Zeitung bereist er die Sowjetunion. Nach seiner Rückkehr schreibt er den Roman *Flucht ohne Ende*. Die Hauptperson, Franz Tunda, im Ersten Weltkrieg in russische Kriegsgefangenschaft geraten, will nach Österreich zur geliebten Frau zurückkehren, wird unterwegs aber von diversen Liebschaften aufgehalten. Die Geschichte eines vagabundierenden Ehemanns. Eine Rückkehr gibt es nicht, stattdessen entfernt er sich immer weiter.

Frieda hat das Manuskript auf dem Bett ausgebreitet.

Sie fragt sich, wer die Frauen in dem Buch sind. Nun weiß

ich, was du in Russland getrieben hast, sagt sie. Hier steht es, schwarz auf weiß, in deiner winzigen Handschrift. Du hast mit allen geschlafen, nicht wahr?

Die Frauen sind erfunden, antwortet er. Sie beruhen auf Personen, denen ich begegnet bin, aber was ich geschrieben habe, entspricht nicht der Realität.

Tunda. Wie kann man sich einen so albernen Namen geben?

Ich bin nicht Tunda, sagt er. Tundas Geschichte wird dem Autor erzählt. Ich selbst, Joseph Roth, bin dieser Autor, ein Berichterstatter, der Reporter. Tunda schreibt mir einen Brief. Er überlässt mir sein Tagebuch. All das gebe ich im Roman wieder.

Das ist doch ein Trick, sagt sie. Ein schlauer, modernistischer Schachzug, um das wahre Geschehen als Fiktion zu verbrämen. Du bist der Mann, der sich in andere Frauen verliebt, während seine Frau auf ihn wartet. Es dauert Monate, bis er heimkehrt. Hast du dich je gefragt, wie ich mich währenddessen fühle?

Jede Frau, über die ich schreibe, ist eine Version von dir, erwidert er. Jede Schilderung ist ein Versuch, dir näherzukommen.

Ha, höhnt sie. Wie praktisch. Sich hinter einem allwissenden Erzähler verstecken zu können. Zuerst tust du so, als wärst du mit im Schlafzimmer gewesen, um den Lesern vorzugaukeln, alles sei real, und danach behauptest du, es sei nur ausgedacht.

Ich habe das Buch bewusst so geschrieben, sagt er. Der Leser soll gar nicht erst auf den Gedanken kommen, dass es erfunden ist. Ich imitiere die Wirklichkeit. Du kannst das nicht für bare Münze nehmen. Die Frauen sind fiktiv, Friedl. Wenn du eifersüchtig wärst, wäre das so, als würdest du eine Kinoleinwand anbrüllen. Stalin tut das. Er lässt sogar Schauspieler verhaften, wenn sie eine Rolle spielen, die ihm nicht passt.

Sie geht einmal im Kreis, kehrt dann zum Manuskript zurück. Sie blättert die losen Seiten durch und liest auf gut Glück ein paar Zeilen. Natascha. Dreiundzwanzig. Gewölbte Stirn, die zarte Haut ihrer Nase, schmale Nasenlöcher, die Lippen immer rund und halb offen. Sie wollte von ihrer Schönheit nichts wissen, rebellierte gegen sie, hielt ihre Weiblichkeit für einen Rückfall in die bourgeoise Weltanschauung.

Wer ist sie in Wahrheit?

Wenn du es unbedingt wissen willst, sagt er. Sie beruht auf einer Autorin, der ich auf meinen Reisen begegnet bin, eine Frau, härter als zwanzig Männer zusammen. In meinen Augen verkörperte sie den Irrsinn der russischen Revolution. Jeder, mit dem sie schlief, hatte sich der großen Sache verschrieben. Sie reservierte eine bestimmte Stunde für den Sex, abends, nach getaner Arbeit, und sah dabei auf die Uhr, denn sie brauchte ihren Schlaf, die Sache durfte also maximal eine Stunde dauern. Sie ist frei erfunden.

Frieda liest weiter.

Nun erst entschwand ihm seine Braut, mit ihr sein ganzes früheres Leben. Seine Vergangenheit war wie ein endgültig verlassenes Land, in dem man gleichgültige Jahre verbracht hat. Die Fotografie seiner Braut war eine Erinnerung wie die Ansichtskarte von einer Straße, in der man gewohnt hat, sein früherer Name auf seinem echten Dokument wie ein alter polizeilicher Meldezettel, nur der Ordnung wegen aufgehoben.

Bin ich das?, will sie wissen. Die entschwundene Frau aus seiner Vergangenheit? Tunda zeigt der Revolutionärin ein Foto seiner Braut, und sie nennt mich einen … guten bürgerlichen Typ. Weiß sie denn, woher ich stamme, kennt sie die Umstände, unter denen ich aufgewachsen bin?

Sie läuft im Zimmer auf und ab, schaut aus dem Fenster, blättert erneut die Seiten durch. Er steht neben der Tür wie jemand, der im Zeugenstand festgenagelt ist, würde am liebsten wieder in eine Welt des Trunks und der Fiktion entfliehen. Sie schwenkt die Seiten wie eine Staatsanwältin.

Du bist ein Charmeur. Du gehst mit deinem Stöckchen durch die Straßen und glaubst zu wissen, wie Frauen denken. Du fürchtest dich vor der Schönheit, richtig? Du unterstellst mir, zu oft in den Spiegel zu schauen. Du meinst, Liebe wäre gleichbedeutend mit Mitleid. Du schreibst, es habe ewig gedauert, bis sein Brief Gestalt angenommen habe, er sei immer länger, immer schwerer geworden. Glaubst du wirklich, ich würde ewig auf deine Briefe warten? Ich erkenne dich kaum wieder, wenn du heimkehrst. Ich brauche Tage, um mich an dich zu gewöhnen. Und dann bist du wieder weg, und ich bin wieder allein mit den Heizungsrohren, den im Flur tuschelnden Leuten und deinen Freunden, die mich für eine Frau zu halten scheinen, die allmählich verrückt wird, weil sie dich zu sehr liebt.

Sie wirft die Manuskriptseiten auf das Bett, presst eine Hand auf den Mund und versucht, ihre Tränen zurückzuhalten. Aus dem Fenster in ein Land schauend, das ihr nichts bedeutet, bereitet sie sich auf ein langes Schweigen vor.

Er fällt wortlos auf die Knie. Spielt den Vierbeiner. Einen Hund, der bellend hin und her läuft. Er reißt mit den Zähnen ihre Strümpfe vom Stuhl in der Ecke, wirft knurrend den Kopf hin und her und legt die Strümpfe vor ihren Füßen ab. Er lässt die Zunge heraushängen. Er beschnuppert ihre Schuhe. Er leckt ihre Beine ab. Sie weicht zurück und sagt, er solle aufstehen, so gehe das nicht, so werde er sie nicht bezirzen. Er ist nichts weiter als ein denkendes Tier. Ein Tier mit vielen Erinnerungen. Ein Tier, das die Zukunft kennt. Er läuft auf allen vieren durchs Zimmer, legt die Pfoten auf die Fensterbank und schaut hinaus, bellt den Koffer an, beschnuppert wieder ihre Füße und blickt mit traurigen Augen, die um Liebe flehen, zu ihr auf.

17

In Berlin ist es früher Abend. Bei Mike muss es also gegen Mittag sein. Lena wird gleich ein Videogespräch führen. Sie hat Make-up aufgelegt. Sie trägt ein blaues Shirt mit gelben Drachen oder Trompeten, vielleicht sind es auch Vögel, die über ihre Brust hinwegziehen.

Mike: Ist das neu?

Lena: Gestern gekauft.

Cool.

Ich mag deinen Bart.

Ich würde dich so gern an mich drücken.

Dann komm nach Berlin, sagt sie. Es würde dir gefallen.

Mike ist ein Arbeitstier. Er erledigt seine Aufgaben leidenschaftlich gern. Sein Job im Bereich der Cybersecurity hat ihn zu einem modernen Detektiv gemacht. Zu einem Spürhund, der sich nie vom Schreibtisch wegbewegt. In den letzten Jahren hat er mehrere große Betrugsfälle aufgedeckt und wird von Kollegen als neuer Sherlock Holmes gepriesen. Seine Kenntnisse im Programmieren verleihen ihm eine wahre Hellsichtigkeit.

Lena fragt sich manchmal, wie es kommt, dass er Dinge über sie weiß, die sie nie erzählt hat. Sie fragt sich sogar, ob er ihr Handy gehackt hat, bezweifelt es aber, denn es würde bedeuten, dass er sie beschattet, und das wiederum würde das gegenseitige Vertrauen beschädigen.

Meine Tasche wurde geklaut, erzählt sie. Mit dem Roman. Meinem kostbaren Buch. Zum Glück kam ein sehr netter junger Mann in die Galerie, der es gefunden hatte. Armin, er stammt aus Tschetschenien.

Sie wechselt das Thema, erzählt von den historischen Orten Berlins, die sie ihm zeigen will, wenn er kommt. Mike sagt, er habe während seiner Kindheit und Jugend in Iowa City oft das Gefühl gehabt, die Stadt wäre im Zweiten Weltkrieg zerbombt worden. Was natürlich nicht zutraf. Er hatte zu viele Kriegsgeschichten gelesen und begonnen, überall zerstörte Städte zu sehen. Er bildete sich ein, Iowa City wäre zerbombt und anschließend neu aufgebaut worden.

Ich bin jetzt bei meiner Mutter, sagt er.

Wie geht's ihr?, fragt Lena.

Tja, sagt Mike. Als ich gestern ankam, fand ich jede Menge Anwaltsschreiben vor. Du wirst es nicht glauben, Lena. Es sind die Leute von nebenan. Sie wollen meine Mutter wegen unbefugten Betretens drankriegen. Sie behaupten, sie habe kein Zugangsrecht zu dem Parkplatz hinter dem Haus. Ich weiß nicht, ob du dich erinnerst, aber wir parken dort seit jeher und betreten das Haus durch die Hintertür.

Klar weiß ich das, sagt Lena.

Und nun diese Nachbarn. Sie sprechen meiner Mutter das Recht ab, dort zu parken. Sie wohnen seit etwa fünf Jahren nebenan, sagt Mike, und haben nie ein Wort gesagt, und nun dieser juristische Terror. Sie werfen meiner Mutter vor, seit Jahren unbefugt über ihr Grundstück zu gehen. Es ist, als hätten sie eine Handgranate zur Tür hineingeworfen.

Das ist sicher eine schwere Belastung für sie, erwidert Lena.

Das macht sie fertig.

Was will sie unternehmen?

Gar nichts, sagt Mike. Sie möchte, dass alle Freunde sind und sich gut verstehen.

Das ist wirklich das Letzte, was sie in ihrem Alter braucht.

Der juristische Jargon belastet sie, Lena. Sie kommt sich vor wie eine Kriminelle. Formulierungen wie unbefugtes Betreten. Absehen von. Hausfriedensbruch. Null und nichtig. Mit sofortiger Wirkung. Begriffe, die sie nie benutzt.

Und ihre rechtliche Position?

Unanfechtbar. Absolut unanfechtbar. Das Zugangsrecht ist im Grundbuch eingetragen. Seit Jahrzehnten. Seit sich eine Bar auf dem Nachbargrundstück befand. Ich weiß noch, dass ich als Kind zugeschaut habe, wie Leute lachend auf den Hinterhof wankten. Ich habe küssende Paare beobachtet. Und manche, die viel weiter gingen. Paare, die stritten und brüllten. Schlägereien. Das Eintreffen der Cops. Das war besser als Fernsehen.

Dann wurde ein Wohnhaus aus der Bar, erzählt Mike weiter. Die Leute haben wohl im Zentrum oder außerhalb der Stadt getrunken. Die Eigentümer haben verkauft, und der Parkplatz blieb ungenutzt. Nur dass die Anwohner weiter ein Anrecht auf jeweils einen Parkplatz hatten. Neben meiner Mutter haben drei weitere Leute Schreiben von den Anwälten erhalten.

Und wozu das Ganze?

Wir haben sogar ein Foto, auf dem zu sehen ist, wie mein Vater die Parkbuchten mit weißen Linien markiert.

Dann kommen sie damit sicher nicht durch.

Ich vermute, sie wollen auf der Fläche bauen. Die Nachbarin ist Immobilienmaklerin. Lydia. Sie wittert das große Geld. Sie will entweder bauen oder mit Gewinn weiterverkaufen.

Sie versuchen es einfach, meint Lena.

Richtig. Sie schüchtern die Nachbarn ein und hoffen, dass diese es mit der Angst bekommen.

Sie muss kämpfen.

Tja, genau das will sie aber nicht, sagt Mike. Sie scheut davor zurück, vor Gericht zu ziehen. In ihren Augen wäre das wie im Kasino. Man weiß nie, wann die Glückssträhne endet, kann sich nicht darauf verlassen, dass man gewinnt, egal, wie gut die Chancen stehen.

Die anderen Nachbarn wollen kämpfen, fährt Mike fort. Ich habe mit einem gesprochen, einem pensionierten Cop. Dan Mulvaney. Er meinte: Was fällt diesen Leuten ein? Wollen sie uns etwa von hier vertreiben? Er ist in den Siebzigern, also ähnlich alt wie meine Mom. Aber aggressiver. Er kennt die raue Wirklichkeit, hat viel erlebt. Er hatte wortwörtlich Schaum vor dem Mund, Lena, und kam richtig ins Schwitzen. Er wird mit Klauen und Zähnen kämpfen. Wenn er nicht gewinne, meinte er, gebe es andere Mittel.

Andere Mittel?

Als meine Mutter das hörte, wurde sie fast panisch.

Welche anderen Mittel?

Das hat er nicht gesagt, aber ich kann es mir vorstellen. Er sagt, er lasse sich nicht von irgendwelchen Russen rumschubsen. Er besitzt viele Schusswaffen. Am Ende haben wir über das Jagen gesprochen – er fährt oft nach Montana. Meinte, er würde mich gern mitnehmen. Er hat so gut wie alles erlegt, bis auf einen Elch.

Und jetzt will er die Nachbarn abknallen.

Mal abwarten, sagt Mike. Heute Nachmittag habe ich einen Termin mit den Anwälten.

Und ich dachte immer, die Nachbarn wären so nett.

Waren sie ja auch, sagt Mike. Genau das kapiere ich nicht, Lena. An Weihnachten haben sie meiner Mutter ein Geschenk gebracht. Sie haben Silvester mit ihr gefeiert. Bessere Nachbarn konnte man sich nicht vorstellen. Sie haben meine Mutter morgens gegrüßt und sich erkundigt, ob sie etwas brauche. Lydias Vater ist handwerklich geschickt. Er hat die Waschmaschine meiner Mutter repariert und mäht ihren Rasen. Als hätten sie fünf Jahre lang versucht, sich einzuschleimen. Keine Klagen. Alles prima. Und dann trägt er eines Abends den Müll meiner Mutter raus, und am nächsten Vormittag kommt der große Knall: Das Anwaltsschreiben trudelt ein. Das war wie ein Schlag in die Magengrube.

Sag deiner Mutter, ich kampiere Tag und Nacht mit einem großen Protestschild auf dem Parkplatz.

Warten wir ab, was die Anwälte sagen.

Ihr werdet den Prozess gewinnen, Mike.

Was macht deine Kunst?

Läuft ganz gut, sagt sie.

Ich muss dir noch was erzählen, Mike. Du weißt ja, was ich gestern erlebt habe. Ich saß im Café, als eine Hochzeitsgesellschaft vorbeifuhr. Eine Kolonne hupender, mit Schleifen geschmückter Autos. Und dann haben plötzlich alle angehalten. Aus keinem ersichtlichen Grund.

Ich habe zugeschaut, wie die Braut ausgestiegen ist, erzählt Lena weiter. Sie sah umwerfend aus. Stand mitten auf der Straße und wurde von Leuten mit Einkaufstüten in der

Hand angestarrt. Ich dachte nur: Warum steigen sie in dieser Einkaufsstraße aus? Ich habe meinen Augen nicht getraut. Die Hochzeitsgäste begannen zu tanzen, Mike. Mitten auf der hektischen, breiten Straße. Während sich hinter ihnen Busse stauten. Die Autotüren standen offen, sodass man die Musik hören konnte, ein wummernder Beat, der aus Woofern dröhnte, es war wie im Club. Ein irrer Anblick! Die ganze Hochzeitsgesellschaft tanzte in einem großen Kreis. Bullige Typen in schwarzen Anzügen, die sich mit dem kleinen Finger unterhakten. Einige Frauen kreischten, erzählt sie. Es war wie eine Hochzeit in einem türkischen Dorf. Jede Menge Schaulustige, und der Verkehr staute sich auf der ganzen Straße.

Versuch das mal auf der Fifth Avenue, meint Mike.

Niemand hat sich beschwert, sagt sie. Keine Polizei. Keine Sirenen. Als hätten sie eine Genehmigung für diese Straßen-Performance, der Kauflustige mit Tüten in den Händen beiwohnten. Das Ganze dauerte zwei, drei Minuten, dann stiegen sie wieder ein und fuhren mit quietschenden Reifen weiter. Alle hupend. Eine Frau saß auf der Kante des Beifahrerfensters, ihr Hintern ragte heraus.

Nein, sagt Mike. Das wäre hier unvorstellbar.

Hier passiert das regelmäßig, sagt Lena. Sogar auf der Autobahn. Alles kommt zum Stillstand. Und die Polizei kann wenig dagegen tun. Will sie vielleicht auch gar nicht. Ein fröhlicher Akt zivilen Ungehorsams, so nennt es Julia. Die Berliner sind gezwungen, an einem kurzen Augenblick des Glücks teilzuhaben.

18

Die Balkontür von Julias Wohnung steht offen. Unten rattert ein Auto über das Kopfsteinpflaster. Es wird gehämmert, man hört die Stimmen der Arbeiter auf dem Baugerüst, das vor der Fassade eines Nachbarhauses errichtet wird. Die Sonne des späten Vormittags wirft ihr Licht bis auf den blauen Teppich mitten im Wohnzimmer. Eine leichte Brise hebt die Blätter der Grünpflanze, die in einer Ecke steht.

Auf einem Tisch liegt ein Stapel großformatiger Kunstbücher. Eines steht aufgeschlagen auf einem Halter. Julia hat die Angewohnheit, jeden Morgen eine andere Seite zu präsentieren, sozusagen als Inspiration für den Tag. Heute ist es das Bild einer jungen Frau, die einen Blick über ihre Schulter wirft. Oder wendet sie das Gesicht ab, weil sie nicht gesehen werden will?

Und sonst? Mehrere ungeöffnete Briefe, darunter ein Schreiben von Amnesty International, das um Unterstützung für die Freilassung eines iranischen Menschenrechtsanwalts wirbt.

Lena und Julia sitzen in der Küche und plaudern. Lena ist noch im Bademantel, sie hat die nackten Knie angezogen und hält die Tasse in beiden Händen. Julia trägt ein weites Shirt und eine Jogginghose. Sie schenkt Kaffee nach und sagt: Auf dem Balkon wäre es netter. Aber sie bleiben in der Küche, weil draußen gehämmert wird.

Julia sagt zu Lena: Ich habe ein Atelier gefunden.

Wow. Danke.

Es ist sehr schön, sagt Julia. Ein Loft, ganz oben im Gebäude, allerdings ohne Fahrstuhl. Es gehört einem befreundeten Künstler, der ein Jahr in Melbourne lebt, ist also vorübergehend unbewohnt.

Klingt fantastisch.

Es gibt eine Küchenzeile. Man kann Suppe aufwärmen oder so, meint Julia. Und Arbeitstische. Es ist sehr geräumig. Es wird dir gefallen. Gibt auch ein kleines Daybed. Ich glaube, dort schläft er mit seinen Eroberungen.

Das erinnert mich an Lucian Freud.

Stimmt, sagt Julia. Er wurde mal gefragt, wie es sein könne, dass er innerhalb eines Jahres zwei Kinder von zwei Frauen bekommen habe, und er meinte nur: Ich hatte ein Fahrrad.

Was will er dafür haben?

Gar nichts, sagt Julia. Er will kein Geld. Er freut sich, dass sein Loft während seiner Abwesenheit von einer Künstlerin genutzt wird.

Die Frau, die auf dem Bild im aufgeschlagenen Buch zu sehen ist, schaut sich nach nichts Konkretem um. Hinter ihr herrscht Leere, man sieht nur eine blassgraue Ferne. Sie ist in ihrem Blick zurück gefangen, dreht sich nach der Vergangenheit um, kann nicht mehr in die Gegenwart zurückkehren. Diesen Eindruck hat man jedenfalls als Betrachter. Vielleicht kommt sie aus der Fremde. Sie dreht sich nach etwas um, das ausgelöscht wurde, nach etwas, das sie hinter sich gelassen hat.

Julia erzählt von einem Mann, der neulich in ihrer Galerie war. Diese Begegnung raubt mir den Schlaf, sagt sie. Total bescheuert. Er war in meiner Schulklasse. Saß direkt vor mir. Ich habe ihn oft mit einem Stift in den Rücken gepikt, aber er hat sich nie beklagt. Warum war ich so versessen darauf, ihm wehzutun? Vielleicht war ich eifersüchtig und habe ihm deshalb rote Flecke auf dem Rücken verpasst.

Er ist jetzt ein Staranwalt, fährt Julia fort. Er war sehr nett. Er hat mir seine Karte gegeben und gesagt, ich könne mich jederzeit an ihn wenden. Ich hätte mich dafür entschuldigen müssen, ihm das Leben während des Unterrichts zur Hölle gemacht zu haben. Ich habe mich gefragt, ob ihn meine Quälerei dazu getrieben hat, so erfolgreich zu werden. Oder war es andersherum? Ist er als Anwalt so erfolgreich, weil er entschlossen war, jeden Piks wettzumachen? Vielleicht gleicht er mit jedem Fall, den er gewinnt, einen roten Fleck aus.

Das halte ich für unwahrscheinlich, erwidert Lena.

Und nun frage ich mich ... Warum ist er nach all den Jahren in meine Galerie gekommen? Wollte er mir beweisen, dass er meinem Mobbing erfolgreich getrotzt hat?

Das hat er bestimmt vergessen, sagt Lena. Wenn er dir noch grollen würde, wäre er sicher nicht gekommen.

In Julias Lachen schwingt Kapitulation mit.

Es liegt in seiner Macht zu vergessen, nicht in meiner.

Das ist ewig lange her, Julia.

Ich hätte es ansprechen sollen, sagt Julia. Um es aus der Welt zu schaffen. Nun erwäge ich, ihn anzurufen, um ihm zu erklären, dass ich nichts gegen ihn hatte. Ich mochte ihn sogar. Vielleicht stand ich auf ihn, glaubte aber, Jungen wären gefühllos. Manchmal drehte er sich nach mir um und lächelte mich wortlos an, als wollte er noch mal gepikt werden. Vielleicht waren wir auf schräge Art ineinander verknallt und konnten unsere Gefühle nur auf diese schmerzhafte Art ausdrücken. Inzwischen ist er glücklich verheiratet, wie er sagt, und Vater dreier Kinder. Sein Name stand erst gestern in der Zeitung. Er verteidigt jemanden, der angeblich ein Hostel in Brand setzen wollte. So sind sie, die Anwälte. Es klingt bescheuert, ich weiß, aber ich denke ständig, mein Mobbing könnte ihn abgestumpft und am Ende dazu gebracht haben, Leute zu verteidigen, die eigentlich nicht mehr zu verteidigen sind.

Du machst dir zu viele Gedanken, sagt Lena.

Ich weiß, erwidert Julia. Aber so wurde ich erzogen. Ich fühle mich immer für alles verantwortlich.

Vergiss die Sache.

Wenn ich ihn nicht täglich gepiesackt hätte, sagt Julia, hätte er vielleicht etwas Netteres studiert, zum Beispiel Medizin. Er hätte Künstler werden können, etwa Schriftsteller. Vielleicht war er in der Galerie, weil er die Kunst liebt und es eigentlich verabscheut, Leute zu verteidigen, die durch Brandstiftung morden wollen.

Lena bietet an, frischen Kaffee aufzusetzen.

Julias Sohn Matt kommt herein, er trägt Kopfhörer.

Er wirkt wie ein Geist, wie nicht von dieser Welt. Es muss Samstag sein, denn er ist nicht in der Schule. Julia sagt: Er gibt das Müsli nicht in eine Schale, sondern stopft es sich mit der Hand in den Mund, wart's ab. Er hat sich zum Veganer erklärt. Im vergangenen Sommer musste ich ihn mit Proteinen vollpumpen, weil seine Zähne grau geworden waren. Er war mit seiner Theatertruppe auf dem Land, und sie haben das Essen vergessen, nur von Hasch und Liebe gelebt.

Wie wäre es, wenn du Lena einen guten Morgen wünschst?, fragt Julia.

Matt lüpft den Kopfhörer auf einer Seite, um Hallo zu sagen.

Lena lächelt: Hi, Matt.

Er verweilt kurz in der realen Zeit, dann setzt er den Kopfhörer wieder auf und schlurft davon.

Der Lärm des Hämmerns hallt jetzt laut im Raum. Die Kunstbücher nehmen es allmählich persönlich. Sie würden am liebsten einen der Arbeiter in ein Atelier schleifen und durch Kunst zum Verstummen bringen. Auf Fotos, die Künstler im Atelier zeigen, erinnern diese in ihren bekleckerten Overalls oft an Mörder. Wir sind erleichtert, als Julia barfuß durchs Zimmer geht, um die Balkontür zu schließen.

Man hält automatisch Rückschau, sagt Lena.

Ja, ich schätze, man hat keine Wahl.

Mir geht es ähnlich, sagt Lena. Ich ertappe mich immer noch dabei, mir Sorgen um meinen Vater zu machen. Sein Tod ist einige Jahre her, und trotzdem würde ich manches gern ungeschehen machen. Zum Beispiel den Kummer, den ich ihm bereitet habe. Ein Jahr nach der Scheidung meiner Eltern wurde ich nach Irland zu meiner Mutter geschickt. Das war grässlich. Ich wollte unbedingt zurück nach Philadelphia. Ich glaubte, mein Vater wollte meine Mutter bestrafen, indem er mich ihr aufbürdete. Ich dachte, er wollte mich aus dem Weg haben, um mit seiner Freundin ein neues Leben beginnen zu können. Und weißt du was? Ich habe mich gerächt, indem ich Drogen nahm. Sie waren an jeder Ecke zu haben. Ich bin gleich nach meiner Ankunft darüber gestolpert. Skibbereen ist die Drogenkapitale Europas, erzählt sie.

Ich war auf einem Selbstzerstörungstrip.

Schließlich hat mein Vater mich zurückgeholt und dafür gesorgt, dass ich clean wurde, fährt Lena fort. Und danach wollte ich auf keinen Fall, dass er seine neue Partnerin sieht. Ich habe mich geweigert, sie hereinzulassen. Ich war unfassbar störrisch. Ich ertrug es nicht, wenn er anderen Aufmerksamkeit schenkte. Ich bin schon durchgedreht, wenn ich den Namen einer Frau in seinem Adressbuch entdeckt habe. Ich habe die Seiten rausgerissen. Ich habe ihre Briefe gelesen und geheult. Er hat sich gut mit einer Frau aus Madison verstanden, Grace. Sie war wunderbar. Sie hat mir immer Schokolade mitgebracht, und ich habe sie auf den Fußboden geschmissen und geschrien: Was ist das? Bestechung?

Sie hätten es sicher gut miteinander gehabt, aber ich habe es nicht geduldet. Ich habe ihre Telefonnummer in Erfahrung gebracht und sie angerufen. Um zwei Uhr früh, glaube ich. Ich habe gesagt, sie sei fett und hässlich und eine Giftspritze. Sie mache meinen Vater krank. Wenn er sterben würde, dann nur wegen ihr. Ich habe ihr gesagt, nachdem er sie geküsst habe, müsse er die ganze Nacht kotzen.

O Mann, sagt Julia.

Ich habe um mein Leben gekämpft, sagt Lena.

Das ist hart.

Schon unglaublich, sagt Lena, welche Macht ein Kind über ein Elternteil ausüben kann. Ich habe seine Schuldgefühle gewittert. Ich konnte spüren, dass er es für einen schweren Fehler hielt, mich nach Irland geschickt zu haben. Ich merkte, dass er nur mein Bestes wollte, nicht zuletzt, um die versäumte Zeit wiedergutzumachen. Ich habe seine Liebe gegen ihn verwendet. Ich habe ihn sozusagen erpresst. Ich habe jedes Glück torpediert, das er noch hätte finden können. Ich wollte unbedingt die Einzige sein, die ihn glücklich macht.

Das ist das Opfer, das Eltern bringen.

Man kann nichts ungeschehen machen, sagt Lena.

Du warst bestimmt sein Ein und Alles, meint Julia.

Sie steht auf und stellt ihre Tasse in die Spüle. Sie legt Lena eine Hand auf den Arm.

Komm, sagt sie. Schauen wir uns mal das Atelier an.

19

In der Wohnung herrscht den ganzen Tag Stille. Abgesehen vom Hämmern nebenan ist nichts zu hören, bis am späten Nachmittag ein Schlüssel im Türschloss knirscht. Es ist Matt, Julias Sohn. Er betritt das Wohnzimmer und betrachtet ein Gemälde, das die Nordsee zeigt, als hätte es zu ihm gesprochen. Er öffnet die Balkontür, tritt ins Freie und wirft einen Blick auf die Straße. Der Lärm des Hämmerns schwillt weiter an, als wolle es sich dafür rächen, ausgesperrt worden zu sein. Nachdem Matt wieder eingetreten ist, legt er aber noch ein raffiniertes Tänzchen hin, bei dem er aufs Sofa springt und triumphierend über das Parkett schlittert wie ein Fußballer nach einem Tor. Dann klappt er elegant vor der Wand zusammen. Und entlässt dabei einen Schrei, den vielleicht sogar die Arbeiter auf dem nahen Gerüst hören.

Er wirkt wie tot.

Was mag er genommen haben? Eine Mischung aus zerkauten Gurken und Brot quillt aus seinem Mund. Seine Augen sind noch einen Spalt offen. Seine Arme liegen da wie hingeworfen. Sein Körper wirkt wie eingedellt, weil sein Kopf an der Fußleiste lehnt. Er scheint weder zu schlafen noch tot zu sein, sondern Schritt für Schritt von dem fantastischen Gipfel eines einsamen Vergnügens hinabzusteigen.

Er ähnelt dem berühmten Junkie der Literatur – Faust.

Der Pakt mit dem Teufel. Aber alles hat seinen Preis. Der Preis für das gestohlene Wissen muss entrichtet werden.

Durchhalten, Matt. Kein Grund zur Sorge. Alles wird gut, dir wird bald geholfen.

Mein Verfasser war alkoholsüchtig. Joseph Roth soff sich zu Tode. Er hatte ein schweres Leben und musste viele Sorgen ertränken, hinterließ aber einen ganzen Berg Bücher, als er von dieser Welt abtrat. Er saß mit einer Weinkaraffe oder einem doppelten Schnaps, einem sogenannten Neunzigprozentigen, im Restaurant. Das verschaffte ihm künstlerische Klarheit. Er lauschte den Gesprächen, die ringsumher geführt wurden, schaffte es jedoch, politisches Gerede aus seinen Romanen herauszuhalten. Er konnte zwar nichts Beruhigendes zum Thema Sucht beisteuern, aber was er über Identität sagt, ist bis heute lesenswert: Er sei ein Franzose aus dem Osten, ein Humanist, ein Rationalist mit einer Religion, ein Katholik mit jüdischem Verstand, ein echter Revolutionär.

Matt ist Afroeuropäer. Sein Vater stammt aus Nigeria, und Julia ist Deutsche. Sie lernten sich im Urlaub kennen und beschlossen, ein Kind in die Welt zu setzen, ohne sich aneinander zu binden. Sie konnte ihn nach Deutschland holen und verhalf ihm zu einer Karriere im Marketing. Matt ist ohne seinen Vater aufgewachsen, sieht ihn aber hin und wieder, und manchmal fahren sie zusammen in Urlaub. Im letzten Jahr haben sie seine Familie in Nigeria besucht.

Matt ähnelt Joseph Roth. Er trägt das Anderswo in sich. Ein anderes Hier. Ein anderes Zuhause, das in seinem Fall oft über die Hautfarbe definiert wird. Er versucht wie Roth, die Identität abzuschütteln, die ihm übergestülpt wird. Er ist ein echter Revolutionär an der vordersten Front einer Welt, die stets im Fluss ist, und hat die Freiheit, zwischen mehreren Herkunftsorten zu wechseln, manche fiktiv, manche real.

Julia hat viele Romane afrikanischer Autorinnen und Autoren im Regal stehen. Einer stammt von einem afroamerikanischen Autor, der in Nigeria aufwuchs und mit fünfzehn, also in Matts Alter, in die USA emigrierte. Der Titel lautet *Jeder Tag gehört dem Dieb*. Darin beschreibt der Autor, wie er als Erwachsener das Land seiner Kindheit besucht. Er berichtet über die ausufernde Korruption, und wählt ein Sprichwort der Yoruba als Titel. Er schildert seine Reise aus der Perspektive eines Menschen, der seit Langem in New York lebt und sich darüber ärgert, bei jeder noch so kleinen Transaktion ein Schmiergeld zahlen zu müssen. Alle fragen lächelnd: Hast du was für mich? Der Autor, der die Werte seines Adoptivlandes verinnerlicht hat, hat sich seinem Herkunftsland entfremdet und lehnt dessen diebische Sitten ab. Er ist entkommen, die Nigerianer dagegen müssen weiter die Bürde ihres einstmals kolonisierten Landes tragen, damit leben, dass ihnen die Landschaft ihrer Ahnen lange Zeit genommen war. Der Boden unter ihren Füßen gehörte ihnen erst wieder, als Nigeria 1960 die Unabhängigkeit erlangte. Das Land war ausgeplündert, viele seiner kostbarsten Kunstschätze standen in Londoner Museen und wurden nie zurückgegeben. Auch die Menschen wurden geraubt und als Sklaven verkauft. Diebstahl war ein unvermeidlicher Bestandteil der Weltordnung. Ihre Auffassung von Eigentum wurde durch die Geschichte gewaltsam verzerrt, und der Autor, der nach vielen Jahren zurückkehrt, muss feststellen, dass man zwar etwas für einen Tag besitzen kann, dass aber jeder Tag zugleich dem Dieb gehört.

Und Menschen, die auswandern, um in einem anderen Teil der Welt zu leben? Sind sie nicht auch Diebe, weil sie sich von dem Ort fortstehlen, an dem sie aufgewachsen sind? Jede Person, die ihr Zuhause verlässt, entnimmt der Landschaft eine lebenswichtige Information, die von den Zurückgebliebenen nicht ersetzt werden kann. Und wenn diese Person dann zurückkehrt, ist nichts mehr, wie es war.

Das ist das Paradox. Eine Rückkehr kann das Gefühl auslösen, um etwas betrogen worden zu sein. Alles wirkt vertraut und fremd zugleich, sogar das Gras erzählt Lügen. Ein Rückkehrer fühlt sich beraubt.

Als Julia heimkehrt, ist es dunkel. Im Licht der Straßenlaternen sieht sie Matt und begreift mit Verzögerung, dass etwas nicht stimmt. Sie eilt zu ihm und stellt fest, dass seine Augen offen sind. Sie fühlt seinen Puls, schließt sein Gesicht in ihre Hände und ruft ein Dutzend Mal seinen Namen, um ihn zu wecken. Sagt ihm, wo er sich befindet, wer er ist, wer seine Mutter ist. Seine Atemzüge gleichen denen eines zur Oberfläche strebenden Tauchers. Sie setzt sich auf den Fußboden, den Rücken gegen die Wand, schließt ihn in ihre Arme und streichelt sein Gesicht.

Matt, mein Junge, mein kleiner Matt. Was ist denn los?

Er öffnet den Mund, bringt aber kein Wort hervor.

Sie ruft den Rettungsdienst. Als die Sanitäter eintreffen, messen sie Puls und Blutdruck. Sein Blutzuckerwert ist niedrig. Sie wollen wissen, was er genommen hat, und er antwortet, er habe nur Skunk geraucht. Sie sagen, sie könnten ihn in die Notaufnahme bringen, wo er unter Beobachtung stünde, nur würde das eine Nacht im Krankenhaus bedeuten. Ein Sanitäter, nicht viel älter als Matt, wie es scheint, erklärt sanft und beruhigend, wenn er ein bisschen Zucker esse, sei er bald wieder fit. Junkies würden ab und zu das Bewusstsein verlieren, sagt er. Nachdem die Sanitäter gegangen sind, holt Julia ein Glas Granatapfelsaft aus der Küche und sorgt dafür, dass Matt es austrinkt.

Na, komm, Starman, sagt sie.

Sie zieht ihn hoch und geht mit ihm ins Bad. Während er, in der Dusche sitzend, einen tropischen Regenguss auf sich niedergehen lässt, räumt sie auf. Künstlicher Tannenduft erfüllt die Luft. Sie schließt die Balkontür, weil die Autos zu dieser späten Stunde lautstark über das Kopfsteinpflaster brettern, gibt dem Zimmer die Möglichkeit, sich zu erholen. Danach hilft sie Matt in der Dusche auf die Beine und trocknet ihn mit einem großen weißen Badehandtuch ab. Sie rubbelt mit verzweifelter Liebe seine Haare trocken, die am Ende zerzaust in alle Richtungen ragen, trocknet seinen Rücken ab. Anschließend kniet sie sich hin, um seine langen Beine abzutrocknen, tritt danach zurück und mustert ihn prüfend.

Matt, schau dich an. Jede Frau, sagt sie, jede Frau und jeder Mann auf diesem Planeten müssten verrückt nach dir sein.

Und hier, sagt sie, indem sie mit einem Fingerknöchel auf seinen Kopf klopft, was sich hier drin befindet, ist noch viel schöner als dein Körper.

Sie wischt über ihr Gesicht, damit er nicht merkt, dass sie geweint hat.

Denk an die Zauberkunststücke, die du mir vorgeführt hast, sagt sie. Und vor allem an deine Zeichnungen.

Er zeigte Talent. Er besitzt einen kleinen Rollwagen mit Fächern, die eigentlich für Gemüse gedacht sind, aber Pinsel und Farben beherbergen. Sie wünscht sich, er könnte seine Sehnsüchte in eine Geschichte kleiden. Stattdessen muss sie ihre Kreditkartenabrechnungen prüfen und sein Schlafzimmer auf den Kopf stellen, um seinen Geheimnissen auf die Spur zu kommen.

Weißt du was?, sagt Julia. Wir kriegen dich schon wieder hin. Wir gehen schwimmen. Lass uns morgen ins Schwimmbad gehen. Danach fahren wir nach Hamburg. Ich glaube, du solltest besser eine Weile bei deiner zweiten Mutter leben. Du könntest mit Irenas Hund lange Spaziergänge im Wald unternehmen. Du hast ihren Hund doch gern, oder?

20

Lena kehrt spät heim. Julia ist noch wach – sie kann nicht schlafen. Sie hält in der Küche Nachtwache, schaut in Abständen nach Matt. Lena leistet ihr Gesellschaft, und während sie eimerweise Kamillentee trinken, erzählt sie, dass sie ihren Sohn nach Hamburg bringen wolle, wo er eine andere Schule besuchen werde, einen Neuanfang machen könne. Seine zweite Mutter ist Ärztin, sie wird ihm ein Suchtbehandlungsprogramm vermitteln.

Lena erzählt, sie habe sich mit Armin getroffen.

Ich wollte ihm etwas schenken, sagt Lena. Eine Kleinigkeit, als Dank dafür, das Buch zurückgebracht zu haben. Viele Leute hätten es gar nicht aufgesammelt, oder sie hätten versucht, es in einem Antiquariat loszuschlagen. Vermutlich ist es trotz der fehlenden Seite ein paar Euro wert.

Und was hast du ihm geschenkt?

War nicht einfach, antwortet Lena. Ein Gutschein hätte etwas von dem Geschenk einer alten Tante gehabt. Ich habe einen schönen braunen Schal mit Hahnentrittmuster gefunden, aber das ist eher etwas für einen Geburtstag. Ich schenke ihn Mike, wenn er mich hier besucht. Er will, dass wir in Rumänien wandern. Er hat sich übrigens einen urigen Bart stehen lassen. Er sieht jetzt aus wie ein Pionier. Er will auf die Jagd gehen, das ist seine Leidenschaft.

Lena fährt fort, sie habe erwogen, zwei Karten für ein

Konzert von Nick Cave zu kaufen, nur hätte Armin glauben können, sie wolle ihn begleiten. Falls er keine Partnerin habe.

Schließlich habe ich mich für das Naheliegende entschieden – ein Buch.

Leuchtet ein, meint Julia.

Er bringt mir ein Buch zurück, also bekommt er eines, logisch, oder?

Und welches?

Die Entscheidung hat ewig gedauert, sagt Lena. Ich kann ja kein Deutsch. Die Frau im Buchladen hat mir den Roman eines Bosniers empfohlen, der während des Jugoslawienkriegs nach Deutschland geflohen ist.

Ah, sagt Julia, ja, eine gute Wahl.

Nachdem ich es ihm gegeben hatte, erzählt Lena, kam ich mir aber etwas idiotisch vor – was schenkt man einem Flüchtling? Natürlich den Roman eines anderen Flüchtlings. Ich hatte die Wahl zwischen tausend Titeln, und was nehme ich? Einen Roman, der im Grunde seine eigene Geschichte erzählt. Bescheuert, oder?

Nein, meint Julia, es ist ein Roman, der Mut macht.

Ich habe Armin wohl eher gesagt: Bitte schön, hier siehst du dich so richtig gespiegelt.

Es wird ihm gefallen, sagt Julia, glaub mir. Der Roman enthält eine herrliche Szene, in der der Großvater des Autors seiner Frau beim Tanzen versehentlich auf den Fuß tritt. Das hätte den Lauf der Geschichte ändern können, bis dahin, dass der Autor vielleicht nie geboren worden wäre.

Armin ist ein guter Leser, sagt Lena.

Ich finde, der Roman ist ein umsichtiges Geschenk, meint Julia. Er weiß es bestimmt zu würdigen.

Armin hat kaum Erinnerungen, sagt Lena. Er hat sein Zuhause in Tschetschenien nicht mehr vor Augen. Er kann auch wenig über Grosny erzählen, vom ständigen Dieselgestank einmal abgesehen. Der schwarze Qualm der Motoren gepanzerter Fahrzeuge. Dazu die Schüsse. Er hat mit Patronenhülsen gespielt. Er kann sich noch an die Menschenschlangen vor den Nahrungsmittelausgaben erinnern. Und an die Ausgangssperre, als niemand auf die Straße durfte und eine Schar von Müttern die ganze Nacht plaudernd und lachend im Haus saß, bis in der Ferne eine Explosion ertönte. Daraufhin sagte einer der Frauen: Die hat uns nicht erwischt.

Er hat beide Eltern im Krieg verloren, fährt Lena fort. Er wurde durch eine Explosion auf einem Marktplatz verletzt und hat immer noch ein paar Bombensplitter im Körper, seine Schwester hat damals sogar ein Bein verloren. Er sagt, sie seien im Krankenhaus von einem Fernsehteam gefilmt worden und angeblich in den Nachrichten zu sehen gewesen. Danach hat eine Tante dafür gesorgt, dass sie mithilfe von Schleusern nach Deutschland kamen.

An die Reise kann er sich auch kaum erinnern, erzählt Lena, nur daran, lange im Zug gesessen zu haben. Die Reise hat mehrere Tage gedauert, gefühlt aber Monate.

Er arbeitet mit Stadtplanern. Nimmt überall in der Stadt Messungen vor. Kennst du die Dreibeine, die man manchmal auf der Straße sieht? Frag mich nicht, wozu sie dienen.

Wir haben uns lange über seine deutsche Adoptivfamilie unterhalten. Für ihn eine glückliche Geschichte. Er wuchs mit seiner Schwester in einer großen, chaotischen Familie auf, in einer riesigen Wohnung in Frankfurt, wo sie einander über den Innenhof hinweg aus den Fenstern zuwinken konnten. Ein super Ort, um Verstecken zu spielen, erzählt er. Zimmer über Zimmer über Zimmer – man konnte sich verlaufen. Sie waren viel mit dem Fahrrad unterwegs.

Seine Adoptiveltern waren Hippies. Neo-Hippies mit New-Age-Einschlag. Seine Mutter stammte aus Ostdeutschland, aus einem Ort an der polnischen Grenze. Sie war Krankenschwester. Sie bevorzugte lange weite Kleider aus Käseleinen, im Sommer trug sie breitkrempige Sonnenhüte. Sie hatte lange rote Haare. Sie rasierte sich nie die Achseln, sodass sie aussahen wie haarige Nester. Sie hat nach Bäckerei gerochen, meint Armin. Eine warmherzige Frau mit großem Busen, ein regelrechtes Kraftwerk.

Sein Adoptivvater stammte aus Augsburg. Er war Philosophieprofessor an der Frankfurter Uni. Beim Frühstück stellte er den Kindern Fragen wie: Was wird geschehen, wenn die Roboter die Welt übernehmen? Er war ein großer Fan von John Lennon. Er lernte seine Frau nach dem Mauerfall kennen, sagt sie. Armin erzählt, im Wohnzimmer habe ein großes Foto gezeigt, wie sie durch eine Lücke in der Mauer tritt.

Sie heißt Hendrika, wird aber meist Henny genannt. Er wiederum Tom, obwohl sein Name Thomas lautet. Für Armin und seine Schwester waren sie Mama und Papa. Die Wohnung war voller Bücher. Sie hatten kein Auto. Die ganze Familie ging überall zu Fuß hin, sie waren wie eine Theatertruppe in der Stadt unterwegs, die Leute starrten die einbeinige, auf den Schultern ihres Vaters sitzende Madina an. Im Sommer wanderten sie in den nahen Mittelgebirgen und picknickten auf Wiesen, alle nackt, die ganze Familie.

Die Eltern hatten zwei leibliche Söhne, ein paar Jahre älter als Armin. Ihnen war alles erlaubt. Zu Hause gab es de facto keine Regeln. Sie hätten mit Mord durchkommen können. Sie wurden in der Schule mit einem Joint ertappt. Nachdem sie beim Ladendiebstahl erwischt worden waren, wurden sie von der Polizei nach Hause gefahren. Sie sagten zu Armin, er dürfe nichts, er sei nur adoptiert. Heute sind beide sehr erfolgreich, erzählt er. Einer ist Filmproduzent, der andere ist als Genetiker in der Stammzellenforschung tätig.

Armin hat sich irgendwann in Bücher vertieft, sagt Lena. Nur so konnte er mit den älteren Jungen mithalten. Im Haus seiner Adoptiveltern hatte er die Auswahl. Das war seine Methode, um ihnen näherzukommen.

Dann haben sich die Eltern getrennt, sagt Lena.

Ah, so ein Jammer.

Ich habe den Eindruck, fährt Lena fort, dass er für diesen wunderbaren Start ins Leben dankbar ist. Nach der Trennung hat er sich allerdings wieder gefühlt wie eine Waise.

Und wie kam es zu der Trennung?

Sie haben eine freie Ehe geführt, antwortet Lena. Beide hatten Liebschaften. Angeblich problemlos, wie Armin meint. Henny bekam morgens Besuch von einem Typen in Joggingkluft, der während seiner Runde eine Pause einlegte, unter die Dusche ging und dann weiterlief. Nachmittags kam manchmal ein Ire mit Gitarre vorbei und sang Balladen. Ein Typ mit viel Sitzfleisch.

Armins Vater hatte Freundinnen an der Uni. Er nahm sie mit zum Drachenfliegen oder radelte mit ihnen durch die Mittelgebirge.

Dann wurde er für ein Buch zum Thema Philosophie im Alltag mit einem namhaften Preis ausgezeichnet. Seine Frau wiederum schrieb einen Roman über eine Hippie-Familie, die per Schiff nach Australien reist. Danach schienen beide ihrer eigenen Wege gehen zu wollen, um nach der freien Ehe wieder für sich sein zu können. Henny zog mit den leiblichen Söhnen in die Türkei. Armin und Madina lebten bis zum Ende ihrer Schulzeit an mehreren Orten in Deutschland bei unterschiedlichen Familien.

Als Junge, erzählt er, hat er seine Schwester immer unter dem Fuß gekitzelt. Dem fehlenden Fuß. Er kitzelte ihre Phantomzehen, bis es ihr zu viel wurde.

Wie süß, sagt Julia.

Er will mich ihr vorstellen, sagt Lena. Madina. Sie ist Sängerin. Ich habe sie recherchiert, sie tourt mit ihrer Band durch Deutschland. Sie hat ziemlich viele Fans. Ein Foto zeigt sie à la Beyoncé mit langen Haaren und langen Beinen in silberfarbenen Shorts auf der Bühne. Nur dass sie unterhalb eines Knies eine Prothese aus Leichtmetall trägt. Ein Foto zeigt sie mit einer Prothese aus Drahtgewebe. Ich würde sie gern mal live hören. Ein paar Songs kenne ich schon von YouTube. Armin will Karten für ihren nächsten Auftritt in Berlin besorgen. Vielleicht magst du ja mitkommen, falls du Zeit hast.

21

Sie scheinen nicht vorzuhaben, ins Bett zu gehen. Julia lächelt, als sie ihren Sohn schnarchen hört. Er ist am Leben und wohlauf, sagt sie. Sie trinken noch mehr Kamillentee. Hinter Lena vibriert in Abständen der Kühlschrank. Sie erzählt, dass sie zum Abschluss in einem Laden mit einer Stroboskopkugel unter der Decke gelandet seien, eine Late-Night-Bar. Der Tisch, an dem sie saßen, war ein umgewandelter Autoscooter.

Sie kamen mit einem englischen Paar ins Gespräch, das vor nicht allzu langer Zeit nach Berlin gezogen ist. Er trank Whiskey mit Soda, sie einen Mai Tai. Beide waren unglaublich lustig. Wir haben uns totgelacht, sagt sie.

Sie boten an, uns einen Drink zu spendieren.

Der Mann heißt Geoff, er ist in einem Start-up-Unternehmen tätig. Sie heißt Gill und handelt mit Nahrungsergänzungsmitteln und alternativen Arzneimitteln. Sie hatten in einem Ort namens Stroud ein sehr erfolgreiches Geschäft für Biokost. Sie fuhren mit ihren zwei Huskys im Auto nach Berlin.

Sie haben erzählt, sagt Lena, dass sie vor dem Aufbruch nach Berlin, Huskys und Gepäck waren schon im Auto, in Stonehenge gehalten haben, um ihr Ehegelübde zu erneuern. Gill schilderte, wie Geoff auf ein Knie sank und sie bat, ihn erneut zu heiraten. Er ist wirklich ein Witzbold, sagte Gill.

Man ahnt es nicht, wenn man ihn so sieht, aber er ist der größte Romantiker von allen.

Gill legte einen Arm um ihren Mann, zwinkerte uns zu und sagte: Wir mussten den Vollmond abwarten.

Sie nahmen an, Armin und ich wären ein Paar, sagt Lena. Sie wollten wissen, wie lange wir schon verheiratet sind.

Gill hatte wohl meinen Ring gesehen, aber aus irgendeinem Grund habe ich nur gelacht. Anstatt zu erzählen, dass ich mit Mike verheiratet bin und in New York lebe, oder zu erklären, warum er nicht bei mir ist, aber bald nach Berlin kommen will, habe ich nichts weiter dazu gesagt.

Vielleicht aus Höflichkeit gegenüber Armin, sagt sie. Ich habe nur erzählt, ich wolle in Deutschland Verwandte besuchen. Dann habe ich aus irgendwelchen Gründen die Story des Romans umrissen, den mir mein Vater übergeben hat. Ich habe erzählt, Armin habe das gestohlene Buch in einem Park entdeckt und mir zurückgebracht. Darin sahen die beiden ein Omen. O mein Gott, meinte Gill, so seid ihr euch also begegnet, das Buch hat euch zusammengeführt. Sie wandte sich an Geoff und sagte: Ist das nicht verrückt? Sie haben sich durch ein gestohlenes Buch kennengelernt. Es wollte euch vereinen.

Das stimmt natürlich, fuhr Lena fort, nur wusste ich nicht, wie ich sie davon abhalten sollte, der Sache diesen romantischen Dreh zu geben. Armin klärte sie schließlich auf.

Wir sind nur befreundet, sagte er.

Das englische Paar war verblüfft.

Oh, fuck, sagte Gill.

Sie sind nicht verheiratet, sagte Geoff.

Wir haben uns geirrt, sagte Gill. Aber ihr wirkt so tief verbunden. Ihr könntet ebenso gut ein Paar sein.

Armin blieb total cool, sagt Lena. Er begann, über das Buch zu sprechen, sagte, dass es um einen einbeinigen Kriegsveteranen gehe, der einen Leierkasten spiele. Er erzählte, auch seine Schwester habe ein Bein verloren. Er verschwieg, wie es passiert war, deutete einen Unfall an. Das englische Paar fand es verrückt, dass sich das wahre Leben mit einem Roman verquickte, als könnte sich das Buch mit dem Universum kurzschließen, sagt Lena.

Gill sagte: O mein Gott, war für eine wunderbare Story. Überwältigend, nicht wahr, Geoff?

Geoff sagte, indem er sein Handy hervorzog: Wisst ihr was? Ich glaube, ich habe noch nie einen Leierkasten gehört.

Er suchte eine Weile und ließ dann die bekannte Melodie von »The Teddy Bears' Picnic« erklingen. Es klang wie ein Karussell, sagt Lena, mit pfeifenden, manchmal stockenden Tönen. Die Melodie hatte etwas Trauriges, obwohl es eigentlich ein fröhliches Lied ist. Wir lauschten ihr, während in der Bar Jazz lief. Gill meinte, Dwyer, ihr Sohn, habe ein Kinderbuch, in dem ein Affe und ein Papagei einem Leierkastenmann entwischen und auf einem Schlachtschiff in die Karibik segeln. Nach einem Gefecht mit Piraten, erzählte Geoff weiter, stranden sie in der Region, aus der sie stammen, auf einer tropischen Insel.

Wir mussten es jeden Abend vorlesen, sagte Gill.

Und weil sie zuvor so witzig waren, erzählt Lena, glaubten wir, auch hier würde eine Pointe folgen. Aber dann begann Gill zu weinen. Geoff nahm sie in den Arm. Er erklärte, Dwyer sei tot. Er war sechzehn, sagte Geoff. Er wurde eines Abends aus heiterem Himmel zusammengeschlagen, ein absolut unerwarteter Vorfall in unserer stillen, friedlichen

Stadt. Ganz Stroud stand unter Schock, sagte er, niemand konnte es fassen.

Er lag wochenlang im Koma, sagte Geoff. Gill war die ganze Zeit bei ihm. Ich habe den Laden weitergeführt. Schließlich mussten wir entscheiden, ob er weiter künstlich am Leben erhalten werden sollte oder nicht. Er wäre nie mehr aufgewacht.

Gill weinte die ganze Zeit, sagt Lena. Sie trank ab und zu einen Schluck, um sich zu sammeln. Ich glaube, es war ihr dritter Mai Tai. Sie holte immer wieder Taschentücher aus ihrer Handtasche und schnäuzte sich, versuchte zu lächeln.

Der Vorfall wurde von einer Kamera aufgezeichnet, sagte Geoff. Der Überfall. Die Aufnahme wurde den Geschworenen gezeigt. Wir hätten währenddessen rausgehen können. Es war hart, sagte er, aber wir sind geblieben, für Dwyer, um ihm während der furchtbaren Momente beizustehen. Um ihn nicht alleinzulassen.

Geoff hielt Gills Hand und sah sie die ganze Zeit an, er sprach für sie beide, sagt Lena.

Zwei Jungen in seinem Alter, sagte Geoff, aus wohlhabenden Familien, im gleichen Viertel wohnend. Entschlossen, diesen gedankenlosen Gewaltakt durchzuziehen. Wir sagen gedankenlos, ergänzte er, aber es war absolut vorsätzlich. Man glaubt natürlich, diese Jungs wären gefühllos, bar jeder Empathie, aber das genaue Gegenteil ist der Fall, seine Schmerzen und sein Leid, unser Leid, sorgten für den Kick. Es ging ihnen darum, dem ganzen Ort einen Schock zu versetzen. Sie hätten es nicht getan, wenn sie nicht gewusst hätten, was Schmerz bedeutet. Ihre Gewalttätigkeit war unfassbar, sagte er, wir werden das nie vergessen. Wir haben bis heute die Geräusche im Ohr. Obwohl sie nur Einbildung sind, denn es gab keinen Ton. Als wir wieder zu Hause waren, fragte Gill, ob ich gehört hätte, wie Dwyers Kopf auf den Bürgersteig knallte, und ich bejahte. Wir haben die Angst in seinen Augen gesehen, sagte Gill. In einem solchen Fall gibt es keine Gerechtigkeit, sagte Geoff, indem er Gills Hand hielt, als hätten sie soeben das Gericht verlassen. Keine noch so lange Haftstrafe kann uns den Sohn zurückgeben. Wir hatten den Eindruck, dass die Täter Reue heuchelten, um nicht so lange sitzen zu müssen. Ich habe als Betroffener ausgesagt, erzählt Geoff, und es fiel mir schwer, meine Wut auszuklammern. Im Grunde konnte ich nur sagen, dass es uns nicht mehr möglich sei, weiter in England zu leben. Die kleinsten Kleinigkeiten haben uns an die Tat erinnert. Jedes Mal, wenn wir uns sahen, jedes Mal, wenn wir gemeinsam frühstückten, wurde uns bewusst, wie sehr er uns fehlte. Wir waren drauf und dran, aufeinander loszugehen. Als würden wir uns gegenseitig vorwerfen, Ähnlichkeiten mit unserem Sohn zu haben. Wir wurden selbst gewalttätig. Unser ganzes Lebensumfeld war durch die Gewalttat vergiftet worden. Während die Mörder unseres Sohnes mit gesenktem Blick dasaßen, hörte ich mich sagen, dass wir England so bald wie möglich verlassen würden. Zuvor war alles prima gelaufen, ein gut gehendes Geschäft, ein schauspielerisch begabter Sohn. Aber nach dieser Gewalttat blieb uns nur die Wahl, alles zu verkaufen und ins Ausland zu gehen. Darum sind wir nach Stonehenge gefahren, sagte Gill. Wegen Dwyer. Als hätten wir nach seinem Tod beschlossen, uns nie zu trennen, nie voneinander zu entfremden, egal, was geschähe. Deshalb haben wir in Stonehenge sozusagen ein zweites Mal geheiratet.

In dem Bemühen, für etwas Heiterkeit zu sorgen, hob sie ihr Mai-Tai-Glas. Wir haben noch das Buch mit dem Affen, sagte sie. Es liegt stets offen auf einem Beistelltisch im Flur, gleich neben der Tür. Ich blättere es täglich um.

Einmal im Jahr besuchen wir sein Grab, sagte er, an seinem Todestag im Dezember.

Er war ein süßer Junge, sagte Gill, wirklich, wirklich süß. Und so witzig. Ein richtiger Komiker.

Entschuldigt, dass wir euch damit belästigen, sagte Geoff. Wir haben euch den Abend verdorben, nicht wahr?

Ein geborener Komiker, sagte Gill. Keine Ahnung, von wem er das hatte. Er sah in allem das Komische. Er hätte als Stand-up-Comedian Karriere machen können, sagte Gill, er wirkte immer so natürlich mit seiner ungläubigen Miene, die zu besagen schien, dass nichts auf der Welt einen Sinn ergab. Ich glaube, das hat uns zum Lachen gebracht. Ich muss immer noch über manche Dinge lachen, die er gesagt hat, meinte Geoff.

Dann stand Gill auf, um zu tanzen, sagt Lena.

Oh, sagte sie, die Rolling Stones.

Sie ging auf die Tanzfläche, obwohl sie sich kaum noch auf den Beinen halten konnte. Sie wankte mit angewinkelten Ellbogen. Weißt du, sagt Lena, sie bewegte sich trotzdem elegant und weinte und lächelte zugleich. Die Lichter der Stroboskopkugel tanzten über ihr Gesicht. Sie konnte das Gleichgewicht nicht mehr halten. Sie sank in sich zusammen, die Hände vors Gesicht geschlagen. Als wäre es die Beerdigung ihres Sohnes, als stünde sie am Grab, während man den Sarg hineinsenkte. Der Barkeeper rief ein Taxi. Man half ihr aus der Tür, und ich eilte mit ihrer Handtasche hinterher.

22

Lena und Armin saßen noch eine Weile am Autoscooter-Tisch und lauschten der Musik. Sie mussten die Geschichte des englischen Ehepaares erst mal verdauen. Vielleicht hätten sie lieber über etwas anderes gesprochen. Lena hätte gern getanzt, aber das kam ihr fast ungehörig vor.

Und dann, sagt Lena, trat ein Mann ein und starrte uns von der Bar aus an. Ich hätte ihn nicht weiter beachtet, spürte aber, dass Armin nervös wurde. Ich hatte den Eindruck, dass er sich bedroht fühlte. Ein Vierschrat mit Lederjacke. Nach einer Weile ging Armin zu ihm. Sie standen an der Bar, starrten das Spalier der Spirituosen an und wechselten ein paar Worte.

Ich nahm an, es wäre etwas Geschäftliches.

Wer ist das?, fragte ich, als er an den Tisch zurückkehrte. Will er sich nicht zu uns setzen?

Der Freund meiner Schwester.

Der Typ, der die Seite aus meinem Buch geschnitten hat?

Ja, der. Ihr Ex-Freund, um genau zu sein.

Als ich wieder hinschaute, ging er gerade, sagt Lena.

Armin nannte ihr den Namen. Bogdanow. Ulrich Bogdanow. Der Typ ist regelrecht besessen, sagt Lena, er stalkt Madina, wenn sie Auftritte hat. Armin meinte, da könne man nichts machen. Er tut so, als wäre er ein Fan. Aber dann stört er ihre Auftritte.

Madina traf sich eines Nachmittags mit Bogdanow, sagt
Lena. Sie hat ihm noch einmal klargemacht, es sei aus, end-
gültig vorbei. Sie hat ihn sich vorgenommen, weil er Armin
Geld abgeknöpft hatte. Wenn er das noch mal tue, drohte
sie, werde sie seiner Frau brühwarm erzählen, dass er eine
Affäre habe.

Treib's nicht zu weit, sagte sie zu Bogdanow. Ich würde
deiner Frau die ganze Wahrheit erzählen, glaub mir.

Und weißt du was?, sagt Lena. Der Typ hat bloß gelacht.
Es ist aus, aber Bogdanow will es nicht kapieren. Armin hat
mir erzählt, sagt Lena, dass er Madina sogar zu einem Thera-
peuten geschickt hat, damit sie zu ihm zurückkehrt. Er hatte
nie vor, Frau und Kinder zu verlassen. Und sie wollte keine
Familie zerstören.

Das Problem, sagt Lena, besteht darin, dass er sie für sein
Eigentum hält. Nachdem sie gesagt hatte, er solle sich von
ihr und ihrem Bruder fernhalten, beteuerte er, sie zu lieben.
Er sei noch nie mit einer Frau wie ihr zusammen gewesen.
Ohne sie sei sein Leben sinnlos. Er werde alles tun, damit sie
zu ihm zurückkehre, seine Familie verlassen, sich umbrin-
gen, alles. Armin meint, er könne gut mit Worten umgehen.
Sei total überzeugend. Bogdanow setzte hinzu, Madina sei
nichts ohne ihn. Ohne ihn wäre sie keine Sängerin, ohne ihn
könnte sie nicht mal Kaffee kochen. Dass sie im Musikge-
schäft sei, habe sie nur ihm zu verdanken. Bevor er sie entdeckt habe, sei sie ein Nichts gewesen.

Laut Armin habe sie entgegnet, er könne sie mal.

Ohne seine Unterstützung, betonte Bogdanow, werde sie
nichts erreichen.

Sie tat gleichgültig, sagt Lena. Erklärte noch mal, es

sei Schluss, aus und vorbei. Daraufhin begann Bogdanow zu drohen. Ihm muss aufgegangen sein, dass ihr wahrer Schwachpunkt jemand ist, der ihr nahesteht. Ihr jüngerer Bruder. Er sah ihr in die Augen und sagte: Dann muss dein Bruder büßen.

Jedenfalls so was in der Art, sagt Lena.

Arschloch, sagt Julia. Ich kenne solche Typen.

Armins Schwester sagte, sie werde zur Polizei gehen.

Bogdanow lachte. Die Polizei sei auf seiner Seite, erklärte er. Sie wahre die Gesetze, damit er sie brechen könne.

Malina erwiderte: Hast du denn gar kein Herz, Uli?

An die anderen Gäste im Café gewandt, forderte sie Bogdanow auf: Sag ihnen, was du mir gerade gesagt hast. Dann muss dein Bruder büßen. Genau das hast du gesagt, Uli. Stimmt doch, oder? Dein Bruder muss büßen. Das hat er gesagt.

Im Café drehten sich alle nach ihnen um. Bogdanow saß mit verschränkten Armen da und verhöhnte sie mit einer Grimasse. Es war ihm keineswegs peinlich, seine Drohung aus ihrem Mund zu hören. Stattdessen drehte er sich zu den anderen Gästen um und sagte: Sie ist eine Muslima.

Da hatte sie die Nase voll, sagt Lena.

Madina griff unter den Tisch und löste innerhalb von Sekunden ihre Prothese. Auf einem Bein stehend ließ sie die Prothese voller Wut auf den Tisch knallen. Bogdanows Tasse ging in Scherben. Kaffee spritzte ihm ins Gesicht.

Die Cafégäste waren bestimmt überrascht, weil das Bein so rasant aus dem Nichts gekommen war. Ganz zu schweigen von der Zielsicherheit, mit der der Hacken ihres Schuhs Bogdanows Tasse zerschmetterte. Der Krach sorgte für jähe Stille. Alle verstummten. Wie hat die Frau das gemacht?, fragte sich wohl jeder. Ein Bein um hundertachtzig Grad schwingen? Eine unglaubliche athletische Leistung. Auf einem Bein zu stehen, während das andere über ihrem Kopf einen Bogen beschreibt und mit dem Geräusch eines Baseballschlägers niedergeht.

Bogdanow wischte sein Gesicht gar nicht erst ab. Er grinste. Er drehte sich zu den Gästen um und breitete die Hände aus, als wollte er sagen: Da sehen Sie, was ich zu erdulden habe. Auf einmal trug sie die Schuld an diesem Spektakel.

Sie begann zu weinen. Weinte vor Wut. Sie wiederholte den Schlag mit der Prothese, um Bogdanow zu zeigen, dass sie es ernst meinte. Vielleicht auch, um den anderen Gästen zu demonstrieren, dass es kein Glück gewesen war, sondern dass sie die Zirkusnummer mit dem Bein beliebig oft wiederholen konnte. Es hatte nichts damit zu tun, dass sie eine Muslima war – das trifft ohnehin nicht zu. Sie ließ die Prothese ein zweites Mal auf den Tisch knallen, nun noch zielsicherer. Von Tasse und Untertasse blieb nichts übrig. Dann setzte sie sich und begann, die Prothese wieder zu befestigen.

Alle warteten.

Bogdanow war es egal, dass man ihn anstarrte. Er stand gelassen auf und schob den Stuhl an den Tisch. Er wartete ab, bis sie die Prothese angelegt hatte und sich aufrichtete, um ihn anzuschauen. Dann beugte er sich vor und klopfte mit den Knöcheln auf den Tisch, ein kleiner Applaus. Anschließend raffte er seine Lederjacke vor dem Bauch und ging.

Julia sagt: Ich wette, die Gäste haben zu ihr gehalten.

Die Angestellten des Cafés wollten kein Geld, sagt Lena. Sie haben zu Madina gesagt, es gehe aufs Haus.

Und danach taucht er in der Bar auf, sagt Julia.

Er wird nicht lockerlassen.

Hat sie seiner Frau alles erzählt?

Bestimmt nicht, sagt Lena. Das würde sie nie tun.

Armin erwägt jetzt, seine Schwester auf der Tournee zu begleiten. Rotterdam. Antwerpen. Er überlegt, den Roadie zu spielen. Er könnte die optimale Route festlegen, meint er, und sich um die Logistik kümmern, Orte aussuchen, wo sie mittags rasten. Wo man übernachten könnte, wie viele Fahrer die Band benötigte. Er könnte die Bühnenshow entwerfen, die Instrumente aufstellen, als Rigger fungieren. Ihr Akkordeon auf einem kleinen Ständer bereitstellen, die Gitarren stimmen lassen. Er wäre auch bestens dafür geeignet, die Menge auf Abstand zu halten, meinte er scherzhaft. Oder seine mit einer Sonnenbrille getarnte Schwester aus der Hintertür zu lotsen.

Lena und Julia beschließen, etwas Schlaf zu tanken.

Leihst du mir dein Buch?, fragt Julia.

Die Rebellion.

Ich würde es gern lesen.

Na klar, sagt Lena.

Und so bleibe ich mit Julia wach, die sich neben ihren Sohn ins Bett legt. Er atmet ruhig. Manchmal schnaubt er, dann zucken seine Beine, als würde er im Schlaf laufen, und ihm entweicht ein Laut der Überraschung wie ein halb geformtes Wort. Julia legt ihm eine Hand auf den Arm, um seinen Albtraum zu besänftigen, und rollt ihn auf die Seite. Danach liest sie weiter, bis der Morgen dämmert, schläft schließlich ein und lässt mich umgedreht auf dem Nachttisch liegen wie ein eingesunkenes Dach.

23

Frieda ist wieder krank, sie hat erhöhte Temperatur, muss tagelang das Bett hüten. Woran sie leidet, weiß allein der Himmel. Die Erkrankung steckt in ihrer Lunge. In ihren Armen. In ihrem Kopf. Sie hängt mit den Koffern zusammen, dem Kreischen von Zügen, den Bahnhöfen, dem Ausblick aus dem Fenster eines weiteren Hotelzimmers. Sie hat mit der Leere zu tun, die eintritt, wenn ihr Mann wieder einmal wegen eines Auftrags unterwegs ist, wenn sie mit den wehenden Gardinen allein bleibt. Er bittet seine Freunde, ihr während seiner Abwesenheit zu schreiben. Das helfe ihr, sagt er.

Bei seiner Rückkehr liegt sie mit dem Gesicht nach unten auf dem Bett. Sie hat tagelang nichts gegessen. Sie braucht Proteine und Mineralstoffe, und er geht los, um Leber zu kaufen, eingewickelt in blutiges Papier, die er im Hotelzimmer zubereitet. Der Geruch nach Leber hängt schwer im Flur. Er setzt sich im Teppich fest wie ein Vermächtnis früherer Gäste.

Er beginnt, sie zu formen wie einen Roman.

Er setzt sie in Züge zu weit entfernten Orten. Spaziert mit ihr über die Pariser Brücken, morgens und abends. Arm in Arm quer durch die Stadt, den Mantel über der Schulter und den Stock in der Hand, sie bewegen sich wie Neuankömmlinge, gelangen sowohl an als auch nicht, halten nur, um gleich weiterzugehen. Er hat eine bubenhafte Seite, die sie zum Lachen bringt. Er imitiert Hufgetrappel. Ganze Regimenter von Kavalleriepferden, auf deren Köpfen schwarze Federn wippen. Sie klackert über das Kopfsteinpflaster, wie eine Athletin in schwarzen Lacklederschuhen, ihr Kleid lüpfend, um mehr Beinfreiheit zu haben, bis sie mit einem atemlosen Lachen stehen bleibt und sich an ihm festhält, weil sie einen Schuh verloren hat.

Er erfindet sie immerfort neu, spätnachts an seinen Büchern arbeitend, an einem Tischchen hinten im Restaurant sitzend, ein Glas Brandy vor sich, während sie zu schlafen versucht. Die Anstrengung, die es mit sich bringt, so oft über sie zu schreiben, zeigt allmählich Folgen. In Gesellschaft ist sie nun sehr still. Sie fürchtet sich vor Menschenansammlungen. Wartet in einer Ecke, während er mit ihrem Bild vor Augen die Seiten füllt.

Sie ist nicht mehr sie selbst.

Er wird sofort eifersüchtig, wenn sie mit Freunden im Restaurant sitzen. Sie muss nur über den Witz eines anderen lachen, schon befürchtet er, sie zu verlieren. Er erträgt es nicht, wenn sie den Geiger des Streichensembles auf der Bühne betrachtet. Er schildert sie noch einmal anders, nun als eher verhaltenen Menschen, nicht als Tochter einer armen Wiener Familie, sondern als reiche Frau in teuren Kleidern, als weniger offenherzig und unschuldig, dafür als berechnender gegenüber Autoren, die ihre intimsten Gedanken erraten. Er schätzt ihre aufrichtigen, bodenständigen Kommentare zu seinen Texten, wünscht sich aber, sie möge ihre Meinungen akademisch formulieren. Er verwandelt sie in eine Frau, die sie nicht ist. Manchmal kann er kaum noch zwischen seiner

Ehefrau und der Person unterscheiden, die er in seinen Romanen schildert.

Ein Kurier überbringt eine Geldsendung, als er im Restaurant sitzt. Er spricht weiter mit seinen Freunden und bittet Frieda, dafür zu zeichnen. Dreitausend Mark. Eine ansehnliche Summe, die er mit seinen Zeitungsartikeln verdient hat. Er ist so populär, dass die Leute inzwischen sagen: Wenn Joseph Roth schreibt, muss etwas dran sein. Während er weiter plaudert, ohne das Geld zu erwähnen, erledigt sie die Sache mit dem Kurier.

Sie verlässt seinen Roman, schüttelt den Autor ab. Die Bewegungen, mit denen sie aus dem Restaurant ins Foyer geht, folgen einer Dramaturgie, die dem Geräusch ihrer Schuhe eine eigene Note verleiht. Kurz darauf kehrt sie zurück und legt das Geldbündel auf den Tisch. Er zählt nur zweitausend Mark. Wo ist der Rest? Das andere Tausend? Sie zuckt lächelnd die Schultern. Ihre Grübchen erwachen in einem Rausch von Optimismus zum Leben.

Der Geiger, sagt sie. Er hat so traurige Augen.

Er schreit sie in Gegenwart seiner Kollegen an. Er kommt in trunkener Wut auf die Beine und wirft ihr vor, mit dem Geiger geschlafen zu haben.

Wie kann sie abstreiten, was er sich ausdenkt?

Sein Verdacht kommt der Wahrheit näher, als er ahnt. Während er im Nachtzug nach Albanien unterwegs war, malte er sich aus, sie würde nachts das Hotel verlassen wie eine seiner fiktiven Protagonistinnen. Er stellte sich vor, sie würde auf dem Bürgersteig warten, bis der Geiger das Restaurant verlässt, den Kasten unter dem Arm. Sie würden einander unterhaken und im Gleichschritt aufbrechen. Ihr

Lachen würde wie Münzen durch die Straße rollen. Er stellte sich vor, wie sie das Hotel betraten, wie die Concierge durch ein Zwinkern ihre Komplizenschaft signalisierte. Dann hatte er vor Augen, wie sie in dem Zimmer, in dem er so oft und lange abwesend war, mit ihren langen weißen Armen und langen weißen Beinen nackt auf dem Bett lag, während der Geiger eine melancholische polnische Mazurka für sie spielte, belauscht von allen anderen Hotelgästen.

Vor seinen entsetzten Schriftstellerkollegen überhäuft er seine Frau weiter lautstark mit Vorwürfen. Sie sitzt weinend da, die Hände vors Gesicht geschlagen. Er zieht sie auf die Beine und zerrt sie wie eine Kriminelle am Arm aus dem Restaurant.

Auf der Bühne spielt der Geiger weiter.

Und dann!

Die furchtbare Wolke der schriftstellerischen Selbstzweifel hüllt ihn ein, als er das Hotelzimmer und damit die wahre Welt betritt, die er nicht unter Kontrolle hat. Er würde gern zurücknehmen, was er ihr im Restaurant an den Kopf geworfen hat. Nur lässt sich die konkrete Welt nicht wie eine Seite zerreißen und neu schreiben. Seine Worte haben sich ihrer Erinnerung eingebrannt, und die Unterstellung, sie hätte eine Affäre mit dem Geiger gehabt, kann nicht mehr zurückgenommen werden.

Sie kann weder einschlafen noch aufwachen. Als sie in den Spiegel schaut, erkennt sie sich nicht wieder. Sie kann nicht einmal mehr ihrem Gesicht vertrauen.

Du machst mich wieder krank, sagt sie.

Er geht erneut los, um Leber zu kaufen. Das wabbelige Fleisch verstopft ihren Mund. Sie kann die gummiartigen

Adern, in denen das Blut eines Tieres floss, zwischen den Zähnen spüren. Sie hustet das Stückchen aus. Der zerkaute Happen weckt ihren Würgereiz. Der Lebergeruch hängt in ihren Haaren, im Laken, in den Kopfkissenbezügen, sie schmeckt ihn sogar beim Küssen.

24

Er besuchte seinen Verleger in Berlin. Winter, das neue Jahr war noch jung. Über der Stadt der schwere Mantel des Himmels. Die Kälte durchdrang seine Schuhsohlen. Leere Straßen. Volle Cafés. Er ließ den Koffer in seinem Stammhotel am Bahnhof, damit er rasch abreisen konnte. Sein Lektor sagte: Roth, Sie müssen trauriger werden. Je trauriger Sie sind, desto besser schreiben Sie.

Seine Traurigkeit verdankte sich immer nur Friedas Krankheit. Das Hotelzimmer war voller Bücher und Psychologiezeitschriften. Die Grenzen des Geistes. Er las Freud, seinen Landsmann. Das Unterbewusste. Psychoanalyse. War das nicht die Wissenschaft der Literatur? Ein Roman, der über seine Ufer trat?

Er las den literarischen Bewusstseinsstrom von Joyce. Er sträubte sich gegen diese revolutionäre Erzählweise, und zwar nicht nur, weil sie ihn wie jedes große Werk sowohl inspirierte als auch einschüchterte, sondern weil er das Gefühl hatte, dergleichen selbst nicht schreiben zu dürfen. Es war ihm zu nahe. Ähnelte zu sehr dem, was mit Frieda geschah. Ihre Gedanken sprudelten manchmal wie eine Beichte aus ihr heraus. Sie sprach wie ein klarsichtiges Kind, unverblümt und zutreffend, naiv und mit so tiefer Einsicht, dass es an Wahrsagerei grenzte. Sie hatte die Gabe, die Kehrseite der Dinge zu sehen. Sie vermochte das Leben zu genießen, ohne sich zu viele Gedanken zu machen. Sich Hals über Kopf zu verlieben. Gleichzeitig betrübt und glücklich zu sein. Ihre Strümpfe zu zerfetzen. Die Nachbarn aus dem Schlaf zu reißen. Sie konnte ausdrücken, was sie am tiefsten ersehnte. Sie konnte auch schlagartig verstummen. Von Frohsinn zu Trübsinn wechseln wie von einer Straßenseite zur anderen. Wenn die Sonne in einem anderen Winkel ins Zimmer fiel, begannen die Möbel, sich zu bewegen. Dann lagen die Kleider, die sie auf einen Stuhl getan hatte, am verkehrten Ort. Dann hörte sie Stimmen im Flur. Das in den Abfluss strudelnde Wasser. Dann konnte sie Heimweh nach einem Ort bekommen, den sie längst hinter sich gelassen hatten. Briefe lesen, die auf einmal bar jeder Neuigkeit waren. Aus heiterem Himmel gegen Menschen wüten, von denen sie sich im Stich gelassen fühlte, und auch gegen sich selbst, weil sie dem, was sie am tiefsten ersehnte, nicht gerecht geworden war. Dann redete sie mit den Händen. Versank in einer Einsamkeit, die sich im Raum ausbreitete wie unzählige unausgesprochene Worte.

Wie sollte er sich Zugang zu ihrem Kopf verschaffen und ihre Gedanken in Literatur umsetzen? Das vermochte er nicht. Der Strom ungebändigter Enthüllungen beunruhigte ihn zu stark. Er fühlte sich schuldig, weil er sie allein ließ, weil er schuld an ihrer Verfassung war, weil das Leid, das sie hatte erdulden müssen, weder in Worte gefasst noch gelindert werden konnte, weil er während ihrer Kindheit nicht zur Stelle gewesen war, um sie zu beschützen.

Er übersah die Warnsignale. Er klammerte sich weiter an den Glauben, er könnte sie umschreiben wie ein Romankapitel, wieder ein Lächeln auf ihre stummen Lippen zaubern. Mit neuen Handschuhen ausstatten. Neuen Kleidern. Er bildete sich ein, die Winterwinde, die durch das Rhônetal pfiffen, wären die Ursache für ihre Krankheit, er hoffte, sie würde sich an der Côte d'Azur wohler fühlen. Die Sonne, die Strände, die Meeresfrüchte, die Cafés in Saint-Raphaël, glaubte er, würden dafür sorgen, dass es ihr während seiner Abwesenheit wohlerging.

Sie zog ihre beste Kleidung an. Sie nahm sich Zeit. Sie packte keinen Reisekoffer, sondern verließ das Hotel, als wollte sie spazieren gehen, hinterließ den Schlüssel an der Rezeption. Sie ging durch die Straßen. Sie fand sich im Bahnhof wieder, als wäre dies der einzige Ort, an den ihre Füße sie tragen konnten. Am Fahrkartenschalter musste sie sich entscheiden, wohin. Nach Wien, um ihre Eltern zu besuchen? Oder zurück nach Paris? Konnte sie bei jemandem wohnen?

Sie saß stundenlang in Zügen, wartete auf eisigen Bahnsteigen auf die nächste Verbindung. Am späten Abend langte sie in Frankfurt an und suchte einen Zeitungsredakteur auf, dessen Adresse sie kannte. Benno Reifenberg und seine Frau Maryla öffneten die Tür und fanden sie in einem so desolaten Zustand vor, dass sie sie kaum wiedererkannten. Diese junge Frau, sonst so gut gekleidet, habe ausgesehen wie ein menschliches Wrack, sagten sie. Ihre Haare waren wirr. Ihre Kleider zerknittert. Aus ihrer Haltung sprach Angst, als wäre sie überfallen worden. Was war ihr unterwegs zugestoßen?

Sie gestikulierte unaufhörlich, während sie erzählte.

Sie sei voller Panik in Saint-Raphaël aufgebrochen, sagte sie. Ihr Hotelzimmer habe sich direkt über der Zentralheizung befunden, sie habe die Stimmen von Geistern in den

Rohren gehört. Giftige Dämpfe hätten sich im Zimmer ausgebreitet. Sie habe es nicht mehr in einem Zimmer ausgehalten, in dem nur die Heizkörper mit ihr gesprochen hätten.

Ich durchschaue sie alle, sagte Frieda.

All die Schriftsteller und Intellektuellen in den Cafés, dieser wohlbehütete literarische Zirkel. Ich kann in ihr Herz schauen, sagte sie. Sie sind Heuchler. Der Neid zerfrisst sie. Sie hassen mich, und sie hassen meinen Mann. Sie hassen jedes Anzeichen von Talent, weil sie selbst keines besitzen. Sie loben nur, um sich gegenseitig auszustechen.

Sie nannte alle beim Namen.

Freunde, die Freundschaft vorgaukelten.

Sie mieteten ein Hotelzimmer für sie. Sie riefen ihren Mann in Berlin an. Sie blieben über Nacht bei ihr, weil sie befürchteten, sie könnte sich etwas antun oder aus dem Fenster stürzen. Sie fand keinen Schlaf. Setzte ihre irrwitzigen Tiraden bis zum Morgengrauen fort, redete sich alles von der Seele, all die furchtbaren Dinge, die sich jahrelang in ihr angestaut hatten.

Sie prangerte ihre Eltern an. Sagte sich von ihrer Kindheit los. Sie beruhigte sich erst, als die Sonne ins Zimmer schien und der Nacht voller Ängste ein Ende setzte, und verfiel in einen Zustand der Erschöpfung und der Lethargie.

Er kam, um sie abzuholen. Nur ein neuerlicher Heimwehanfall, dachte er, als sie wieder lächelte. Er fuhr mit ihr nach Paris und kaufte neue Kleider für sie. Er blieb die meiste Zeit bei ihr, weil er sie nicht aus den Augen lassen mochte. Wenn er einen Termin hatte, zu dem sie ihn nicht begleiten konnte, schloss er sie ein.

Eine Gefangene ihrer Krankheit.

Er schrieb einem Freund, sie leide an chronischer Schwäche, habe keine Widerstandskraft mehr, und all das sei seine Schuld. Ihr Zustand habe so viele Ursachen, fuhr er fort, dass er gar nicht erst anfangen wolle, sie zu benennen. In zehn Jahren wäre ihm das vielleicht möglich, immer vorausgesetzt, er wäre dann noch Schriftsteller.

Hatte er sie durch seine dystopische Sicht auf die Welt vergiftet? Durch seine finstere Vision einer in Schutt und Asche liegenden Welt? Durch seine Abscheu vor dem Aufstieg der Nazis? Durch seine Prognose, sie würden lebenslang auf der Flucht sein und müssten in winzigen Hotelzimmern leben, hätten im Schlaf das unaufhörliche Rattern von Zügen im Ohr?

Er begriff erst, dass man sie nicht mehr allein lassen konnte, als sie einen Selbstmordversuch unternahm. Schließlich ließ er sie untersuchen, und die Ärzte diagnostizierten Schizophrenie. Dieser entsetzliche Begriff löste ein nagendes, anhaltendes Schuldgefühl in ihm aus.

In seiner Verzweiflung griff er auf übernatürliche Mittel zurück. Während eines Aufenthalts bei Berliner Freunden, Friedl wurde von einer häuslichen Pflegekraft betreut, bat er einen Wunderrabbi, die Krankheit zu exorzieren. Nach stundenlanger Tortur und endlosem Geschrei versank seine Frau in einem komatösen Zustand. Als sie daraus erwachte, wütete sie abermals gegen alle Menschen in ihrer Umgebung. Sie wusste nicht, wo sie war oder wer sie war. Er brachte sie zu ihren Eltern nach Wien, auch das vergeblich, denn sie erbrach sich ständig, verlor täglich an Gewicht.

Voller Verzweiflung schrieb er einem Freund, seine Frau sei sehr krank, leide an einer Psychose und an Hysterie und habe suizidale Gedanken, man könne sie kaum noch lebendig nennen. Er selbst, schrieb er, sei umgeben von Dämonen und könne keinen Finger rühren, fühle sich vollkommen hilflos, weil keine Aussicht auf Besserung bestehe.

Am Ende blieb nur eine Heilanstalt. Eine Einrichtung auf dem Land im Umkreis Wiens. Unsägliche Schuldgefühle plagten ihn, als er sie am Arm zum Eingang führte, ihren Namen nannte und sie übergab wie eine Straftäterin, die hinter Schloss und Riegel musste. Die Formulare ausfüllte und unterschrieb, ihren Schmuck in einem kleinen braunen Umschlag entgegennahm, der mit dem Namen und der Adresse der Einrichtung beschriftet war. Ein Päckchen, verschnürt mit Bindfaden, enthielt ihre Kleidung. Im Wartezimmer starrte sie stumm zu Boden. Er hörte die Geräusche von Türen und Schlüsseln. Erblickte Patienten in blauen Kitteln, die durch den Flur geführt wurden. In der Stimme einer Krankenschwester lag eine Güte, die er beängstigender fand als jede Grausamkeit.

Friedl – seine große Liebe. Er musste sie loslassen. Er küsste sie zum Abschied. Sprach ein letztes Mal mit ihr. Bemühte sich, ihr verständlich zu machen, dass er bald wiederkäme. Sie werde sich erholen, alles werde gut, er werde sie abholen, und dann wären sie wieder vereint, würden nach Paris fahren. Was konnte er anderes tun, als weinend auf der Straße zu stehen? Was konnte er anderes tun, als in eine Bar zu gehen, um nicht mehr vor sich sehen zu müssen, wie sie sich abgewandt hatte?

25

Ich bin wieder unterwegs. Reise in Lenas neuer Tasche in Begleitung einer Ausgabe der *New York Times*, die sie im Bahnhof aufgetrieben hat. Am Tag nach der Bücherverbrennung legte ihr Großvater genau diese Strecke zurück, von Berlin bis Magdeburg. Es kommt mir vor, als würden wir uns noch in der damaligen Zeit befinden, die sich immer weiter ausgedehnt hat. Die Jahre scheinen über die Sitzplätze des Zuges hinwegzuschwappen, bis sie den letzten, »Geschichte« genannten Wagen erreichen, und jedes Jahr beschert Ereignisse, die man für undenkbar gehalten hätte.

Wie soll man mit dem Unvorstellbaren umgehen?

Lena breitet die Zeitung auf dem Tisch aus. Sie mag die Druckausgabe. Ich habe gehört, wie sie zu Julia sagte, sie empfinde schwarz auf weiß gedruckte Nachrichten als glaubwürdiger. Als ließe sich Wissen besser im Gedächtnis verankern, wenn es in konkreter Gestalt vorliegt. Als wären digitale Informationen unglaubwürdiger, weil sich die darin enthaltenen Tatsachen nach der Lektüre verflüchtigen könnten.

Als Buch bin ich ein Teil der greifbaren Welt. Noch nicht gelöscht. Ich freue mich, von Julia gelesen worden zu sein. Sie mag das Ende sehr. Sie hat sogar beschlossen, mich für das nächste Treffen ihres Buchclubs vorzuschlagen.

Julia plant, das Treffen in einer Gaststube abzuhalten, die man Joseph Roth gewidmet hat, direkt neben dem Haus, in dem er mit Friedl eine Weile wohnte, wo er auf und ab lief wie ein Gefangener. Die Gaststätte befindet sich in der Potsdamer Straße, auf der gleichen Seite wie das Geschäft, in dem Yoko Ono ihre Hüte kauft. In den Räumlichkeiten befand sich früher ein Bestattungsinstitut, in dem man Maß für Särge nahm, nun beherbergen sie die sogenannte Joseph-Roth-Diele. Fotos aus dem alten Berlin, gewürfelte Tischdecken und der große Spiegel einer ehemaligen Theatergarderobe lassen die 1920er aufleben. Stapel seiner Bücher stehen da. Direkt unter der Decke sind Zitate aus seinen Werken zu lesen: »Hyla Hyla, weiße Gänse, Hyla Hyla, auf der Donau.« Hinten steht ein Stutzflügel auf einer erhöhten Bühne, die Speisekarte bietet deftige Kost wie Linseneintopf mit Wiener Würstchen, erschwinglich für jeden Leierkastenmann. Die Gaststätte hat nur die Woche über auf. Sie ist immer rappelvoll. Mittags kommt man nicht zur Tür hinein.

Ein Summen lässt Lena in die Tasche greifen und ihr Handy herausholen. Sie telefoniert mit Mike, der nach New York zurückgekehrt ist. Sie wechseln zärtliche Worte. Sie erzählt, sie sei im Zug nach Magdeburg, wo sie ihren Onkel Henning besuchen wolle. Mike frühstückt gerade. Sie holt ein Gebäckstück aus der Tasche und macht mit.

Sie erzählt unwillkürlich eine Kindheitserinnerung. Ein Erlebnis, das sie mit dreizehn in Philadelphia hatte, kurz bevor sie von ihrem Vater für ein Jahr nach Irland zur Mutter geschickt wurde. Ich habe ein nagelneues Auto zerkratzt, sagt sie, mit Absicht, als hätte ich die Kiste gehasst. Es war ein Protest. Nach der Schule, ich war auf dem Heimweg, sah ich dieses wunderschöne Cabrio, blau und glänzend, am Straßenrand. Ich habe den Lack auf ganzer Länge mit einer

Münze zerkratzt, sagt sie. Der Halter bekam es mit. Als hätte er den ganzen Tag am Fenster gestanden, um sein Auto zu bewundern. Ich sah auf und lächelte ihn an. Dann ging ich weiter und vollendete meinen Vandalismus. Der Mann stellte meinen Vater zur Rede, aber ich stritt alles ab. Und weißt du was? Mein Vater hat mir geglaubt. Der Autobesitzer klagte auf Schadensersatz. Sein Wort gegen meines. Ein Polizist erschien bei uns, und ich spielte das Unschuldslamm. Ich war eine Meisterin der Unschuldsmiene. Der Polizist sagte: Du warst es also nicht. Und mein Vater sagte: Wir müssen ihr wohl glauben.

Und dann sagte ich: Ist doch ein wunderschöner Kratzer.

Da ist die Bombe geplatzt, sagt Lena.

Was auch sonst, sagt Mike.

Mein Vater musste bezahlen, glaubte mir aber weiter und meinte, es sei ein schlimmer Justizirrtum.

Was hätte er auch tun sollen?, sagt Mike. Man glaubt seinem Kind.

Ich habe später die Wahrheit gebeichtet, sagt Lena, und ich glaube, das hat ihn tief verletzt. Ich hätte besser geschwiegen. Er hätte es nicht wissen müssen, aber mein Gewissen plagte mich. Ich wollte ehrlich sein.

Ich wette, er hat dir verziehen, sagt Mike.

Wie geht's deiner Mom?

Schwer zu sagen, Lena. Die Sache ist echt hart.

Ich dachte, der Anwalt meinte, sie sei auf der sicheren Seite.

So sollte es sein, ja.

Leicht abzubügeln, hast du gesagt.

Wir haben um eine Mediation gebeten. Die Nachbarn

lehnen Verhandlungen ab. Ihre Anwälte sind offenbar fest
entschlossen, durch alle Instanzen zu gehen.

Und dann, fährt Mike fort, stand sie urplötzlich vor der
Tür. Lydia, die Nachbarin. Ich machte auf, und da stand sie
lächelnd und bat uns, sie zu Hause zu besuchen, um über die
Parkplatzangelegenheit zu reden, ganz sachlich, wie Freunde.
Meine Mutter wollte nicht hingehen, also habe ich das übernommen. Ich glaubte, es wäre eine Chance, die Angelegenheit friedlich zu regeln.

Sie war wie ausgewechselt! Sie war höflich und freundlich,
erzählt Mike. Bot mir einen Kaffee an. Ein Stück Apfelku-
chen, den ich für mein Leben gern esse, doch ich lehnte ab,
es war etwas zu viel des Guten. Sie stellte mich ihrem Vater
vor. Ich war ihrem Sohn schon einige Male begegnet, ein
netter Junge, Jake, der den ganzen Tag auf dem Parkplatz ab-
hing und seinen Basketball auf den Korb warf.

Ich sitze also mit Lydia zusammen und sage, die Sache
mit dem Parkplatz würde meine Mutter sehr belasten. Die
aus heiterem Himmel eingetroffenen Anwaltsschreiben hätten ihr schwer zugesetzt. Und Lydia entschuldigt sich. Das
habe sie nicht geahnt. Das sei Juristensprache, es habe nichts
weiter zu bedeuten. Sie wolle mit ihren Anwälten reden,
sagte sie, und klären, ob es eine andere Möglichkeit gebe, die
Angelegenheit zu regeln. Sie wolle meine Mutter bestimmt
nicht verstören. Wir gaben uns die Hand, und in der Tür
sagte sie noch: Bitte bestell deiner Mutter, sie soll sich keine
Sorgen machen.

Ein Riesenfehler, sagt Mike. Was jetzt kommt, wirst du
nicht glauben, Lena. Keine zwanzig Minuten später kamen
die Cops. Sie meinten, es habe einen Fall von Belästigung ge-

geben. Unsere Nachbarin – also Lydia, mit der ich mich bei einem Kaffee nett unterhalten hatte – behaupte, ich hätte sie bei ihr zu Hause bedroht. Ich hätte gebrüllt. Sie beschimpft. Sie fühle sich nicht mehr sicher. Habe Angst, ihr Haus zu verlassen.

Drei Tage später – das musst du dir mal vorstellen, Lena – trudelt ein Schreiben ihres Anwalts ein, in dem mir vorgeworfen wird, ich wäre in ihr Haus eingedrungen und hätte sie in ihrem Wohnzimmer angebrüllt. Angeblich zeigen Videobilder, wie ich mit dem Arm fuchtele. Sie sind eindeutig manipuliert. Leicht beschleunigt, damit ich aggressiv wirke. Sie ist alleinerziehende Mutter, und nun hat sie angeblich Angst, ihr gewohntes Leben fortzuführen. Ihre Anwälte legen mir nahe, von derlei Einschüchterungen abzusehen, andernfalls sähen sie sich gezwungen, eine einstweilige Verfügung zu erwirken.

Das ist ja total pervers, sagt Lena.

Ich habe gleich einen Termin beim Anwalt, sagt er, um die Sache richtigzustellen. Schon verrückt, dass ich dazu gezwungen bin. Es war ja nicht so. Das ist wie mit Fake News, aber es bleibt natürlich immer etwas haften. Wie soll man dergleichen widerlegen?

Sie hat Borderline, Mike.

Ich würde sie verrückt nennen.

Halt dich von ihr fern. Sie hat Borderline. Hundertpro. Ich kenne solche Fälle, Mike. Diese Menschen haben Probleme mit der Realität. Sie erfinden ständig irgendwelchen Mist. Sie lügen wie gedruckt. Biegen alles so hin, wie es ihnen in den Kram passt.

Ihr Wort steht gegen meines, sagt er.

Ihr kreativer Impuls läuft in die völlig falsche Richtung. Soll sich der Anwalt mit ihr herumschlagen, meint Mike. Im Ernst, Mike. Sie will andere manipulieren. Sie will ihr Umfeld beherrschen. Sie will dir schaden. Und deiner Mutter. Einzig und allein wegen des Machtgefühls. Um einen Sieg zu erringen. Sie versucht, anderen Leuten ihre pervertierte Version der Realität aufzuzwingen, um die Kontrolle zu haben. Wer weiß, was sie als Nächstes anstellt?

Das wird schon, Lena. Mach dir keine Sorgen. Ich muss jetzt los. Ich rufe dich später noch mal an.

Lass dich nicht ins Bockshorn jagen, sagt Lena. Du tust das Richtige.

Du fehlst mir, sagt er.

Nachdem sie das Handy auf den Tisch gelegt hat, beginnt sie, stumm zu weinen. Die Landschaft verschwimmt. Die Bäume gleichen orangen Ballons. Die Felder verwandeln sich in Wasserflächen, die Windparks gleichen Schiffen. Ein sandiger Weg schlingert zum Wald. Ein Bahnübergang scheint mitsamt einer Schar wartender Schulkinder aus der Erde zu wachsen.

Lena holt ein Taschentuch aus ihrer Tasche, starrt danach weiter in die vorbeigleitende Welt. Mike fehlt ihr, er ist endlos weit weg, sie hat ein Gefühl der Ungewissheit. Vielleicht beunruhigt sie die Wendung, die ihr Leben genommen hat. Empfindet vielleicht vage Angst. Diese Reise weckt eine Galaxie von Erinnerungen. So ist es oft auf einer Bahnfahrt. Als Fahrgast versinkt man in einem zeitlosen Traumzustand. Die Zeit, die den Menschen beschirmt, hat ihre Fähigkeit, Lena zu beschützen, plötzlich verloren.

Eine alte Dame, die Lena gegenübersitzt, erkundigt sich

auf Englisch, ob alles in Ordnung sei. Lena wischt sich mit einem Ärmel über die Augen und antwortet lächelnd: Alles okay. Die Dame sagt: Es ist die Distanz. Dann erzählt sie von ihrem Sohn, der mit seiner Frau Pla in Thailand lebt, einer Fremdenführerin für Abenteuerurlaube, die mit Touristen Stromschnellen hinunterfährt. Sie haben einen kleinen Sohn, so niedlich, dass man am liebsten den ganzen Tag mit ihm plaudern würde. Sie sprechen zweimal pro Woche auf FaceTime miteinander. Der Junge singt Popsongs für sie. Ich sehe ihn vor mir, und im nächsten Moment ist er wieder weit weg. Sie zeigt Lena ein Foto, auf dem der Junge vor seinem Essen an einem Tisch sitzt.

Fahren Sie zum ersten Mal nach Magdeburg?

Ja, sagt Lena. Ich besuche einen Onkel.

Oh, wie schön, sagt die Frau. Sie stammen von hier.

Nein, sagt Lena. Ich bin in den Vereinigten Staaten aufgewachsen. Aber mein Vater stammt aus dieser Gegend. Er ist nach der Wiedervereinigung ausgewandert.

Die Dame beginnt, Sehenswürdigkeiten aufzuzählen. Der Dom hat zwei Orgeln, erzählt sie. Eine hat zu DDR-Zeiten die im Krieg zerstörte Orgel ersetzt, nur steht sie am falschen Ort. Deshalb hat man am ursprünglichen Standort, dem Chor, kürzlich eine zweite installiert. Theoretisch könnte man beide gleichzeitig spielen. Man könnte sie nicht unterscheiden.

Die berühmte Skulpturengruppe der Klugen und der Törichten Jungfrauen lohnt auch einen Blick.

Und die Grüne Zitadelle, ein asymmetrisches Gebäude mit Bäumen, die aus Fenstern wachsen, und Wasserläufen im Innenhof. Sie ist nicht zu übersehen.

Außerdem gibt es ein kleines Stasi-Museum. Falls Sie Zeit haben. Es war früher ein Verhörzentrum. Auf dem Schulweg kamen wir immer an dem Tor vorbei, wo die als Blumentransporte getarnten Laster mit Häftlingen einbogen. Unsere Klassenräume blickten direkt auf die vergitterten Fenster. Wir haben aber nie ein Gesicht gesehen.

26

Die Fahrt ist nicht lang, sie dauert etwa zwei Stunden. Als der Zug die Elbe überquert, stehen die Fahrgäste auf, als hätte das Wasser unter ihnen ein atavistisches Ankunftsgefühl geweckt. Sie machen sich bereit zum Aussteigen, obwohl es trotz der Ansage noch etwas dauert, bis der Zug den Magdeburger Hauptbahnhof erreicht. Lena fegt die Gebäckkrümel in eine Papiertüte. Diese tut sie in den Mülleimer, faltet anschließend die Zeitung zusammen, steckt sie in ihre Tasche und steht auf, um ihren Koffer zu holen. Ihr Onkel erwartet sie am Bahnsteig.

Er umarmt sie wie eine heimgekehrte Tochter. Er nimmt ihren Koffer und führt sie durch die Bahnhofshalle.

Auf dem Parkplatz vor dem Bahnhofseingang sprinten plötzlich zwei Polizisten los und rennen an ihnen vorbei. Jener, der voranläuft, hält sein Pistolenholster fest. Sein Kollege, offenbar nicht so gut im Training, hinkt ein paar Schritte hinterher und setzt die Mütze ab, als wäre sie zu schwer. Sie scheinen zum Seiteneingang zu wollen, kehren aber gleich darauf zurück, als hätten sie sich anders besonnen. Der flinke Polizist telefoniert. Sein langsamerer Kollege setzt die Mütze wieder auf.

Ein Mann mit einem Blumenstrauß, den er kopfüber hält, entfernt sich vom Bahnhof. Lena wird Mike später erzählen, sie habe oft beobachtet, dass Deutsche Blumen mit den

Blütenständen nach unten tragen. Ob sie verhindern wollen, dass Wasser in ihren Ärmel läuft? Oder geht es ihnen darum, dass der verbliebene Pflanzensaft in Richtung Blüte fließt, damit die Blumen länger frisch bleiben? Vielleicht ist es ja auch so, dass man den Strauß erst im letzten Moment umdreht, weil nur jene Person, die man beschenken will, die Blumen richtig herum sehen soll.

Hennings Stimme ist ihr vertraut. Er benutzt altmodische Wörter, die Autorität und Geduld vermitteln. Sie gehen zu einem Italiener, und Henning erzählt vom Hochwasser, bei dem dieses Restaurant bis zur Decke unter Wasser stand. Lena berichtet über ihr Leben und sagt, sie könne in Berlin jetzt ein Atelier nutzen. Dort habe sie ein neues Projekt in Angriff genommen. Henning ermutigt sie, ihr Projekt mit Selbstvertrauen und Wagemut anzugehen, und wünscht ihr viel Erfolg.

Reiß ein neues Streichholz an, sagt er.

Ein neues Streichholz?

Bob Dylan. Unternimm einen neuen Anlauf.

Im Haus angelangt, trägt Henning ihren Koffer nach oben und zeigt ihr das Zimmer. Sie holt mich aus der Tasche und präsentiert mich ihrem Onkel. Daraufhin führt er sie in seine Bibliothek.

Die Bücher begrüßen mich summend. Einen schöneren Empfang kann man sich nicht vorstellen. Es klingt, als würde eine große Schar Mönche oder Nonnen die Heimkehr eines Bruders oder einer Schwester feiern. Sie rufen meinen Titel: *Die Rebellion.* Den Namen meines Verfassers: Joseph Roth. Sie haben einen Platz für mich freigehalten. Ihre Stimmen entweichen japsend und tuschelnd aus der Tiefe eines langen

Schweigens. Als würde ihnen die Außenwelt, in der sie ihren Ursprung haben, einen Besuch abstatten. Ich bin heimgekehrt. Der vertraute Duft der anderen Bücher, die unbewegte Luft, die Ruhe. Diese Fülle menschlicher Erkenntnisse. Dieses Heiligtum, das unendlich viele Gedanken und Fantasiebruchstücke beherbergt. Sie geben sich einem Augenblick ungezügelter Freude hin. Sie legen ihre Streitereien ad acta. Sie sind wieder ganz sie selbst, ausgelassen wie Kinder, und würden, nachdem sie so lange von der wahren Welt abgeschnitten waren, am liebsten durch die Bibliothek tanzen.

Sie können es kaum erwarten, auf den neuesten Stand gebracht zu werden.

Die Welt ist nicht mehr wiederzuerkennen, sage ich. Die Leute benutzen ihr Telefon, wenn sie lesen wollen, und sie tun es in kleinen Häppchen. Das Leben ist zu kurz, und Bücher sind zu lang, und dennoch sind wir noch relevant, versichere ich, wir stehen kurz vor der Wiederentdeckung wie uralte archäologische Fundstücke. Auf der Welt herrscht Verwirrung, und Geschichten werden mehr denn je gebraucht.

Sie erzählen mir das Neueste aus Magdeburg. Vor Kurzem habe ein Mann die Bücherverbrennung wiederholt. Er habe auf dem Domplatz, wo man bereits im April 1933 die Bücher verbrannt hat, aus Hass eine Ausgabe von Anne Franks Tagebuch mit Benzin besprüht und im Beisein einiger Gleichgesinnter in Brand gesetzt. Die Zeitung habe berichtet. Angeblich ermittele die Polizei. Es habe aber keine Verhaftungen gegeben.

Die Regale bedecken alle Wände bis zur Decke und ziehen sich bis in die angrenzenden Zimmer. Es gibt eine Ausgabe des Tagebuchs der Anne Frank, und sie fühlt sich sicher. Sie muss sich nicht mehr auf dem Dachboden verstecken. Sie wurde weltweit millionenfach verkauft. Die öffentliche Verbrennung eines Exemplars kann sie nicht zum Schweigen bringen.

Henning sucht sofort *Effi Briest* heraus. Jenes Buch, das nach der Bücherverbrennung mein Schutzmantel war. Später diente es als Versteck für einen russischen Roman, der während der DDR-Zeit als unerwünscht galt. Damals, erzählt er Lena, war der Roman von Roth nicht mehr verboten, dieses Buch aber schon. Er öffnet die Ausgabe von *Effi Briest* und zeigt ihr das darin verborgene Buch. Ein schmaler Band mit dem Titel *Ein Tag im Leben des Iwan Denissowitsch.*

Das Buch erzählt die Wahrheit über Stalins Gulags, die man in Russland bis heute nicht hören will, sagt Henning. Der in einem sibirischen Straflager internierte Erzähler findet ein Fischauge in seiner Suppe und steht vor einem moralischen Dilemma: Soll er den Glücksfund mit den anderen Insassen teilen, oder soll er das Fischauge heimlich essen, die herrliche Proteindosis also für sich behalten?

Nach dem Mauerbau, erzählt Henning, erhielt Lenas Großvater über Freunde immer wieder Bücher aus dem Westen. Die Päckchen wurden an der Grenze geöffnet und kontrolliert, aber manch ein verbotenes Buch rutschte unbemerkt durch. Vielleicht weil der betreffende Titel nicht auf der schwarzen Liste stand, meint Henning, oder weil die unbelesenen Grenzer glaubten, Bücher russischer Autoren wären in jedem Fall legal. Oder weil sie vor allem auf Konsumgüter achteten.

Wie du weißt, sagt er, war dein Großvater Lehrer. Hätte

152

man verbote Bücher oder LPs in einem für ihn bestimmten Päckchen gefunden, dann wäre seine Bibliothek sofort durchsucht worden. Manchmal erwähnte er versehentlich ein Detail aus einem Buch im Unterricht, was natürlich Verdacht erregte und von einem klugen Schüler sofort den Eltern gesteckt wurde. Einmal zitierte er eine Passage aus George Orwells *Farm der Tiere* – und bekam Ärger. Er war nicht in der Partei, engagierte sich aber in anderen Bereichen, leitete Sportvereine und Schauspielgruppen und organisierte Schachturniere, was ihm vor Ort einen gewissen Status verschaffte.

Die Rebellion, sagt er, nimmt mich zur Hand und blättert liebevoll durch die Seiten. Hundert Jahre alt. Wir sollten Geburtstag feiern, mit einer Torte und einer Kerze.

Was wurde aus dem ursprünglichen Besitzer?, fragt Lena.

Professor Glückstein.

Mein Vater hat nicht viel über ihn erzählt, sagt sie.

Wir wissen nicht, was aus ihm wurde, antwortet Henning. Dein Großvater hat mehrmals versucht, es herauszufinden. Als er nach dem Mauerbau aufgrund der Beschränkungen nicht mehr reisen konnte, bat er Freunde im Westen, Nachforschungen anzustellen. Ohne Erfolg. Die Glücksteins verschwanden so spurlos wie unzählige andere Juden. In den Verzeichnissen der Lager tauchen ihre Namen nicht auf, sagt er, und eine Emigration ist auch nicht belegt.

Könnten Bücher doch nur sprechen.

Könnte ich ihnen doch erzählen, was ich weiß, was ich erlebt habe. David Glückstein war ein ausdauernder Radfahrer. An manchen Wochenenden radelte er zweihundert Kilometer, quer durch Brandenburg, bis zu den mecklenburgischen

Seen. An anderen Wochenenden radelte er bis zur Ostseeküste. Mit Mitte vierzig fuhr er noch weiter. Er radelte nach Breslau. Er radelte nach Kiel.

Ich war dabei, als er mit dem Fahrrad zur Oder fuhr. Er wollte seine Verlobte besuchen, eine junge Frau namens Angela Kaufmann. Sie hatte in Jena Philosophie studiert. Sie hatten sich in einem Berliner Theater kennengelernt, nach einer Aufführung der *Dreigroschenoper*, und sie hatte ihm erzählt, gern schreiben zu wollen. Er radelte zum Bauernhof, auf dem sie mit ihrem Bruder und ihrer Mutter lebte. An jenem Samstagmorgen im April stand Glückstein auf, bevor die Stadt erwachte. Draußen war es noch kalt, aber auf dem Fahrrad wurde ihm schnell warm. Ich steckte in seiner Tasche, und so konnte ich den Rhythmus seiner auf und ab schnellenden Beine spüren. Ich merkte, wie sein Herz langsamer schlug, wenn er anhielt, um etwas Wasser zu trinken.

Das begab sich, bevor die Karte gezeichnet wurde. Meine letzten Seiten waren so unbefleckt wie gleich nach dem Druck.

Er folgte den Alleen, deren Bäume gepflanzt worden waren, um Kutschen vor dem Wind zu schützen, der über die Felder fegte. Er erreichte den Bauernhof und begrüßte seine Verlobte. Man lud ihn zum Mittagessen ein. Es gab Gulasch. Zum Nachtisch Kaffee und Streuselkuchen, danach eine kleine Praline und ein Gläschen Likör.

Nach dem Mittagessen zeigte Angela ihm den Hof. Sie führte ihn in einen umwallten Obstgarten, wo die Apfelbäume blühten. Sie gingen zu einer Scheune mit einer Schaukel im Tor, angebracht für Angela und ihren Bruder. Sie gingen bis zur Bank unter der Eiche und setzten sich.

Er bemerkte die Tinte auf ihren Fingern. Sie erzählte, sie habe sich an einem Roman versucht, nur sei mehr Tinte auf ihrem Daumen als auf dem Papier. Er fragte, worüber sie schreibe.

Sie arbeite an einem Roman über die Frau, die Chopins Herz, unter ihrem Kleid verborgen, von Paris nach Warschau geschmuggelt habe, antwortete sie.

Sie musste lachen und erzählte, eines Morgens habe sie sich mit einem blauen Ohr an den Frühstückstisch gesetzt.

Mein Verfasser hätte geschrieben, sie habe ein Lachen, das zu den Bäumen auffliege. Vielleicht ein paar bunte, flattrige Dinge, die nie lange an einem Ort verweilten.

Glückstein zog mich aus seiner Tasche und übergab mich seiner Verlobten.

Du wirst dieses Buch sehr mögen, sagte er. Es wird dich ermutigen.

Die Rebellion.

Es handelt sich um eine neue Form von Engagement, sagte er. Welcher Schriftsteller wäre darauf gekommen, einen Leierkastenmann zu seiner Hauptperson zu machen?

Ich kann kaum erwarten, es zu lesen, sagte sie.

Als er aufbrechen musste, kehrten sie zunächst ins Haus zurück. Er stand im Flur, während sie einen Brief aus ihrem Zimmer holte und ihn dann bat, ihn unterwegs in einen Postkasten zu werfen. Sie wollte die Adresse ihrer Prager Tante mit einem blauen Füllfederhalter auf den Umschlag schreiben, doch die Feder war kaputt. Er gab ihr seinen Füller. Sie könne ihn behalten, bis sie eine neue Feder habe, sagte er.

Oh – danke, sagte sie.

Ihren Füllfederhalter betrachtend meinte er, die Form und die blaue Farbe hätten etwas Aeronautisches. Er sehe aus, als könnte er abheben wie eine Rakete.

Der Füler war billig, sagte sie. Pass auf, dass er deine Jacke nicht ruiniert.

Sie brachte ihn bis ans Hoftor, wo sein Fahrrad an einem der roten Backsteinpfeiler lehnte. Nach einer letzten Umarmung brach er auf, und sie ging ins Wohnzimmer und vertiefte sich sofort in das Buch. Sie hörte, wie ihre Mutter in der Tür mit dem Hund sprach, wie die Hühner über den Hof liefen, um gefüttert zu werden. Es war schon dunkel, als ihr Bruder kam und Wildgeflügel auf den Tisch legte. In ihrem Zimmer brannte das Licht bis spät in die Nacht.

27

Schließlich kommt Henning auf die Landkarte hinten im Buch zu sprechen und erzählt, wie sie den Ort gefunden haben. Er liegt dicht an der polnischen Grenze, sagt er, nahe der Oder. Dein Großvater konnte ihn anhand der Notizen auf den Seitenrändern identifizieren. Damals war er schon zu alt, um sich selbst auf den Weg zu machen, also hat er uns gebeten, den Ort aufzusuchen.

Dein Vater und ich sind nach dem Tod deines Großvaters eines Sommers dorthin gefahren. In erster Linie, um seinen Wunsch zu ehren. Wir fanden den Bildstock. Und auch den schmalen Fluss mit der Brücke, genau wie auf der Karte eingetragen. Henning zeigt Lena die Karte und sagt: Wir sind dem Pfad gefolgt und gelangten zu dem Bauernhaus. Wir waren uns ziemlich sicher, dass wir den richtigen Ort gefunden hatten. Andererseits sind alle dortigen Höfe ähnlich angelegt. Einstöckige Häuser, von Scheunen flankierter Innenhof, von Mauern umgebener Obstgarten.

Die damaligen Bewohner hatten den Hof während der Nazizeit übernommen. Die Familie von Angela Kaufmann war enteignet worden, wie Akten belegten. Wir waren uneins, ob wir zur Tür gehen sollten, aber dein Vater war mutiger als ich und klingelte. Auf dem Hof schlug ein Hund an, der an eine alte Pumpe mit langem Schwengel gekettet war.

Eine Frau öffnete und verharrte auf der Eingangstreppe.

Wir sagten, wir hätten uns beim Wandern verlaufen. Könne sie uns den Weg zum nächsten Dorf beschreiben? Einfach dem Pfad folgen, sagte sie. Wir würden eine Eiche mit einer Bank davor passieren und sollten danach geradeaus gehen, dann kämen wir direkt zum Dorf. Es sei ein Fußmarsch von einer guten halben Stunde, meinte sie.

Es war also tatsächlich der auf der Karte eingezeichnete Ort.

Wir dankten ihr und entschuldigten uns für die Störung.

Gern geschehen, sagte sie, behielt uns aber im Blick, während wir zum Pfad zurückkehrten.

In letzter Minute, fährt Henning fort, hat sich dein Vater umgedreht. Er wollte sichergehen, dass wir tatsächlich den richtigen Ort gefunden hatten. Er hätte am liebsten das Buch hervorgeholt, um der Frau die Landkarte zu zeigen und sie zu fragen, ob wir uns umschauen dürften. Doch sie wirkte abweisend, und der Hund zerrte an der Kette und kläffte erstickt, weil ihm das Halsband die Luft abschnitt. Dann beschloss dein Vater, die Frau etwas zu fragen, was jeden Zweifel ausräumen sollte. Zu diesem Zweck hatten wir den langen Weg schließlich auf uns genommen.

Haben Sie eine Scheune mit einer Schaukel im Tor?

Die Frau sah ihn misstrauisch an. Sie verengte die Augen. Sie holte tief Luft und fragte: Woher wissen Sie das?

Diese Reaktion sagte alles. Sie bestätigte, egal, wie indirekt, dass in einem der Scheunentore eine Schaukel hing.

Die Frau fragte: Wer sind Sie?

Sie fragte schrill, warum uns dieses Detail interessiere. Seien wir deshalb gekommen? Gut möglich, dass sie glaubte, wir wollten ihr unterstellen, sie wäre unrechtmäßig in den

Besitz des Hofes gelangt. Sie wurde immer aufgeregter. Der Hund kläffte so wild, dass er sich beinahe selbst erwürgte. Sie drehte sich zur Tür um und rief nach ihrem Mann: Karl, Karl. Wir nahmen die Beine in die Hand. Wir fanden den Pfad und kamen an der Eiche vorbei. Wir hatten nicht die Zeit, uns auf die Bank zu setzen, erzählt Henning. Wir mussten weiter. Hinter uns, auf dem Hof, war Geschrei zu hören, und als wir uns umdrehten, sahen wir, dass wir von einem Mann verfolgt wurden. Er reckte etwas, vielleicht eine Sense, wir konnten es nicht genau erkennen, weil die Sonne blendete. Zwei Jungen schlossen sich ihm an, auch mit irgendwelchen Werkzeugen bewaffnet.

Uns blieb nur die Wahl wegzurennen, fährt Henning fort. Es dauerte, bis man dem Hund die Kette abgenommen hatte, wir hatten also einen ordentlichen Vorsprung, als er aus dem Hoftor schoss, vorbei am Vater und dessen Söhnen. Wir liefen zunächst in Richtung Dorf, beschlossen dann aber, uns zu trennen. Dein Vater hatte das Buch bei sich, also floh ich über die Felder, um den Hund abzulenken, und er schlug sich durch den Wald. Als er bei meiner Rückkehr nach Magdeburg noch nicht zu Hause war, machte ich mir Sorgen. Er kam erst am späteren Abend zurück, weil er sich im Wald verirrt hatte.

Wir waren froh, den Ort gefunden zu haben. Wir einigten uns darauf, dass die Karte gezeichnet worden war, um uns an einen guten Tag zu erinnern. Wir zogen nie in Betracht, den Ort noch einmal aufzusuchen. Nach dem Mauerfall gab es viele andere Probleme. Dein Vater nahm das Buch mit in die USA, und ich blieb mit der Bibliothek zurück. Vielleicht war der Roman das Einzige, was deinen Vater mit der alten Heimat verband – eine unauslöschliche Erinnerung.

28

Morgens fällt ein rosiger Schimmer in die Bibliothek. Die Fenster blicken auf den Kräutergarten mit der niedrigen Backsteinmauer und dem Birnbaum im Zentrum. Das Obst ist geerntet. Henning hat die Birnen wie Schmuckstücke vor dem Küchenfenster aufgereiht, damit sie weiter reifen. Lena schläft noch oben in ihrem Zimmer. Die Bibliothek ist wach. Die Bücher halten Zwiesprache im stillen Haus. Ein leises Summen wie eine wogende Blütenstaubwolke, die hofft, Teil neuer Ökosysteme zu werden. Einstein hat den Versuch, das Universum zu verstehen, mit einem Kind verglichen, das eine Bibliothek betritt. Wie soll es den Inhalt aller Bücher auf einmal erfassen? Das entspräche dem Versuch, das Konzept Gottes oder das der Unendlichkeit im vollen Umfang zu begreifen – ein Ding der Unmöglichkeit.

Bücher, auf Tischen liegend oder auf der Fensterbank stehend, manche ungelesen, andere neben aufgetürmten Zeitungen und Zeitschriften gestapelt, darauf wartend, einen Platz in den neuen Regalen im Nachbarzimmer zu erhalten.

Alle erzählen nacheinander ihre Geschichten.

Ein englischer Dichter schreibt, wenn die Liebe ende, würden zwei Menschen auseinanderfallen wie die Hälften einer durchschnittenen Melone.

Ein irischer Dichter meint, beim Liebesakt würden zwei Menschen gegenseitig Maß nehmen.

In einer älteren irischen Tragikomödie verliebt sich eine Frau in einen Outlaw, der seinen Vater ermordet haben will und seither auf der Flucht vor der Polizei ist. Als der Vater plötzlich auftaucht, der selbst ernannte Outlaw also keiner mehr ist, erlischt ihre Liebe, und sie verliert den einzigen Helden der westlichen Welt.

Tolstoi, der große russische Schriftsteller, beschreibt die Liebe als Tanz zwischen Krieg und Frieden. Er liest heimlich die Tagebücher seiner Frau und umgekehrt. So werden sie zu Gedankenlesern in den eigenen vier Wänden und bestehlen einander, um bei diesem Ratespiel unter Liebenden jeweils die Nase vorn zu haben.

Und der deutsche Schriftsteller, der glaubte, Liebe sei keine Liebe, wenn sie nicht endlich sei. Nachdem sie Abschiedsbriefe verfasst hatten, gingen Kleist und seine krebskranke Geliebte, die dem Selbstmordpakt zugestimmt hatte, den kurzen Weg vom Hotel zum See, wo er zuerst sie und danach sich selbst erschoss.

Effi Briest erzählt, wie der Ehemann ein Gespenst im Haus erfindet, um seine Frau davon abzuhalten, aus der Reihe zu tanzen. Es ist fast unvermeidlich, dass dieses schließlich die leibhaftige Gestalt eines Liebhabers annimmt. Effi verliebt sich in ein Gespenst, um ihrer erkalteten Ehe zu entrinnen.

Gibt es in jeder Ehe ein Gespenst?

Vielleicht sind nur zerbrechende Ehen literarisch interessant.

Ein amerikanischer Autor erzählt die Geschichte eines Jungen, der mitbekommt, dass seine Eltern ein schweres Verbrechen planen. Er findet eine Schusswaffe auf dem Rücksitz des Autos. Seine Eltern werden nach einem Banküberfall gefasst. Man verurteilt sie zu langen Haftstrafen, er bleibt als Waise zurück.

Ein anderer amerikanischer Roman beschreibt, wie die schwangere April Wheeler mit ihrem Nachbarn hinten in dessen Pontiac schläft. Als er danach erklärt, sie zu lieben, wehrt sie ab. Es ist das Letzte, was sie hören will. Sie ist noch außer Atem, als er nochmals seine Liebe erklärt, doch sie verbietet ihm den Mund und bittet ihn, sie heimzufahren. Vor dem Tanzlokal kann sie sein Gesicht in der Dunkelheit nicht erkennen und sagt, sie wisse nicht, wer er sei, weil sie selbst nicht weiß, wer sie ist.

In den Memoiren einer Engländerin wird die Ehe als Farce geschildert. Beide Seiten müssen ein außerordentlich hohes Maß an Selbstbetrug aufbringen, damit die Familie funktioniert. Ein Mann ist entweder Raubtier oder Versorger. Sie beschreibt, wie sie sich immer weiter von ihrer substanzlosen Ehe entfernt und Orte aufsucht, wo Liebe keine Rolle spielt.

Ein italienischer Schriftsteller schildert eine Frau, die von ihrem Mann verlassen wird. Sie bleibt mit zwei Kindern und dem Hund zurück, der als Zeuge ihres Kummers und ihrer Vereinsamung eine zentrale Rolle spielt. Am Ende wird er vergiftet in einem Park aufgefunden.

Eine kalifornische Autorin erzählt, wie sie die Kleidung ihres verstorbenen Mannes einem Wohltätigkeitsladen gibt, aber dorthin zurückeilt, weil sie seine Schuhe wiederhaben möchte.

Der Schmerz des Verlusts scheint die Liebe besser charakterisieren zu können als alle Merkmale des Glücks.

Der alte Mann erinnert sich beim Hören von Tonbandaufnahmen daran, mit der Frau, die er liebte, in einem schwankenden Boot gesessen zu haben. Die Eindringlichkeit dieser Erinnerung ist zu viel für ihn. Er hält sie nicht aus. Er spult rasch vor, um zu einem erträglicheren Lebensabschnitt zu gelangen.

Ein großer norwegischer Dramatiker erzählt von einer Frau, die ein Buch ermordet. Es enthält den ganzen Schmerz einer verlorenen Liebe. Sie tötet, was sie liebt. Als das ermordete Buch von ihrem Mann mithilfe einer anderen Frau wieder zum Leben erweckt wird, geht sie ins Nebenzimmer und erschießt sich.

Ein zeitgenössischer norwegischer Autor tötet seine Freundin durch ein Gedicht. Er beschreibt, wie sie mit seinem älteren Bruder durchbrennt. Als sie zu ihm zurückkehrt, könnten sie sich wieder versöhnen. Stattdessen liest er ihr ein Gedicht Paul Celans vor. Es trägt den Titel *Todesfuge* und beginnt mit den Worten: »Schwarze Milch der Frühe wir trinken sie abends.« Es ist eine eindringliche Beschreibung des Naziterrors, die giftige Milch als ein Sinnbild für die Shoah. Während er das Gedicht vorliest, wird klar, dass er ihr sagen will, im Vergleich mit dieser grauenhaften historischen Episode sei sie nichts.

Und die Geschichte einer amerikanischen Autorin, deren Mann in einem Gedicht schrieb, Liebende würden auseinanderfallen wie die Hälften einer durchschnittenen Melone. Sie liebte ihn so sehr, dass sie sich wünschte, eine Rippe unmittelbar neben seinem Herzen zu sein. In einem Brief erzählt sie von dem Tag, als sie einen verletzten Star fanden, mitnahmen und zu Hause mit Milch und rohen Fleischstückchen fütterten. Der Star wurde zusehends schwächer. Sie taten den sterbenden Vogel in eine kleine Kiste und stellten sie in den Gasherd, um ihm weiteres Leid zu ersparen. Eine erschütternde Erfahrung, sie sah darin ein Vorzeichen des weiteren Verlaufs ihrer Liebe. Sie verarbeitete die Begebenheit in der Geschichte *Bird in the House*, die nie veröffentlicht wurde. Diese Geschichte verschwand. Wie eine Vermisste. Wurde für tot erklärt.

Das Buch, in dem eine Mutter ihr Kind aus Liebe tötet, um es vor der Versklavung zu beschützen.

Und das Buch *Die Ausgewanderten*, dessen Protagonist, ein Künstler, alle geliebten Menschen durch die Gewalt der Nazis verloren hat. Er malt ihre Porträts, um sie anschließend wieder auszulöschen. Wenn er ein Gemälde fertiggestellt hat, beginnt er, die Farbe abzukratzen, bis die Züge unkenntlich sind, sein Atelier von menschlichem Staub erfüllt ist. Er zieht nach Manchester, wo er selbst beinahe verschwindet, bedeckt von einer Staubschicht, sodass er an seine Gemälde erinnert, durchsichtig wie ein Fotonegativ.

Und nun heißt es, ruhig zu sein.

In der Bibliothek ist Stille eingekehrt, weil die Glocken des Doms läuten. Ihr Klang hallt in Wellen durch die Straßen, schlüpft unter den Türen hindurch. Er dringt in die morgendlichen Gedanken der erwachenden Menschen ein. Er gelangt in die Bibliothek und bis zu den Regalen, ein vertrauter, seit dem Mittelalter ertönender Klang. Er trägt die Geschichten aller Menschen in sich, die in dieser Stadt gelebt haben, der Kinder und jener Erwachsenen, zu denen sie heranwuchsen, ob sie blieben oder fortzogen, verstorben oder noch lebendig sind. Dieser Klang umschließt ihren Kummer und ihr Glück, ihre Lieben und Erinnerungen.

Anfangs gab es zwölf Glocken, aber die meisten verschwanden im Laufe der Jahrhunderte. Die größte Glocke, mit dem Gewicht von sechs Elefanten, stürzte im Zweiten Weltkrieg ab.

Wissenschaftliche Werke über Glocken könnten die Bibliothek gleich mehrfach ausfüllen. Klangmuster können mathematisch berechnet und wie Musik in Notenform festgehalten werden. Gleichzeitig enthält jede Glocke eine einzigartige Kombination von Frequenzen, die rein imaginär bleiben. Schichten von Untertönen, die sich nicht erfassen lassen. Als würde man etwas hören, das gar nicht existiert. Hier haben einige Tausend Bücher nachts über die Liebe diskutiert, und die Antwort ist die berühmte Apostolica-Glocke in Magdeburg. Unterschiedlichste Harmonien und Melodien kommen und gehen in der morgendlichen Brise, es gleicht einem Chor, der die Ode *An die Freude* singt.

29

Und so ging die Ehe Joseph Roths zu Ende.

In seinem Roman *Hiob*, der unter anderem von der Auswanderung einer ostgalizischen jüdischen Familie nach Amerika erzählt, hat es den Anschein, als würde er bei der Beschreibung Mirjams auf die geistige Umnachtung seiner Frau zurückgreifen. Er schildert, wie Mirjam in einem breiten weißen Bett liegt, die Haare in einer funkelnden blauen Schwärze auf dem Kissen ausgebreitet. Ihr Gesicht glüht rot, ihre schwarzen Augen haben »breite runde rote Ränder«.

Beim Anblick ihres Vaters beginnt sie zu lachen. Sie lacht mehrere Minuten. Es klingt wie das Klingeln der hellen ununterbrochenen Signale auf Bahnhöfen und als schlüge man mit tausend Klöppeln aus Messing auf tausend dünne Kristallgläser. Ihr Lachen verstummt abrupt, und sie beginnt zu schluchzen. Sie wirft das Deckbett ab, zappelt mit den nackten Beinen, trommelt mit den Füßen immer heftiger auf die Matratze, während sie die Fäuste im gleichen Rhythmus durch die Luft schwingt.

Roth beschreibt, wie der Arzt die ominösen Worte spricht: Ihre Tochter muss leider in eine Anstalt. Man hält sie fest, während er eine Spritze setzt. Danach ist sie betäubt.

Man bindet sie auf eine Trage und schafft sie fort.

Er beschreibt, wie er im Wartezimmer der Heilanstalt durch ein Fenster Patienten in blau gestreiften Kitteln beobachtet, die jeweils zu zweit durch den Flur geführt werden. Zuerst die Frauen, schreibt er, danach die Männer. Manchmal wendet sich jemand mit wütend verzerrter, drohender Miene zum Fenster um. Er ertappt sich dabei, abwechselnd den Fußboden, die Türklinke, die Zeitschriften auf dem Tisch anzustarren. Im Augenblick ihrer Trennung, als er sie der Obhut der Krankenschwestern übergibt, sie zu einer Patientin im blauen Kittel macht, starrt er in seiner Trauer eine Vase voll goldgelber Blumen an.

Er schreibt ihren Eltern nach Wien, sie sollten Friedl diesen Roman nicht zu lesen geben, er werde ihr nicht guttun.

Seinem Freund und Schriftstellerkollegen Stefan Zweig schreibt er, er sei entsetzlich traurig, fühle sich wie abgeschnitten von der Menschheit.

Und er schreibt ihren Eltern, sie sollten ihm alles mitteilen, was Friedl über ihn sage, egal, was es sei, ob gut oder schlecht, wahr oder erfunden. Man solle sie nicht korrigieren, das wäre zwecklos, sondern nur zuhören. Er bitte die Eltern, ihm dies zu versprechen.

Gott sei Dank, schreibt er, scheine sie nicht dement zu sein. Sie leide wahrscheinlich an einer hysterischen Psychose. Das könne sich innerhalb von Wochen legen, nur sei sie hochintelligent und hochsensibel. Sie beiße sich an winzigen Details fest, könne nicht mehr loslassen und scheine in ihrer Verzweiflung den Verstand zu verlieren.

Ihr Herz sei kerngesund, sie könne starken Kaffee trinken. Sie müsse wieder auf fünfundfünfzig Kilo kommen. Falls sie Leber vertrage, solle man ihr diese zu essen geben.

In der Heilanstalt außerhalb Wiens wird sie nun von Frau Dr. Maria Diridl behandelt.

Friedl sitzt im Behandlungszimmer, ihr Blick verliert sich in der Ferne. Er hat etwas Katatonisches, die Augenlider sind halb zu. Man musste ihre Haare kürzen, weil sie ganze Büschel ausgerissen hat. Sie bleibt teilnahmslos, beantwortet keine Fragen. Manchmal klagt sie über »Entwürdigungen« – wenn sie ein Bad nehmen muss, wenn man sie anweist zu essen, ihr sagt, wann sie zu Bett zu gehen habe. Sie verweigert das Essen, rührt das meiste nicht an. Sie wiegt nur noch zweiunddreißig Kilo und muss an manchen Tagen mit dem Löffel gefüttert werden. Eines Mittags wirft sie ihr Essen auf den Fußboden, fällt dann auf die Knie und isst es mit den Händen.

Frau Doktor Diridl hat Geduld mit ihr.

Sie bittet Frieda zu erzählen, was geschehen ist.

Sie bleibt stumm, zieht die angewinkelten Beine wieder unter das Gesäß. Inzwischen haben die Kniegelenke unter der Überdehnung gelitten, sodass sie nicht mehr richtig gehen kann. Man hat versucht, dies operativ zu korrigieren, doch sie setzt die schrittweise Selbstverstümmelung fort, als wolle sie ihre Beine loswerden.

Sie sind seit zehn Jahren verheiratet, Frieda.

Das geht Sie nichts an.

Ihr Mann ist Schriftsteller.

Frieda blickt lächelnd auf.

Draußen warten Besucher auf mich, sagt sie. Mit hübschen Beinen und hübschen Händen, aber ohne Kopf.

War Ihre Ehe glücklich?

Russland ist der größte Misthaufen überhaupt, sagt sie.

Sie beginnt, Grimassen zu ziehen. Lacht laut. Kreischt unvermittelt und beginnt, Verse zu deklamieren, verbindet unterschiedlichste Gedichtbruchstücke zu einem langen, sinnentleerten Strom. Sie mischt Fragmente aus Gedichten Goethes mit Bruchstücken aus der von Schubert vertonten *Winterreise*. Sie vermengt Rilke und Heine. Sie brüllt die Versfetzen, als wolle sie sich damit verteidigen, und behauptet, man spähe sie aus – christliche Augen und jüdische Augen würden sie beobachten.

Frau Doktor Diridl wartet, bis sie sich beruhigt.

Erzählen Sie mir von Ihrem Hochzeitstag, Frieda.

In einem lichten Moment beginnt sie zu erzählen.

Ich war allein, sagt sie. In Paris, in Marseille, in einer dieser Städte. Er war im Auftrag der Zeitung unterwegs, und ich saß mit den Manuskripten da, mit den Stimmen der Leute nebenan, mit Vorhängen, die nach gebratener Leber rochen, mit den vielen Sprachen, die auf der Straße erklangen, und mir blieb nur der Geiger, er war der Einzige, mit dem ich reden, der mich halten konnte.

Sie haben also jemanden kennengelernt?

Es war ein Trost.

Hatten Sie eine Affäre?

Als mein Mann zurückkehrte, habe ich ihm alles erzählt. Ich habe alles gestanden.

Nun weint sie.

Ist schon gut, Frieda. Sie waren einsam. Es war ein Fehler. Sie haben ihm alles gebeichtet.

Das Kind, sagt sie, ich musste abtreiben.

Sie waren schwanger?

Wir haben keine Kinder. Er ist unfruchtbar. Er hat aller Welt erzählt, dass er keine Kinder zeugen kann. Es wäre sowieso unmöglich gewesen. Ich hätte mit dem Kind in Hotelzimmern leben müssen, wäre ständig gereist. Welche Art von Mutter wäre ich gewesen? Allein die Vorstellung ist verrückt.

Frau Doktor Diridl ergreift ihre Hand.

Schon gut, Frieda. Alles wird gut.

Frau Doktor Diridl hat weitere Fragen. Wurde die Abtreibung von einer Engelmacherin vorgenommen? Im Hotelzimmer? Kehrte er von einer Reise zurück, um sie auf dem Fußboden in ihrem Blut vorzufinden?

Sie ist nun wieder in Schweigen versunken, starrt aus dem Fenster, fuchtelt mit den Händen. Sie kann nicht stillsitzen und beginnt, im Raum auf und ab zu laufen.

Frau Doktor Diridl macht sich kurze Notizen: Seit anderthalb Jahren krank. Seit zehn Jahren verheiratet, vor anderthalb Jahren ein Seitensprung. Resultat: dramatischer Verlust an Selbstachtung. Alles ihrem Mann gebeichtet. Abortus. Ehe ist kinderlos.

Als die Krankenschwestern erscheinen, um sie in ihr Zimmer zu bringen, entblößt sie ihre Brüste und brüllt: Ratet mal, was ich zwischen den Beinen habe. Als man sie aus dem Behandlungsraum führt, dreht sie sich um und sagt, indem sie auf eine Schwester zeigt, zu Frau Doktor Diridl: Sie sollten ihren Arsch fotografieren. Könnte interessant sein. Und einen Stift reinstecken.

Sie kreischt und lacht im Flur. Sie verweigert die Einnahme ihrer Medikamente und muss festgehalten werden. Auf dem Bett liegend bedeckt sie ihr Gesicht mit dem Laken. Sie schläft lange und lehnt das Essen ab. Nachts sitzt sie stundenlang in einem komatösen Zustand da, die Beine bis zur Schmerzgrenze unter ihrem Körper angewinkelt.

Sie hält sich gern im Nähzimmer auf. Sitzt stets auf demselben Platz. Ruhig und höflich. Sie hat ein knopfloses Hemd genäht. Sagt, man solle ihre Besucher nach Deutschland schicken, von dort könnten sie vielleicht Strümpfe einschmuggeln.

Am 11. Mai 1933 wird sie offiziell entmündigt. Sie steht nun unter Vormundschaft. Sie kann nicht mehr für sich selbst sprechen.

30

Er besucht sie, getrieben von Schuldgefühlen, weil er so lange gezögert hat. Er fragt sich besorgt, ob man sie gut behandelt, sieht sie fast zwanghaft in einem blau gestreiften Kittel vor sich.

Er hat als Journalist über die Behandlungsstandards psychiatrischer Einrichtungen berichtet und einen Artikel über einen halbseitig gelähmten Mann veröffentlicht, der in einer Badewanne starb, weil man das heiße Wasser nicht abgedreht hatte. Schwierige Patienten werden mit Scopolamin ruhiggestellt, schrieb er, mit Morphium oder kalten Kompressen. Man quält sie mit Injektionen, traktiert sie mit Giftstoffen. Die Zunft der Psychiater scheint nur sehr langsam zu begreifen, dass ihre Patientinnen und Patienten normalen Menschen gleichen, emotional leiden, wütend, gereizt und traurig sein können.

Er spricht mit dem leitenden Psychiater über ihren Zustand. Man hat die Symptome, die Friedl zeigt, trotz aller Bemühungen nicht lindern können. Man skizziert die aktuelle Diagnose: psychomotorische Störungen, leicht reizbar, Geistesabwesenheit, sexuelle Erregung, manische Fantasien, akute Paranoia und wilde Vorstellungen, ja Halluzinationen. In einer Minute spricht sie Hochdeutsch, in der nächsten einen ungeschlachten Wiener Dialekt. Sie ist oft vulgär. Sie redet mit Menschen, die es nicht gibt. Neigt zu plötzlichen

Wutausbrüchen. Schmiert das Essen auf die Wände. Sie hat suizidale Tendenzen und muss nachts regelmäßig in einem Gitterbett fixiert werden. Die Patientin leide an einer ernsten Schizophrenie.

Der leitende Psychiater sitzt an seinem Schreibtisch und geht die Akte in der Hoffnung durch, das Rätsel ihres Leidens lösen zu können. Frieda, sagt er, aus der Krankenakte zitierend, verweigert sich jeder Untersuchung. Beantwortet keine Fragen. Sie ist meist stumm und distanziert, erkennt niemanden. Die kurze Affäre mit einem Geiger und ihr Schwangerschaftsabbruch quälen sie bis heute. Sie sagt, ihr Inneres sei ein Sündenpfuhl, und sie nennt sich pervers.

Er erzählt dem Psychiater, Friedl habe früh im Leben traumatische sexuelle Erfahrungen gemacht. Er bestätigt, dass sie während ihrer Ehe abgetrieben hat. Fragt, ob es möglich sei, dass ihre Affäre und die daraus resultierende Abtreibung die Krankheit ausgelöst hätten. Könnten diese Ereignisse ihre Lebensfreude ausgelöscht haben?

Dieses Gespenst in der Ehe?

Der Psychiater erklärt, die Ursachen der Schizophrenie seien unbekannt, eine Heilmethode gebe es nicht, doch als Ehemann könne er eventuell einen positiven Einfluss auf sie nehmen.

Man hält sich an Freud und Jung. Experten in weißen Kitteln erkunden die unbekannten Grenzen des Verlangens und der sexuellen Intelligenz. Jede Erfahrung, jede Vorliebe, jede Abweichung will erklärt und gegebenenfalls korrigiert werden. In der Literatur wimmelt es von Frauen, die nur an Sex denken.

Der Psychiater schaut besorgt drein, während er diese klinischen Angelegenheiten mit dem Ehemann der Patientin bespricht. Sie wird immer lasziver, sagt er, sowohl verbal als auch in ihrem Verhalten. Ihre sexuellen Fantasien werden oft von dem Drang begleitet, alle menschlichen Hemmungen abzustreifen, sie rennt dann nackt durch das Nähzimmer. Er schlägt vor, dieses Muster des Leidens und der Erregung auf praktische Art zu lindern.

Versuchen Sie doch mal, sie zu beruhigen, sagt er.

Beruhigen?

Sie mag schwer krank sein, hat aber normale Bedürfnisse. In manchen Momenten ist sie vollkommen klar. Schlafen Sie mit ihr. Befriedigen Sie sie. Bereiten Sie ihr Genuss. Nur Sie können ihre Leidenschaften stillen.

Ist sie denn derzeit bei Verstand?

Das herauszufinden liegt bei Ihnen.

Und wie soll das gehen?

Nur Sie können sie im tiefsten Inneren verstehen, antwortet der Psychiater. Sie allein haben Zugang zu den urtümlichen, verborgenen Bereichen ihrer Psyche, die wir bislang nicht erreichen konnten.

Sie steht unter amtlicher Vormundschaft.

Sie ist Ihre Frau.

Meine Frau? Es will mir nicht in den Kopf, dass der Mensch, den ich am tiefsten liebe, geisteskrank ist. In meinen Augen ist das ein grausames Paradox. Es ist mir unbegreiflich, wie eine so schöne Frau psychisch krank sein kann.

Der Psychiater schließt die Krankenakte und ermutigt ihn mit ein paar persönlichen Worten.

Schauen Sie, sagt er, jedes sexuelle Miteinander bedeutet ein gewisses Maß von Mutmaßungen. Es ist keine rationale

Sache. Zwei Menschen vereinbaren, einander zu vertrauen. Sie tauschen Emotionen aus. Beide geben sich hin. Beide fordern etwas. In der Liebe sind wir alle verrückt. Wie soll ich wissen, ob es Liebe ist? Liebe, Lust, Verlangen, sexuelle Heilung – nennen Sie es, wie Sie wollen. Machen Sie sie glücklich. Hier, an diesem Ort? Sie sind Schriftsteller. Lassen Sie Ihre Fantasie spielen. Man führt ihn zu ihrem Zimmer. Er beschreibt die nummerierten Türen im Flur als aufrecht stehende Särge. Er hört den Schlüssel klappern, als einer dieser Särge geöffnet wird. Sie sitzt da, gegen die Wand gelehnt, den Blick in die gegenüberliegende Ecke gerichtet. Sie hat ihre Beine unnatürlich weit unter den Körper gezogen. Man verschließt die Tür hinter ihm, und er ist in der Gummizelle mit ihr allein. Es gibt keine Möbel, kein Bett, nur einen auf dem Fußboden festgenieteten Holzhocker.

31

Auf der Rückfahrt nach Berlin telefoniert Lena wieder mit Mike. Als sie mich aus der Tasche holt und auf den Tisch legt, spüre ich die Vibrationen der Räder. Sie schlägt die Seite mit der Landkarte auf. Fotografiert sie mit dem Handy und schickt das Bild an Mike.

Mike, sagt sie, du musst kommen.

Das geht jetzt nicht, sagt er.

Ich weiß inzwischen Bescheid. Henning kennt den Ort.

Welchen Ort?

Ich habe dir doch gerade die Landkarte geschickt, sagt sie. Aus dem Buch – *Die Rebellion*. Hast du sie nicht erhalten? Henning weiß, wo sich der darauf eingezeichnete Ort befindet.

Hier ist gerade der Teufel los, Lena.

Mike, sagt sie, ich spüre, dass die Karte ein Geheimnis birgt. Ich weiß nicht, welches, aber wir müssen dorthin. Gemeinsam. Vielleicht finden wir etwas heraus. Es wäre eine Reise in die Vergangenheit.

Unmöglich, Lena. Nicht jetzt.

Es würde nicht lange dauern, Mike.

Ich muss mich um meine Mutter kümmern.

Diese Landkarte, sagt Lena. Dieses Buch. Es eröffnet mir Stück für Stück eine ganz neue Welt, Mike. Es birgt eine Geschichte, die ich durch meine Arbeiten zum Leben erwe-

cken könnte. Du musst unbedingt kommen, damit wir das
Geheimnis lüften können. Zu zweit. Du wärst begeistert.

Ich kann meine Mutter jetzt nicht alleinlassen.

Was ist denn los?

Weißt du, was die Nachbarn getan haben? Du wirst es
nicht glauben, Lena. Sie haben einen gigantischen Zaun um
den Parkplatz errichten lassen. Es ist ihr Grundstück, schon
klar, sie haben also das Recht dazu. Aber es bedeutet, dass
meine Mutter nicht mehr durch ihre Hintertür eintreten
kann. Wenn sie ihr Auto auf dem Parkplatz abstellt, muss sie
wieder zur Straße und durch die Haustür gehen.

Unglaublich, sagt Lena.

Ja, sagt er. Und das Beste kommt noch. Sie haben Scheinwerfer aufgestellt. Und Kameras installiert. Der Parkplatz ist
nachts so hell wie ein Stadion. Und es sind nicht nur ein oder
zwei Scheinwerfer. Sondern fünfzehn. Ich habe sie gezählt,
damit unsere Anwälte im Bild sind. Ich meine – wie werden
sie vor Gericht dastehen? Der Richter wird ihr Verhalten als
unverhältnismäßig einstufen. Sie schaffen eine total feindse-
lige Atmosphäre.

Sie hassen sich selbst, glaube ich.

Der Parkplatz sieht aus wie ein Internierungslager. Wie
ein Gefängnishof, ehrlich. Es fehlen nur noch Häftlinge,
die zweimal am Tag im Kreis traben, und bewaffnete Wärter. Meine Mutter mag nachts nicht mehr aus dem Fenster schauen. Es ist ihr peinlich, wenn ihre Freundinnen beim
Bridge fragen: Was ist denn hinter deinem Haus los? Dann
muss sie alles erklären: Dort ist ein Parkplatz, und die Nachbarn haben beschlossen, ihn aus Sicherheitsgründen nachts
zu beleuchten. Was natürlich ihr gutes Recht ist, nur er-

weckt es den Anschein, als brauche man Strahler und hohe Zäune, um sich in dem Viertel sicher zu fühlen. Sie lassen die Scheinwerfer die ganze Nacht brennen. Ich musste Verdunkelungsvorhänge besorgen.

Ich glaube, sie hassen ihr Leben, sagt Lena. Diese Nachbarn. Eine andere Erklärung fällt mir nicht ein. Es sind ihre Scheinwerfer, klar, aber merken sie denn nicht, wie hässlich das ist?

Bekommst du es etwa mit, wenn du mal stillos bist?, fragt Mike.

Das wird vor Gericht nach hinten losgehen, sagt Lena. Das ist definitiv Einschüchterung. Ist so was überhaupt erlaubt?

Jedenfalls reicht's, sagt Mike. Meine Mutter will nicht mehr vor Gericht. Sie hat die Nase voll.

Sie will doch nicht etwa verkaufen?

Was sonst?

Es ist auch dein Zuhause, Mike.

Sie hat sich entschieden.

Heißt das, diese Leute haben gewonnen?

Was sollen wir tun? Irgendwann hätte sie sowieso verkaufen müssen. Am Ende kommt der Tag, an dem man alles loslassen muss. Man muss nach vorn schauen.

Sie wird vertrieben.

Die anderen Nachbarn haben sich zusammengetan, um juristisch dagegen vorzugehen, sagt Mike. Aber sie ist raus. Sie hat keine Zeit für eine solche Auseinandersetzung. Inzwischen hat sie Magenprobleme. Isst nicht mehr richtig. Obwohl sie immer einen Riesenappetit hatte. Sie war nie die beste Köchin, wie du weißt, aber diese Angelegenheit setzt ihr zu, Lena. Und der Ex-Cop dreht durch. Dan Mulvaney. Er hat gedroht, die Nachbarn abzuknallen. Er will ohne Vorwarnung schießen, wenn sie sich seinem Grundstück nähern. Eindringlinge, so nennt er sie. Spricht von Hausfriedensbruch. Er steht Tag und Nacht mit seiner Flinte an der Hintertür und lauert darauf, dass sie den Kopf über den Zaun recken.

Das ist ja wie im Krieg, sagt Lena.

Der Nachbarjunge, der so gern Basketball spielt, sagt Mike. Er hat seinen Ball immer wieder vom Grundstück des alten Cops geholt. Dan hat ein Schwätzchen mit ihm gehalten. Hat sogar selbst auf den Korb geworfen. Damit ist jetzt Schluss. Wenn der Ball auf Dans Grundstück landen würde, wäre er futsch.

Ich kann ihn ja verstehen, sagt Mike. Den alten Cop. Das Haus ist sein Leben. Er hat vier Söhne darin großgezogen. Seine Frau ist vor einigen Jahren gestorben. Wenn sein Dach kaputt ist, klettert er rauf und repariert es selbst. Das ist alles, was ihm geblieben ist. Das und die Jagd am Wochenende.

Das ist einfach nur traurig, sagt Lena.

Hey, davon geht die Welt nicht unter, Lena. Meine Mutter hat noch viele Jahre vor sich. Sie überlegt, eine Eigentumswohnung zu kaufen. Sie schaut sich begeistert an, was es im Staat so alles gibt. Es könnte ein Neuanfang sein. Wer weiß? Vielleicht hätte ihr nichts Besseres passieren können.

32

Zurück in Berlin fuhr Lena vom Bahnhof direkt zum Ort des Konzerts. Sie konnte noch einen Happen essen, hatte aber keine Zeit, ihr Gepäck in die Wohnung zu bringen. Julia war nach Hamburg gefahren, um sicherzustellen, dass Matt sich bei seiner zweiten Mutter gut einlebte.

Lena schrieb ihr: Madina und ich.

Sie hängte ein Foto an, das sie neben der Folkrock-Musikerin zeigte. Sie stehen auf der Bühne vor einem Drum-Set, rechts hinter ihnen sieht man einen Mann, der ihnen den Rücken zukehrt. Die Sängerin hat einen Arm um Lena gelegt, und beide lächeln, sie stehen so da, dass es scheint, als hätte Lena die Beinprothese, eine fast perfekte Illusion. Sie scheint ihr angewinkeltes Bein zu heben, um den hellblauen Schuh und das bunte Design auf dem Schienbein der Prothese zu präsentieren. Das sind die Markenzeichen der Sängerin. So hat sie sich mit Fans und prominenten Künstlern wie Nils Frahm fotografieren lassen.

Madinas Kopf ist auf einer Seite kahlrasiert, auf der anderen trägt sie eine rote Mähne, die sie bei Auftritten hin- und herwirft. Ihre Arme sind nackt, ein schattenartiges Tattoo schmückt ihren Hals. Lena trägt eine schwarze Jacke und ein rotbraunes Kleid, aus dem die Beinprothese aufzutauchen scheint. Sie trägt ihr Haar jetzt kürzer, eine grüne Strähne zieht sich über ihren Kopf.

Julia schreibt: Offenbar ein Superabend. Was ist mit deinem Bein passiert?

Lena antwortet: Ich würde alles für ihre Stimme geben.

Es folgt ein kurzer Austausch. Hoffe, in Hamburg läuft alles gut. Wir schwimmen viel. Gehen oft mit dem Hund im Wald spazieren.

Lena hat das Foto mit den Worten an Mike geschickt: Phänomenal gute tschetschenische Sängerin. Spielt Akkordeon, einfach irre.

Mikes Antwort: Deine Haare sind kürzer.

Lena: Gefällt's dir?

Mike: Großartiges Bein.

Sie hat ihm einen Link zu einem Song auf YouTube geschickt. Trompete und Akkordeon scheinen einander im Kreis zu jagen, übertönt von der Stimme der Sängerin, die den Refrain singt:»No time for bones.«

Man stelle sich vor, wie sich der Leierkastenmann fühlen würde, wenn er in seiner Gefängniszelle erführe, dass irgendwann in der Zukunft eine junge tschetschenisch-deutsche Sängerin mit Titanbein in einer Berliner Konzerthalle wie eine Dämonin Akkordeon spielt. Sie tanzt mit fast übermenschlicher Verve. Wahrscheinlich würde er heiser jubelnd in seiner Zelle tanzen und mit seinem Fuß aufstampfen. Er würde zu Märschen tanzen, die er noch im Kopf hat, zu Kinderliedern und jenen uralten Liebesweisen, mit denen mein Verfasser im Osten aufwuchs. Zum Takt des Hufgetrappels. Zu den Rhythmen des Holzhackens und Teppichklopfens. Er würde auf seine Pritsche springen und diese hundert Jahre jüngere Künstlerin feiern, indem er dem Nachthimmel durch sein Zellenfenster ein fulminantes Gebrüll entgegenschleudert. Der Wärter würde zur Zelle eilen und gegen die Tür hämmern. Könnte Andreas doch nur neu beginnen. Er würde die Innenhöfe im Sturm erobern. Er würde Frauen und Kinder zum Tanzen bringen. Männer würden seine Melodien pfeifen, wenn sie spätabends aus der Kneipe heimkehren.

Madina Schneider – sie gleicht meinem Verfasser. Immer auf der Flucht. Immer in Hotels. Ihre Identität in einem Koffer mit sich tragend. Ihre Erinnerungen in Songs verarbeitend. Ihre Sammlung von Beinprothesen füllt auf Tourneen ein Extragepäckstück. Ständige Neuanfänge. Immerfort die Koffer auspackend. Und jedes Mal die Vorstellung ihres Lebens auf der Bühne.

Sie brachte das Publikum dazu, auf die Tische zu hämmern.

Und dann, nach einem Song, als sie ihr Akkordeon wie eine Jacke von den Schultern zog, kam es zu einem unerwarteten Zwischenfall. Die Band legte eine kurze Verschnaufpause ein, und das Publikum unterhielt sich murmelnd, als Bogdanow, ihr Ex-Freund, mit einer Flasche in der Hand vor der Bühne auftauchte.

Madina, ich liebe dich, schrie er.

Anfangs wirkte er wie ein durchgeknallter Fan.

Ich kriege nicht genug von dir. Ich will dich. Ich brauche dich, Madina. Du bringst mich um.

Es war eine jener Situationen, in der niemand weiß, was zu tun ist. Konnte man sich über jemanden beschweren, der Madinas Musik so liebte, dass er bereit war, sich zum Affen zu machen?

Madina bückte sich und sagte: Lass das, Uli. Es ist sinnlos.

Bring mich um, mach schon, sagte er.

Verschwinde, Uli.

Bitte, sagte er, indem er auf ein Knie sank. Du bist die Einzige für mich, Maddy.

Uli. Du verschwendest nur deine Zeit.

Die Band war wieder startbereit. Der Drummer gab den Takt für den nächsten Song vor, doch die Szene, die sich anbahnte, ließ ihn innehalten.

Bogdanow wuchtete sich auf die Bühne. Er stellte sich ans Mikro, tippte dagegen, um zu hören, ob es funktionierte, und sagte: eins, zwei. Seine Stimme war so laut, dass er erschrak. Er sagte, indem er mit der Flasche auf Madina wies:

Ich war es, der den Anstoß gegeben hat. Ich habe sie dazu gebracht zu singen. Ich – Uli Bogdanow. Sie liebt mich. Sie ist mein Schutzengel.

Niemand griff ein. Vielleicht glaubte man, er wäre ihr Manager und wollte eine offizielle Ansage machen, vielleicht rechnete man mit pathetischen Worten à la Johnny Cash. Nach einer Weile wurde das Publikum ungeduldig, weil Bogdanow wirres Zeug redete.

Runter mit ihm.

Er wurde aggressiv. Drohte dem Publikum mit der Flasche. Ihr Flachwichser, sagte er, ihr ahnt ja nicht, wie sehr wir uns lieben.

Arschloch.

Er drehte sich zu ihr um und flehte: Bitte, Maddy, bitte. Ich bin dein.

Er ließ die Flasche fallen und stürmte auf sie zu. Sie wehrte ihn durch einen Stoß ins Gesicht ab.

Verpiss dich, Uli.

Er kam aus dem Gleichgewicht. Kippte nach hinten, wobei er das Mikro mit dem Ellbogen umstieß. Torkelte rückwärts, stolperte über das Akkordeon, blieb mit einem Fuß in den Gurten hängen. Er taumelte gegen eine E-Gitarre und stürzte auf die Drums. Er griff wie ein Ertrinkender nach einem Halt und riss ein Gestell mit Becken um, das klirrend und krachend auf ihn fiel.

Stille.

Wie das Ende eines Songs. Im Publikum applaudierte jemand.

Die Leute lachten. Sie pfiffen.

Schickt ihn in die Wüste.

Zwei Männer eilten auf die Bühne und zerrten Bogdanow weg. Er protestierte, drehte sich zu Madina um und warf ihr Kusshändchen zu, während man ihn hinausschaffte.

Die Band begann mit frischer Energie zu spielen. Der Abend war ein Riesenerfolg. Bogdanows Liebesbeteuerungen schienen den Ruhm der Sängerin zu mehren, das Publikum liebte sie noch inniger.

Nach dem Konzert saßen alle mit der Band in einer Bar. Herrlich, zum inneren Kreis zu gehören und mitzubekommen, wie sie über den Zwischenfall witzelten. Einer meinte, in Zukunft brauche Madina Personenschutz, sie werde gestalkt. Ein paar stiernackige Gorillas wären gut, die breitbeinig und mit verschränkten Armen vor der Bühne stünden und auf Anzeichen von Unruhe im Publikum achteten. Andernfalls könnte es enden wie in Altamont. Madina meinte lachend, sie könne sich selbst verteidigen, besten Dank.

Sie sprachen über ihre Tournee. Armin legte seiner Schwester einen Arm um die Schultern und sagte zu Lena: Sie ist bald weit weg. Madina und ihre Band wollten auf eine zehntägige Skandinavien-Tournee gehen. Danach wäre Großbritannien dran gewesen, nur hatte ein Bandmitglied kein Visum bekommen. Also ging es nun nach Frankreich und Italien. Anschließend wollten sie in den Niederlanden ein Album aufnehmen.

Madina stand hinter Armin und legte ihm die Hände auf die Schultern: unser neuer Roadie.

Sie küsste jedes Bandmitglied und schloss Lena innig in die Arme, dankte ihr für ihr Kommen. Armin sagte, er wolle seine Schwester ins Taxi setzen und sei gleich wieder da.

Die übrigen Bandmitglieder packten ihre Sachen. Lena wollte auch bald los. Sie ging auf die Toilette und sah sich dann nach Armin um, fragte die Musiker, ob er inzwischen zurückgekehrt sei. Sie ging nach draußen, weil sie glaubte, er hätte noch mit Madina geredet, bevor sie in ein Taxi gestiegen war. Sie entdeckte ihn schließlich etwas weiter unten in der Straße. Ein Mann hielt ihn bei der Kehle und drückte ihn gegen eine Mauer. Es war Bogdanow. Lena schrie ihn an. Er reckte ihr einen Finger entgegen, als wollte er sie auf Abstand halten. Sie besaß die Geistesgegenwart, ihn zu filmen, nur war sein Gesicht im Dunkeln nicht zu erkennen. Dann verschwand er. Sie machte sich Sorgen um Armin, der Blut spuckte.

Alles okay, sagte Armin.

Nichts ist okay, Armin.

Ehrlich, mir geht's gut.

Du bist voller Blut.

Sie zeigte auf die Blutstropfen auf dem Bürgersteig, holte dann ein Taschentuch aus ihrer Tasche und wischte sein Gesicht ab. Er hielt sich eine ganze Hand voll Tücher unter die Nase.

Sie ging mit ihm in ein nahes Restaurant, um sich bei einem Bier zu beruhigen, aber auch, damit er sich säubern konnte. Der Kellner wirkte verunsichert. Der Anblick des Blutes ließ ihn zurückschrecken – die Spuren von Gewalt. Armin kehrte wie neugeboren aus der Toilette zurück, er verbarg die Blutflecke auf der Brust unter einem Arm. Sie saßen am Fenster und tranken ein Beck's Gold.

Es geschah unwillkürlich. Als sie wieder auf der Straße standen, schien es unausweichlich zu sein. Als Kind hatte Lena solche Momente »Sendepause« genannt. Wenn sie mit ihrem Vater einen Film sah, in dem sich ein Paar küsste, rief sie dieses Wort und vergrub ihr Gesicht im Kissen. Und nun ließ sie sich, ohne nachzudenken, in eine solche Filmszene sinken.

Als sie weitergingen, bestand Armin darauf, ihren Koffer zu ziehen, dessen Klackern an jemanden denken ließ, der zu später Stunde aus einem Urlaub in sonnigen Gefilden zurückkehrt. Sie fanden kein Taxi und nahmen die U-Bahn. Keine U-Bahn, egal wo auf der Welt, sagte Lena, rieche wie die in Berlin. Ihr Geruch sei einzigartig und so markant wie der eines Holzfeuers oder einer brennenden Wachskerze. Die Stationen röchen wie das Innere eines Gummiballs. Nach einer Melange von Kaffee und Kaugummi und Haarpflegeprodukten, nach allem, was die Leute ausdünsteten, die täglich in diesen gelben Bahnen unterwegs seien.

In Julias Wohnung ließ Lena ihre Tasche neben die Tür fallen. Sie begann, Armin aus dem blutbefleckten Hemd zu schälen. Als sie im Schlafzimmer standen, erkundigte sie sich nach den Bombensplittern in seinem Körper und strich über die Narben, die sie hinterlassen hatten. Sie hatten sich im Laufe der Jahre gedehnt. Sie fragte, ob sie schmerzten, irgendwie lästig seien. Er sagte, er spüre sie genauso wenig wie seine Leber.

Wie sehen sie wohl aus?, fragte sie.

Sie sind wie diese Schmuckimplantate, antwortete er. Ich berge sie unter der Haut. Sie können niemanden mehr verletzen.

Du hast Glück gehabt, sagte sie. Es war knapp. Ein paar Millimeter weiter, und sie hätten dein Herz durchbohrt.

Warte mal, sagte er.

Armin ging in die Küche. Seine nackten Füße platschten auf den Holzdielen. Draußen war es so hell, dass sie kein Licht anknipsen mussten. Er pflückte Magneten von der Kühlschranktür und legte die Zettel, die darunterklemmten – Theaterkarten, Flyer von Galerien, Abholscheine von Reinigungen –, auf den Tisch. Dann kehrte er in das große Wohnzimmer zurück und blieb vor Lena stehen.

Hier, sagte er. Willst du sie anheften?

Dir etwa?

Schauen wir mal, ob sie halten.

Sie nahm die Kühlschrankmagneten und drückte sie auf die Narben, die die Bombensplitter hinterlassen hatten. Den Magneten in Gestalt eines Hamburgers hängte sie auf seine Hüfte. Den mit dem Namenszug eines Restaurants, Max und Moritz, auf einen Oberschenkel. Den in Gestalt einer Wodkaflasche neben sein Herz. Sie hafteten tatsächlich. Das Metall in seinem Körper hielt sie fest. Sie umschlang ihn mit den Armen, und sie kippten lachend auf das Bett.

33

Warum schließen Menschen beim Küssen die Augen? Weil sie einander so nahe sind, dass alles verschwimmt? Müssen sie die Sehkraft abschalten, um die weite Landschaft von Lippen und Zungen vor sich zu sehen? Die unendliche Weite des menschlichen Mundes. Eine Reise durchs All. Ein Hauch von Unendlichkeit. Als würde man Einsteins Bibliothek betreten.

Und wie beschreibt man die Liebe?

Fontane fasste sich kurz. Er beschreibt, wie Effi Briests erstarrte Finger durch Küsse behutsam gelöst werden, und damit ist alles gesagt. Ein anderer deutscher Schriftsteller verknappte es auf eine Zeile: Und dann war es eine Weile schön. Ein britischer Autor reduzierte es auf ein kurzes Gerangel von Schamhaaren. Eine in den Vereinigten Staaten lebende Autorin schildert, wie eine Frau nach einjährigem, durch Drogen herbeigeführtem Schlaf mit der Erinnerung daran erwacht, wie die Hoden ihres Freundes ihr Gesicht streiften.

Bedarf es weiterer Worte?

Begebenheiten werden erst denkwürdig, wenn sie im Nachhinein in Worte gefasst werden. Lena erörterte mit niemandem, wie es dazu kam, dass sie mit Armin schlief. Wahrscheinlich passierte es ganz spontan. Oder war darauf hinausgelaufen, seit er das aus ihrer gestohlenen Tasche stammende Buch im Görlitzer Park entdeckt hatte.

Eines sagte sie aber. Als sie anschließend im Bett lagen,
überspült vom Licht der Straße, die Stimmen von Nacht-
schwärmern im Ohr, erzählte sie Armin, irgendetwas Spitzes
habe sich in ihren Rücken gebohrt. Als hätte sich einer der
Bombensplitter aus seinem Körper gelöst. Das sei natürlich
Blödsinn, ergänzte sie lachend. Es sei ein Kühlschrankma-
gnet gewesen, aber sie glaube lieber, es hätte sich um einen
Bombensplitter gehandelt, das sich im Getümmel gelöst
hatte. Schwer zu sagen, ob es wehgetan habe. Der mehrma-
lige Druck im Rücken habe ihr jedenfalls bewusst gemacht,
dass das, was geschah, keine Einbildung war.

Schau, sagte sie.

Sie zeigte auf eine Druckstelle unten auf ihrem Rücken
und meinte, das sei der sichere Beweis.

Armin tastete seinen Körper von oben bis unten ab, als
würde er sein Portemonnaie suchen.

Beide lachten.

Sie bettete den Kopf auf seine Schulter, und sie lagen eine
Weile schweigend da, träumten mit offenen Augen.

In ihrer Tasche brummte mehrmals das Handy. Die Nachrichten kamen aus weiter Ferne, aus einer anderen Zeitzone.

Es war Mike.

Bist du noch wach?

In den Vereinigten Staaten war es früher Morgen, und
vielleicht wollte sie ja noch ein bisschen quatschen. Nach
einer Weile ging er davon aus, dass sie schlief, und schrieb
eine Nachricht: Probiere es später noch mal. Er hinterließ
auch eine Sprachnachricht, die sie erst am nächsten Tag ab-
hörte, als sie wieder allein war.

Mike sagte: Bin gerade an einer Tankstelle vor Des Moines. Und da sitzt dieser Typ, vor sich drei Double Burger, drei Portionen Pommes und drei große Diet Cokes. Drei Mega Meals, die er alle verputzt. Keine Ahnung, wieso er alle auf einmal geholt hat, gibt ja keine Ermäßigung. Und während er isst, starrt er geradeaus, ohne mich wahrzunehmen. Als würde er sich ganz auf das Essen konzentrieren. Kämpft sich durch die Portionen, als wäre das sein Job, beißt in einen Hamburger, schiebt sich ein paar Pommes mit den Fingern in den Mund, schlürft Cola durch den Strohhalm. In Abständen rührt er die Eiswürfel um, als wolle er hören, wie sie klimpern, oder schauen, wie viel Cola übrig ist.

Er scheint an nichts zu denken. Aber wer weiß. Du kennst das ja, sagt Mike so leise, dass die Musik im Restaurant zu hören ist, wenn man einen Menschen lange genug betrachtet, verwandelt man sich ihm an. Man bildet sich ein, diese Person zu sein. Übernimmt sogar die Eigenarten.

Und nun, sagt er, habe ich mich in diesen Typen verwandelt. Fühle mich, als hätte ich die Monster-Burger verschlungen und mit Cola runtergespült und würde jetzt auf das hohle Schlürfen nach dem letzten Schluck horchen. Und weißt du was? Ich glaube, der Typ ist unfassbar einsam.

Mensch, Lena, du ahnst ja nicht, wie sehr du mir fehlst, hier, an diesem gottverlassenen Ort am Highway. Ich weiß nicht, wieso, aber ich komme mir vor wie dieser Typ, der das Essen in sich hineinstopfen muss, um sich lebendig zu fühlen.

34

Und der Tag in der Wiener Heilanstalt? Der Tag, als sich
Roth mit seiner Frau in einem der aufrecht stehenden Särge
wiederfindet? In der Gummizelle gibt es nichts, womit sie
sich etwas antun könnte. Nur der auf den Fußboden genie-
tete Hocker und das kühle Licht, das durch das hoch gele-
gene Fenster sickert und nicht einmal die Ecken zu erhellen
vermag.

Er redet mit ihr. Spricht sie mit ihrem Namen an und erzählt ihr Neuigkeiten. Geschichten aus den Pariser Straßen,
den Cafés, noch ist es eine freie Welt, Bekannte haben sich
nach ihr erkundigt. Wenn sie wieder gesund ist, wird es ein
großes Hallo für sie geben.

Sie zeigt keine Reaktion. Was soll sie auch sagen? In ihrem
Leben gibt es nur die Sitzungen mit den Psychiatern, die
sich nach ihren Gedanken, Gefühlen, Träumen und sexuellen Fantasien erkundigen. Den Geruch fettigen Essens in
den Wänden, Stimmen, die ertönen und verklingen, fremde
Gesichter, Echos, die ihr bis ins Zimmer folgen, nachts die
Schreie in anderen aufrecht stehenden Särgen. Die immer
gleichen Spaziergänge auf dem Gelände der Heilanstalt. Die
immer gleichen Alleen, der kleine Ausschnitt des Himmels,
die immer gleichen Fenster, die sich in diesem Haus der
Zweifel täglich zu vervielfachen scheinen. Dazu das Klirren
der Schlüssel im Flur, das stets vor der falschen Tür ertönt.

Er ist gekommen, um sie durch sein Lächeln aufzubauen. Er trägt einen verrauchten Anzug und erzählt lachend, sein Freund Stefan Zweig habe ihn spendiert, nachdem er Wein auf die alte Anzughose gekleckert habe. Er hat das Schnaufen der Züge mitgebracht, den Pfiff der Trillerpfeifen auf Bahnsteigen, das Rattern der Räder auf den Gleisen, das Kreischen der Bremsen. Seine Augen leuchten liebevoll. Sein Schnurrbart. Seine Krawatte. Seine ruhige Stimme. Seine Scherze werden heilen, was die psychiatrischen Diagnosen übersahen. Seine Hände sind vielleicht das Einzige, was ihr noch hilft, er wischt eine verkrustete Träne von ihrer Wange.

Ach, komm, sagt sie.

Ihre Augen sprechen zu den seinen. Und da ist es wieder, das provokante Lächeln, das ihre Lippen umspielt. Sie ergreift seine Hand und fordert ihn auf, im kahlen Zimmer zu tanzen. Seine rechte Hand liegt auf ihrem Rücken, sie summt zur Musik, die in ihrem Kopf erklingt, lacht und redet ihn mit seinem Spitznamen an – Mu. Sie hat ihn von seinem zweiten Vornamen, Moses, abgeleitet.

Ach, komm, Mu, du hast seit einer Ewigkeit nicht mehr mit mir getanzt.

Seine Schuhe quietschen auf dem Gummiboden. Ihre nackten Füße sind lautlos. Sie tanzen um den Hocker, schneller und schneller, es ist ein Wiener Walzer, der diese kleine Zelle der Heilanstalt in einen Ballsaal mit prachtvollen Stuckdecken und goldenen Säulen verwandelt. Ihr Wahnsinn ist jetzt Mittel zum Zweck. Sie wirft den gepolsterten Wänden immer fröhlicher und zorniger seinen Namen entgegen. Ihr Lachen hat eine absurde Kraft, es scheint, als würde eine Kompassnadel in ihrem Kopf auf etwas zeigen, das sie rasch in Besitz nehmen muss, weil es ebenso rasch verschwinden könnte.

Du lässt dir immer Zeit, Mu.

Sie hungert nach menschlicher Wärme. Das Verlangen, das sie gequält hat, kann sich nun Luft machen. Alle Möglichkeiten, alle Romane, die ihr Körper noch nicht geschrieben hat, erwachen in seiner Gesellschaft zum Leben. Sie spürt die Energie in seiner Lunge. Sie spürt die kühlen Anzugknöpfe. Sie spürt das sanfte Gewicht seiner Schreibhand. Sie spürt den gepolsterten Fußboden unter dem Rücken, als sie sich hinlegen. Die Deckenlampe brummt wie eine gefangene Wespe. Sie hört Schlüsselklirren und Türenklappen und Getuschel im Flur.

Sie lächelt und dreht sich gelassen zum Hocker um, als würde dort jemand sitzen, der ihnen zuschaut.

Dies ist mein Mann, sagt sie zum unsichtbaren Zuschauer. Er heißt Joseph Roth. Er ist ein guter Geschichtenerzähler. Er denkt sich Dinge aus, auf die ich niemals kommen würde.

Sie verbringen die Nacht auf dem weichen Fußboden, der Selbstmorde verhüten soll. Eingesperrt in einem Raum, aus dem er sie retten wollte. Die Isolation wird ihr Entkommen. Ihre Ehe, ihre Identitäten, ihre Erinnerungen, der Hass, der ihnen begegnet ist, die Orte, an die sie gereist sind, um endlich wieder frei zu sein, die ganze Geschichte ihrer Liebe – all das verkörpert sich in diesem kurzen letzten Moment des Glücks und des Unglücks. Umgeben von Gefahren in einem Raum, der Gefahren fernhalten soll, schmiegen sie sich aneinander. Er küsst sie auf die Stirn, und sie legt ihren Kopf auf seine Schulter. Sie liegen wach, schweben in einer Zeitlosigkeit, umwölkt vom Gummidunst der Wände.

Sie findet keinen Schlaf. Setzt sich hin und spricht zur Tür, als stünden dort Ärzte und Krankenschwestern mit Krankenkurven in den Händen und würden sie beobachten. Sie bittet sie, in den Akten zu notieren, dass der Mann, der sie eingeliefert habe, sie nun wieder mitnehmen wolle. Sie sagt, man möge ihr morgen früh ihre Kleider bringen, sie werde die Heilanstalt dann Hand in Hand mit ihm verlassen, in eine Straßenbahn steigen und auf direktem Weg zum Hauptbahnhof fahren.

Wir kehren zurück nach Paris, nicht wahr?

Hermann Kesten schrieb 1971 in einem Brief an seinen Verleger, Joseph Roth habe auf Anraten der Psychiater in einer Gummizelle mit seiner Frau geschlafen. Eine Privatangelegenheit zwischen Ehepartnern, die in den Krankenakten keine Erwähnung fand. Erwähnt wird in den Akten dagegen, dass sie mehrfach sagte, die Person, die sie eingeliefert habe, solle wiederkommen und sie mitnehmen.

35

Julia war aus Hamburg zurückgekehrt, als sie eines Morgens, nach dem Öffnen der Galerie, einen unfrankierten Umschlag in der Post entdeckte, den jemand eigenhändig in den Kasten getan haben musste. Er enthielt eine Buchseite und ein Interview mit Madina Schneider. Dieses war ausgeschnitten worden und mit einem Foto bebildert, das sie auf einer Berliner Brücke zeigte. Die Buchseite war mit einem roten Textmarker durch ein Hakenkreuz verunstaltet worden, das sich schemenhaft auf der Rückseite abzeichnete.

Die fehlende Seite. Aus meinem Brustkasten geschnitten, als Armin im Barber Shop seine angeblichen Schulden beglich.

Echt unheimlich, sagte Julia am Telefon zu Lena. Komm doch bitte vorbei.

Bin gleich da, sagte Lena. Sie arbeitete nicht weit entfernt in ihrem neuen Atelier.

Du solltest Armin informieren, sagte Julia.

Wieso?

Es hat mit seiner Schwester zu tun.

Das Interview beschreibt Madina als neues Talent, das in Deutschland bisher kein großes Medienecho gefunden habe. In den Niederlanden sei sie bekannter und verhandle mit einem dortigen Plattenlabel über ihr erstes Album. Die Journalistin enthüllt, dass die Sängerin mit mehreren Beinprothesen auf Tournee geht. Diese, sagt Madina in dem Interview, seien so unterschiedlich wie Kleider für unterschiedliche Anlässe. Einige hätten blinkende Lichter, andere seien mit Medizinschläuchen oder Verbandsmaterial verziert, je nach ihrer Stimmung. Sie sei stolz auf ihre Prothesen, schreibt die Journalistin, und habe scherzhaft erwogen, einen Papagei anzuschaffen oder, falls es Quälerei wäre, ein lebendes Tier mit auf Tournee zu nehmen, einen künstlichen Vogel. Sie erwähnt, dass Humboldt, der große deutsche Entdeckungsreisende, auf einen Papagei stieß, der in der Sprache eines ausgestorbenen Amazonas-Stammes krächzte.

Die Journalistin geht auf den tschetschenischen Hintergrund ein, obwohl die biografischen Fakten dürftig sind.

Madina habe nicht die Absicht, in ihr Geburtsland zurückzukehren, solange der Staatschef Fotos poste, auf denen er neben einem Tiger liege.

Im weiteren Verlauf des Interviews heißt es, ihre Musik ermögliche ihr, der Sehnsucht nach allem Ausdruck zu verleihen, was ihr fehle. Was mich zum Singen gebracht hat, sagt Madina, ist mein weggebrochener Hintergrund. Ihrer Adoptivmutter, die aus Ostdeutschland stamme, sei es ähnlich ergangen. Sie habe oft laut im Haus gesungen, als könne der Gesang die Fehlstellen in ihrem Leben ausfüllen. Jedes Leben sei teils etwas, das man sich ausdenkt, sagt Madina. Wie einen Song. Mit einem Akkordeonsolo in der Mitte. Das eigene Leben gleiche einem Film, der auf »wahren Begebenheiten« beruhe. Ihr Vater habe oft gesagt: Eine Biografie ist die Geschichte, die man aus seinem Leben bastelt.

Meine Geschichte ist prothetisch.

Dieses Zitat dient als Überschrift des Interviews. Unter

dem Foto ist zu lesen, die Sängerin trainiere für den Berlin-Marathon.

Als Lena schließlich eintrifft, regnet es in Strömen. Ich spüre, wie meine Seiten die Feuchtigkeit aufsaugen. Meine Hauptperson kann sie im Beinstumpf spüren. Lena fröstelt, als sie hereinkommt. Der Regen trommelt draußen auf die metallene Fensterbank, und ich habe das Gefühl, in mir eingesperrt zu sein wie ein unterdrücktes Niesen. Sie lässt ihren Regenschirm neben der Tür stehen, und es bilden sich sofort kleine Pfützen.

Sollen wir die Polizei informieren, Lena?

Noch nicht. Ich muss zuerst mit Armin sprechen.

Es kommt mir vor wie eine Morddrohung, sagt Julia. Ich hätte es nicht anfassen dürfen, vielleicht sind Fingerabdrücke darauf.

Ich kläre das mit Armin.

Während sie auf Armin warten, werde ich mit der fehlenden Seite vereint. Ein großer Moment. Das Gefühl, wieder vollständig zu sein. Lena fügt die Seite mit schmalen Klebestreifen ein. Der Vergleich mag nicht besonders originell sein, aber es ist, als würde ein genialer Chirurg ein Bein so sauber annähen, dass es perfekt im Kniegelenk pendelt. Julia beginnt, ein paar Kunstwerke auszupacken, die für ihre nächste Ausstellung gedacht sind. Eine Reihe von Akten, gemalt von einer Künstlerin, die den weiblichen Körper mit all seinen Fettpolstern und Krampfadern feiert.

Meine Geschichte ist wieder komplett. Die Seitenzahlen haben keine Lücke mehr, meine Finger und Zehen sind vollzählig.

Die Seite erzählt, wo sie war. Sie steckte zusammengefaltet

in der Innentasche der Lederjacke des Mannes, der sie mit dem roten Textmarker beschmiert hat. Ulrich Bogdanow. Er zieht seine Lederjacke nie aus. Ich habe zwangsläufig alles miterlebt, sagt die zurückgekehrte Seite. Wie er isst, wie er mit dem Telefon auf dem Stuhl lümmelt, wie er mit seiner Frau spricht. Ich musste ihn sogar aufs Klo begleiten.

Die verlorengegangene und wiedergefundene Seite erklärt, die Zeit ihrer Verschleppung sei erhellend gewesen. Bogdanow, sagt sie, sei auf den ersten Blick kein schlechter Kerl. Er arbeite in einem Seniorenheim. Man müsse erst mal bereit sein, einen solchen Job zu machen.

Ich habe ihn mit Heimbewohnern erlebt, erzählt die verunstaltete Seite. Er kann extrem nett sein. Die Gebrechlichkeit der Alten stört ihn nicht. Auch nicht ihre Ausdünstungen. Die Tatsache, dass sie auf der Schwelle zum Tod stehen, trübt seine Lebensfreude nicht. Das Bewusstsein, dass sie alt sind, er aber jung ist, scheint seine Lust sogar zu steigern. Ich habe miterlebt, berichtet die Seite, wie er einen inkontinenten Greis säuberte und nach seiner Heimkehr, keine Stunde später, Sex mit seiner Frau hatte. Sie verlangte, er solle erst duschen. Er rieche nach alten Leuten. Für ihn selbst scheint all das zum Leben zu gehören. Wenn er fünfundzwanzig Minuten lang einen Greis säubert, der sich eingekotet hat, sieht er ihn als jemanden, der in ein Kleinkindstadium zurückgefallen ist, und hat danach Sex mit seiner Frau, nimmt sie innerhalb von drei, vier Minuten.

Ohne die Lederjacke auszuziehen.

Seinen Kindern gegenüber ist er unfassbar großzügig. Er liebt sie. Ohne jeden Zweifel. Er kauft ihnen große Disney-Puppen, das Haus quillt über von Plüschtieren und Plastikspielzeug – dort landen die Ressourcen unseres Planeten, sagt die Seite. Und seine Frau. Anna. Sie besitzt mehr Schmuck, als sie jemals anlegen kann. Er hat ihr neulich einen Fernseher gekauft, groß wie ein Scheunentor, und meint trotzdem, er sei zu klein: Ich tausche ihn gegen ein anständiges Gerät um.

Er wird von vielen Gefühlen bewegt. Seine Lieblingssongs haben oft männliche Wehmut zum Thema, etwa der Superhit »Angels«. Engel, die ihre Flügel ausbreiten, um ihn vor Schaden zu behüten. Er singt immer mit: *Protection … love and affection.* Er singt diesen Song bei Familienfeiern, wenn er angetrunken ist, und legt bei dem Wort *waterfall* ein tiefes Gefühl in seine Stimme. Dann hat er Tränen in den Augen, und seine Frau tröstet ihn, indem sie seinen Kopf streichelt, als wäre er ein Baby.

Manchmal aber, erzählt die Seite, zeigt er ganz andere Wesenszüge. Dann kann er auf absolut irrationale Art grausam sein. Vielleicht liegt es an einem Trauma, das auf seinen russischen Großvater zurückzuführen ist, vielleicht hat dieser im Krieg irgendetwas Schlimmes getan. Eine Gewalttat begangen, die er mit nach Hause brachte und die in der Küche, den Schlafzimmern, den unruhigen Träumen der Kinder weiterschwelte, um sich dann ein, zwei Generationen später Bahn zu brechen.

Seine Stimmung kann ohne jede Vorwarnung kippen, und dann bestraft er jemanden wegen einer ungesühnten Gräueltat aus der Vergangenheit.

Er übt Macht über die Menschen aus, die er im Seniorenheim pflegt. Er kann sowohl großmütig als auch gemein sein. Ich habe erlebt, wie er eine alte, wehrlose Frau nachmittags nach draußen brachte, sagt die Seite. Sie bat ihn, ihren Rollstuhl neben den ihres Mannes zu schieben. Die alten Menschen, in Decken gewickelt, saßen nebeneinander in der Sonne. Und als sie darum bat, neben ihrem Mann zu stehen, sagte er kurzerhand: Nein. Stattdessen stellte er sie im Schatten der Gebäude ab, weit von ihrem Mann entfernt. Diese Menschen haben nur noch Monate oder gar Wochen auf dieser Welt, und trotzdem ignoriert er ihre Bitte. Das Ehepaar ist getrennt, und sie beginnt zu frieren, sieht stumm zu ihrem Mann, der sich auf der anderen Seite des Universums zu befinden scheint. Sie winkt, aber er kann sie nicht sehen, weil er ihr den Rücken zukehrt.

Meine verunstaltete Seite charakterisiert ihn als genialen Sadisten. Er weiß genau, wie er die alte Frau verletzen kann. Er lässt sie stehen, bis alle anderen zum Abendessen hereingeholt worden sind. Eine Pflegerin stellt schließlich fest, dass ihre Hände eiskalt und blau angelaufen sind, ihre Haut gleicht Wachspapier. Die Pflegerin pustet auf ihre Hände, reibt sie, um sie aufzuwärmen, und meint, es sei wohl besser, wenn sie erst im nächsten Sommer wieder draußen sitze. Obwohl die alte Frau kein Problem mit der Kälte hat. Sie will schlicht an der frischen Luft neben ihrem Mann sitzen, sie müssen sich nicht einmal unterhalten.

Am nächsten Tag vollzieht Bogdanow eine Kehrtwende. Er ist unfassbar nett. Er behandelt sie wie eine Königin, hüllt sie sorgsam in die karierte Decke, fragt sogar, auf welcher Seite ihres Mannes sie sitzen wolle, nur weiß sie genau, dass ihm nicht zu trauen ist.

Abends sitzt er stundenlang vor seinem Laptop und brütet über rechtsradikalen Websites. Während Frau und Kinder schlafen, diskutiert er mit Freunden darüber, wie man Chaos erzeugen und die Demokratie destabilisieren könnte. Sie wollen das System von innen bekämpfen, Friedensbewegungen und die Sites von Klimaaktivisten infiltrieren, überall für Verunsicherung sorgen. Er hat den langen Prozess gegen Beate Zschäpe verfolgt, jene Frau, deren zwei Liebhaber an diversen Orten in Deutschland Kebabverkäufer und Gemüsehändler meist türkischer Herkunft ermordet haben. Er hat Online-Freunde in Polen, den Vereinigten Staaten und Neuseeland. Er entrollt eine Hakenkreuzfahne, die er hinter sich aufhängt und vor dem Schlafengehen abnimmt, sauber faltet und in eine Plastikhülle steckt, in der sich ursprünglich zwei Kopfkissen befanden.

Armin erscheint mit klitschnassen Haaren und nasser Jacke in der Galerie. Das blaue Auge, das Bogdanow ihm verpasst hat, ist noch deutlich zu sehen.

Die Fenster sind beschlagen.

Sie trinken Kaffee und überlegen, wie sie auf den Hassbrief reagieren sollen. Ist er ein Vorbote von Schlimmerem oder nur Ausdruck der Kränkung eines verschmähten Liebhabers?

Schon unfair, dass ihr mit reingezogen werdet, sagt Armin.

Du schaffst das nicht allein, sagt Lena.

Das darf sich nicht wiederholen, sagt Julia.

Nachdem sie mehrere Szenarien angedacht und verworfen haben, gelangen sie zu der Einsicht, die Polizei einschalten zu müssen.

Wir dürfen es nicht auf die leichte Schulter nehmen, sagt Julia. Wir sollten auf Nummer sicher gehen. Ich will nicht, dass die Mistkerle hier eindringen, und schon gar nicht, dass sie euch auf der Straße auflauern. Ich kenne diese Stadt. Man hat einen tschetschenischen Dissidenten durch einen Kopfschuss getötet, hier, mitten in der Stadt, im Kleinen Tiergarten. Sein Mörder floh auf einem Fahrrad. Und danach wurde die Lüge verbreitet, das Opfer wäre ein brutaler Terrorist gewesen. Heutzutage muss man eine Anklage nur auf den Kopf stellen, muss bloß behaupten, der Ermordete sei ein Mörder, um die Bluttat als Segen darzustellen.

Armin hat sich mittlerweile entschlossen, seinen Job an den Nagel zu hängen und mit seiner Schwester auf Tournee zu gehen. Er würde als Roadie arbeiten und wäre so eine Weile aus der Schusslinie.

Lena riet ihm auch, aus seiner jetzigen Wohnung in ihr Atelier zu ziehen. Es gibt ein Bett und eine Küchenzeile, sagt sie, und es ist hell. Es befindet sich im obersten Stockwerk und bietet einen Blick auf die Spree. Dort wärst du unauffindbar.

36

Um ehrlich zu sein, genoss ich die Aufmerksamkeit. Andreas Pum hat natürlich auch mit der Polizei zu tun, doch ich selbst war zum ersten Mal in einem Polizeirevier. Allerdings war ich etwas enttäuscht, wie ich sagen muss. Alles wirkte so normal. Ein Raum mit Schreibtischen und Computerbildschirmen. Mit einer Kaffeemaschine und einem Wasserspender. Auf einem Tisch lag eine Dienstmütze. An den Wänden Plakate zu Drogendelikten und Vermisstenfällen. All das war so vertraut, dass es fast wie eine Kulisse wirkte. Es kam mir irgendwie unauthentisch vor. Ein Schriftsteller hätte es interessanter gestaltet.

Ein Drehstuhl quietschte.

Eine Polizistin, die Schutzhandschuhe trug, nahm mich zur Hand und untersuchte die verunstaltete Seite.

Sie hatte natürlich nicht die Zeit, ausführlich zu lesen, aber ich hoffte, sie würde wenigstens die eingeklebte Seite überfliegen. Der Inhalt spielte bei den Ermittlungen aber keine Rolle. Nur das Nazisymbol zählte.

Unschön, sagte sie.

Ihr Englisch war gut. Mit ihren Kollegen sprach sie Deutsch. Einer von ihnen ging mit Armin am Computer die Fotos aktenkundiger Extremisten durch. Der andere sicherte Beweise, indem er die beleidigenden Bilder herunterlud, die Armin aufs Handy geschickt worden waren.

Schwer zu sagen, welcher Drehstuhl quietschte.

Die Polizistin blätterte weiter. Das Unsichtbare schien sie anzuziehen. Der Subtext. Ein Buch gleicht dem menschlichen Geist – es erzählt eine Geschichte, die sich nicht auf Anhieb erschließt. Unter dem Text verbirgt sich ein komplexes Muster unterbewusster Assoziationen, von Geheimnissen, Ahnungen, Hinweisen und Reflexionen. Ein Buch kommuniziert auf all jenen intuitiven Ebenen, die für die hohe Kunst der Polizeiarbeit mitentscheidend sind.

Die Vergangenheit ist nicht mehr abgeschlossen, hätte ich gern zu der Polizistin gesagt. Der Geist der Zeit, in der ich entstanden bin, meldet sich zurück. Vor hundert Jahren schrieb mein Verfasser an seinen Freund Stefan Zweig, die Barbaren würden zurückkehren.

Er dürfe sich nichts vormachen. Die Hölle werde hereinbrechen.

Damals wollte das niemand hören.

Der Polizist ging mit Armin die Details durch. Die Madina betreffende Hintergrundgeschichte. Die Rückzahlung des Darlehens für den Kauf einer Gitarre. Die Szene während des Konzerts und die nachfolgende Tätlichkeit. Lena zeigt das Video, auf dem Bogdanow ihr warnend den Finger entgegenreckte.

Die Polizistin blätterte weiter und stieß auf die Landkarte hinten im Buch.

Gehört das zum Buch?, wollte sie wissen. Diese Karte?

Lena sagte: Nein. Sie wurde vor langer Zeit vom ersten Besitzer des Buches gezeichnet. Dann beschrieb sie, wie ich der Bücherverbrennung entgangen war. Wie ich in ihren Besitz gelangt war, gestohlen und von Armin wiedergefunden wurde. Sie erzählte, Bogdanow habe die Seite herausgeschnitten und mit dem roten Hakenkreuz zurückgeschickt, wahrscheinlich als Morddrohung.

Die Polizistin brachte mich zu ihrem Kollegen, der das Hakenkreuz einscannte.

Ohne weitere Beweise, sagte sie, können wir im Falle eines solchen Hassverbrechens wenig tun. Man fühlt sich natürlich bedroht, und das löst Ängste aus. Aber gut – wir können Folgendes tun. Wir suchen diesen Bogdanow auf und stellen ihm ein paar Fragen, damit ihm klar ist, dass sich die Polizei mit der Sache befasst. Wie finden Sie das? So könnten wir verhindern, dass er auf dumme Ideen kommt.

Danke, sagte Armin.

Wir gehen die Sache ruhig an, sagte sie. Wir wollen nicht gleich mit Blaulicht anrollen.

An dieser Stelle meldete sich die verunstaltete Seite zu Wort. Das konnten weder die Beamten noch andere im Raum hören, ich aber schon. Die Seite, die lange in Bogdanows knarrender Lederjacke verborgen gewesen war, fühlte sich ermutigt, genauer zu erklären, mit wem man es zu tun hatte. Dieser Bogdanow stellt ein echtes Problem dar, meinte sie. Es sind keine leeren Drohungen. Ein paar höfliche Fragen auf seiner Türschwelle werden wenig bewirken, fürchte ich. Er fühlt sich verletzt. Er ist gekränkt. Er steckt voller Groll.

Glaub mir, sagte die Seite, nun eine Bogdanow-Kennerin, er meint es ernst. Er hat sich eine Waffe beschafft. Ganz legal. Er besitzt alle Bescheinigungen. Ich war mit ihm auf dem Schießplatz. Es war ein Höllenlärm. Und er will nicht auf die Jagd gehen, sondern schießt auf Zielscheiben. Er ist ein guter Schütze und nimmt inzwischen auch an Wettkämpfen teil.

Die Seite enthüllte, dass Bogdanow die Waffe in einer kleinen Schachtel oben auf dem Kleiderschrank aufbewahrte, neben der Nazifahne. Er habe sie mehrmals hervorgeholt, erzählte sie, um sie seinen Online-Freunden zu zeigen, und danach gleich wieder weggepackt. Ich habe, fuhr die Seite fort, aber auch erlebt, wie er seine Familie damit bedrohte. Eines Abends, als er mit seiner Frau stritt. Eines der Kinder hatte Joghurt auf die Deutschlandkarte gekleckert, die er auf dem Tisch ausgebreitet hatte, um seinem Nachwuchs Geschichtsunterricht zu geben. Als er wütend mit der Faust auf den Tisch schlug, sagte seine Frau: Mensch, Uli, reg dich nicht so auf, es sind Kinder, und ein Klecks Joghurt tut dem Land nicht weh. Danach, sie badete die Kinder und tat so, als würde sie sein Gerede vom Respekt vor der Nation nicht hören, marschierte er ins Bad und richtete die Waffe auf die Köpfe der Kinder.

Die Kinder glaubten, er würde Spaß machen.

Ja, spinnst du?, schrie seine Frau. Du schleppst eine Schusswaffe ins Haus, und wozu? Um unsere Kinder zu bedrohen? Ich kann nur hoffen, dass sie nicht geladen ist.

Wir müssen bereit sein, entgegnete er.

Ich will das Ding nicht im Haus haben, Uli. Weg damit, sofort. Ich will die Waffe nie wieder sehen.

Aber die vielen Immigranten, Anna. Sie überfluten Europa. Wir müssen das stoppen. Unsere Töchter sind nicht mehr sicher. Sie müssen beschützt werden. Sag mir nicht, du hättest von all den Übergriffen und Morden nichts mitbekommen.

Du bist ja irre, Uli.

Sie wollte ihm die Waffe entwenden, erzählte die Seite.

Um ein Haar wäre sie im Badezimmer losgegangen.

Gib mir das verdammte Ding, sagte sie.

Lass los, brüllte er.

Seine Stimme dröhnte im gekachelten Raum. Die Kinder begannen zu weinen. Ihre Mutter musste schließlich loslassen, denn er hielt ihr Gesicht gepackt und richtete die Waffe mit der anderen Hand auf ihren Kopf. Sie sah ihn verängstigt an und schwieg. Er zog die Waffe langsam zurück und pustete über die Mündung.

Ich bin ihr Vater, sagte er.

Als er im Wohnzimmer den Fernseher einschaltete, war zu hören, wie sich seine Frau in die Kloschüssel übergab.

All das bekam in der Polizeiwache niemand mit.

Die Polizistin schloss mich mit einem Knall.

Gut, sagte sie. Wir leiten die Akte an die Wache weiter, die für das entsprechende Viertel zuständig ist. Könnte sein, dass man Sie noch mal befragt.

Während wir alles einpackten, stellte sie Armin einem Kollegen vor und sagte: Das ist Lothar. Wissen Sie, was er in seiner Freizeit macht? Er spielt in einer Rockband. Vielleicht will Ihre Schwester ihn mal kennenlernen. Sie sollten hören, wie er »Johnny B. Goode« spielt. Er tritt überall in Deutschland auf. Und wissen Sie, was er außerdem macht? Er geht in Schulen und spricht mit den Kindern über Rassismus und Integration.

Sie zwinkerte Armin aufmunternd zu.

Sie sprach mit ihm und Lena, als wären sie ein Paar. Sie riet ihnen, auf weitere Forderungen nicht einzugehen. Es sei wichtig, gewisse Vorsichtsmaßnahmen zu ergreifen, wenn auch, ohne den Alltag zu stark zu stören. Sie bedankte sich für die Informationen und sagte, sie sollten sich sofort melden, falls noch etwas passiere.

Im Leben gibt es vieles, was niemals Wirklichkeit wird, sagte die Polizistin. Hoffen wir, so bleibt's.

Am Ende waren alle erleichtert, und man verfiel auf das Thema Gesichtserkennung. Ein Beamter meinte, diese Technologie wäre ein ausgezeichnetes Ermittlungswerkzeug, nur stoße sie in der Öffentlichkeit und bei Menschenrechtsorganisationen auf starken Widerstand. Lothar, der »Johnny B. Goode«-Beamte, erklärte, Krähen besäßen eine natürliche Gabe der Gesichtserkennung. Könnte man sie darauf dressieren, für die Polizei zu arbeiten, dann könnten sie in der Stadt jede beliebige Person beschatten. Ja, erwiderte seine Kollegin, das habe die Stasi sicher auch schon erwogen.

Meine schlimmste Befürchtung war es gewesen, zwecks Untersuchung von Fingerabdrücken einbehalten zu werden. Doch es blieb mir erspart, in einem Forensiklabor herumzuliegen, bis man dringendere Fälle abgearbeitet hatte. Und ich würde Julias Buchclub nicht verpassen. Ich war also froh, als Lena mich wieder entgegennahm. Die Polizistin schüttelte ihr die Hand und bat sie, sich keine Sorgen zu machen, sondern ihr Leben normal weiterzuführen.

37

Sie gehen durch die Stadt. Sie kaufen eine Ananas. Danach bleiben sie vor einem Café stehen, das noch nicht geöffnet ist. Vor den geschlossenen Rollläden sitzt ein Vater mit seiner kleinen Tochter auf einer Holzbank. Das Mädchen hält einen Roller und schwingt die Beine. Der graue Rollladen ist mit dem Bild einer Astronautin im Raumanzug verziert. Das Kind trägt einen Helm, die Astronautin trägt einen Helm. Sie hat comicartige Züge, ihre linke Wange ist kreuz und quer von Pflastern bedeckt, eines klebt auf dem Visier ihres Helms, ein weiteres auf der rechten Wange. Sie sieht so lädiert aus, als stünde sie nach einer mühsamen Reise endlich wieder auf der Erde, eine Zigarette im Mundwinkel, den Mund zu einem Ausdruck ironischer Unverwüstlichkeit verzogen. Mit ihren Kulleraugen und den schweren Lidern wirkt sie so schön und absurd wie eine Figur aus einer Graphic Novel. Sie lässt sich nicht kleinkriegen, scheint gleich wieder durchstarten zu wollen. Sie könnte noch mehr einstecken und würde es überstehen. In einer Sprechblase sagt sie: *Der Kosmos gehört mir, Bitch!*

Der Tag ist hell und sonnig, aber frisch. Der Herbst ergreift allmählich Besitz von den Straßen, die Luft ist unbewegt. Lena erzählt Armin, nichts sei schöner als das Knirschen trockenen Laubs unter den Schuhen. Auf Erden, sagt sie, gibt es nichts Befriedigenderes, findest du nicht auch?

Während sie weitergehen, habe ich den Eindruck, dass in der Stadt eine Ausgangssperre erlassen wurde. Die Zeit wird knapper, und in diesen Straßen wird bald der Winter regieren. Dann holen Cafés und Restaurants die draußen stehenden Möbel herein. Wir spüren es in unseren Seiten, dieses Erschrecken vor dem Verstreichen der Zeit. Unsere Wörter werden erstarren und in einen tiefen Schlaf fallen, aus dem wir vielleicht nie erwachen. Als könne ein gewaltiges Unwetter über uns herfallen, ein globales Phänomen, als würde auf den Straßen ein neuer Abschnitt der Geschichte anbrechen. Wir gelangen an eine Stelle, wo man die Straße ausgeschachtet und den Sand neben der Grube angehäuft hat. Diese wurde mit Brettern gesichert. Der Sand erweckt den Eindruck, als wären die Arbeiter am Meer. Irgendwann, vor Urzeiten, muss diese Stadt unter Wasser gelegen haben. Sie ist sozusagen eine Leihgabe des Meeres. Und vielleicht ahnen ihre Bewohner, dass das Meer die Stadt zurückfordern könnte.

Sie kommen an einem Auto vorbei, in dem eine Frau sitzt und sich schminkt, das Gesicht zum Rückspiegel reckt, um Lippenstift aufzulegen. Eine andere Frau steht mit ihrem angeleinten Hund am Straßenrand, in der Hand einen kleinen gelben Beutel mit Kot. Sie kommen an einer Frau vorbei, die Laub zusammenfegt. Ihr Besen sieht neu aus, er hat einen hölzernen Stiel und einen breiten Kopf mit roten Borsten. Andere Straßenfeger stoßen zu ihr, einer von ihnen hat einen Rechen. Sie kehren das Laub zu einem großen Haufen zusammen, und dann bricht Armin das Schweigen, das während des Spaziergangs herrschte.

Wenn Gott will, schießt ein Besen, sagt er.

Was?

Lena lacht.

Das ist eine deutsche Redewendung, sagt er, eine Art Warnung. Meine Mutter hat sie hin und wieder benutzt. Sie besagt, dass harmlose Dinge nicht harmlos bleiben müssen. Wenn man so tut, als wäre irgendein Gegenstand eine Waffe, dann wird er vielleicht tatsächlich zu einer. Vielleicht bedeutet es auch, dass man sich besser nichts Schlimmes vorstellt, weil es sonst eintreten könnte.

Dann sollte man den Besen erschießen.

Nein, ganz im Ernst, sagt Armin. Neulich erzählte ein Kollege, seine Frau treffe sich mit ihrem Ex-Mann, um bei einem Drink über die gemeinsamen Kinder zu sprechen. Der Boss meinte, er solle bloß aufpassen, wenn Gott wolle, schieße ein Besen. Worauf der Kollege erwiderte: Keine Sorge, den Besen halte ich.

Sie erreichen eine Brücke, und Armin beugt sich über die Mauer, um das Wasser zu betrachten. Am Ufer sitzen Leute auf Bänken, teils leicht bekleidet, denn es ist noch sonnig, sie klammern sich an den Sommer. Ein Kind wirft Steine ins Wasser. Lena schlägt vor, ein Boot zu mieten und an einen See zu fahren, als wäre es die letzte Gelegenheit, das zu tun.

Zu Fuß ist man schneller dort, meint Armin.

Sobald sie in Lenas Atelier sind, holt sie mich aus der Tasche und legt sich aufs Bett. Direkt darüber befindet sich ein Oberlicht, der Schein der Nachmittagssonne fällt auf sie. Sie studiert wieder die Landkarte und fragt, während Armin durch den Raum schlendert: Ob dort etwas vergraben ist, was meinst du? Er legt sich neben sie, um auch einen Blick auf die Karte zu werfen.

Im Atelier kehrt wieder Stille ein. Als würden beide warten, bis die Sonne verglüht und die Dunkelheit anbricht, damit sie ihr Leben fortsetzen können. Er sagt, er habe noch einiges zu erledigen, bevor er mit seiner Schwester auf Tournee gehe.

Ich muss mich noch mal röntgen lassen, sagt Armin.

Wieso?

Ohne Bescheinigung kann ich nicht fliegen. Die Bombensplitter. Sie lösen bei der Kontrolle im Flughafen den Alarm aus.

Armin erzählt von einem Mann, dem er vor einiger Zeit begegnet ist, ein Nigerianer. Er hatte eine Schussverletzung am Knie, sagt Armin. Er schaffte es nach Irland, wo er in einem angesehenen Krankenhaus operiert wurde. Danach wurde er ausgewiesen, weil er außer der Verwundung keine Beweise dafür hatte, in Nigeria verfolgt zu werden. Ein Menschenrechtsanwalt übernahm seinen Fall und argumentierte vor Gericht, man dürfe ihn nicht ausweisen, weil die Bolzen und Schrauben in seinem Bein Eigentum des Krankenhauses seien. Abgesehen von der Gleichgültigkeit, die man der ungewissen Zukunft dieses Menschen entgegenbringe, würde die Einwanderungsbehörde, wenn sie ohne amtliche Zustimmung Krankenhauseigentum exportiere, Diebstahl begehen. Obendrein scheine es in Nigeria keine Ärzte zu geben, die das Metall aus dem Bein entfernen könnten, sodass der Mann bis an sein Lebensende entsetzliche Schmerzen hätte.

Der Richter lehnte den Einspruch ab, und man holte den Mann ab, der noch Gehhilfen brauchte. Ein Beamter begleitete ihn auf dem Flug, das ist Vorschrift, erzählt Armin, denn Rückgeführte müssen im Herkunftsland der Polizei übergeben werden. Der Frontex-Flug, fährt Armin fort, musste im algerischen Luftraum umkehren. Vertreter der irischen Einwanderungsbehörde nahmen den Mann nur Stunden nach seinem Abflug wieder in Empfang. Man musste die Operation abwarten, bei der die Schrauben entfernt wurden, um ihn erfolgreich rückführen zu können.

Zu guter Letzt, sagt Armin, hat der Dubliner Anwalt gegen den Staat prozessiert und konnte erreichen, dass sein Klient aus Nigeria zurückgeholt wurde. Er lebt jetzt in Irland. Hat sogar die Staatsbürgerschaft erhalten.

Durch das Oberlicht ist ein Glockenturm zu sehen, auf den der Schein der sinkenden Sonne fällt. Die Turmuhr hat ein schwarzes Blatt und goldene Zeiger, aber keine Ziffern. Armin steht auf, um nachzuschauen, wie spät es ist.

Wir sollten etwas essen gehen, sagt er.

Die Röntgenaufnahme, sagt Lena. Könnte ich eine Kopie bekommen?

Und wieso?

Meinst du, man gibt uns eine Kopie?

Fragen kostet nichts, antwortet er.

Es ist dein Körper. Du bist der Patient, es ist dein gutes Recht, darum zu bitten.

Die Aufnahmen sind Eigentum des Krankenhauses, sagt Armin. Wie die Schrauben und Bolzen im Bein meines Freundes. Mein Körper gehört natürlich mir, die Röntgenaufnahme aber nicht.

Dann müssen wir sie klauen, sagt Lena.

Warum denn das?

Meine Kunst, sagt sie.

Du willst die Aufnahme verarbeiten?

Wenn du nichts dagegen hast. Mir schwebt ein lebensgroßes Bild vor. Deine Röntgenaufnahme mit den dunklen Bombensplittern wäre das Zentrum. Die Geschichte eines Mannes, rekonstruiert anhand mehrerer Orte.

Cool, sagt Armin.

Wäre dir das auch wirklich recht?

Aber sicher, sagt er. Ich bin dabei. Du lenkst sie ab, und ich lade währenddessen eine Kopie runter.

Er lacht: Keine Sorge, ich werde die Datei schon bekommen.

Lena küsst ihn. Sie brechen zu einem Restaurant auf, und ich höre, wie die Tür hinter ihnen zufällt. Im Zimmer herrscht Stille. In der Stadt werden die abendlichen Geräusche laut, und ein gelber Schein fällt durch das Oberlicht. Die Glocke des Turms läutet. Ich liege neben der Ananas und einem Bücherstapel auf einem breiten Tisch.

Das unterste Buch des Stapels ist das einer russischen Journalistin, die ermordet wurde, weil sie die Wahrheit ans Licht gebracht hatte. Sie war schon länger gefährdet, Einschüchterungen und gewaltsamen Übergriffen ausgesetzt gewesen. Man hatte sogar versucht, sie zu vergiften, und einer vorgetäuschten Hinrichtung unterzogen, bei der man direkt über ihrem Kopf einen Raketenwerfer abfeuerte. Und all das, weil sie über den Krieg in Tschetschenien berichtet hatte. Sie trotzte allen Drohungen, setzte ihre Recherchen fort und publizierte die Fakten in einer Moskauer Zeitung. Weil sie nicht zum Schweigen gebracht werden konnte, wurde sie schließlich im Fahrstuhl ihres Wohnblocks erschossen. Ausgerechnet an Wladimir Putins Geburtstag. Ein Mann, der in den Fahrstuhl gestiegen war, feuerte vier Schüsse auf sie ab.

Zwei in die Brust, einen in die Schulter und einen aus nächster Nähe in den Kopf. Es wird vermutet, dass höchste Regierungsstellen hinter dem Mord steckten.

Ihr Name lautet Anna Politkovskaja. Das Buch trägt den Titel *Tschetschenien: Die Wahrheit über den Krieg.*

Ihr Bericht über den zweiten Tschetschenienkrieg beschreibt das Land als kommerzialisiertes Konzentrationslager. Dörfer werden abgeriegelt. Kinder ertauben nach Bombardements. Die russischen Truppen lassen nicht einmal zu, dass die Menschen im Wald nach Bärlauch suchen, ihrer einzigen Vitaminquelle. Die mittellosen Dorfbewohner müssen Lösegelder aufbringen, um ihre Angehörigen freizukaufen, die vom Militär in irgendwelchen Löchern festgehalten werden. Die Leute sammeln Geld, um einen Nachbarn vor der Erschießung zu retten. Eine Frau soll für die Operation ihres verletzten Mannes fünfzigtausend Dollar zahlen. Sein Schädel ist eine klaffende Wunde. Sie hat kein Geld. Sie sucht einen Taxifahrer, der bereit ist, sie nach Grosny zu fahren. Doch die Hauptstadt ist abgeriegelt. Allmorgendlich versammeln sich Frauen vor einem Internierungslager und flehen, man möge ihre Männer freilassen. Jeder wird ein Preis genannt. Bezahlt eine Frau nicht, dann wird die Summe erhöht, weil eine Leiche in Tschetschenien teurer ist als eine lebendige Person. Die Journalistin schildert eine Schar von Frauen, die sich während der nächtlichen Ausgangssperre um einen Tisch versammelt haben und dem Lärm des fernen Beschusses lauschen.

Diese Frauen weinen nicht, obwohl sie es gern täten. In Grosny wird selten geweint. Man hat schon lange keine Tränen mehr.

Und das Kinderkrankenhaus.

Der Chefarzt, Ruslan Ganajew, erzählt, Eltern hätten zu Beginn der Blockade ihre Kinder geschnappt und seien vor den Säuberungen und Feuergefechten in die Dörfer geflohen. Sie hätten die Kinder sogar aus Intensivstationen geholt und dabei einfach die Schläuche gelöst. Ein Mädchen mit Zerebralparese sei kurzerhand von seinem Streckverband befreit worden. Die letzte Patientin des Krankenhauses sei die drei Monate alte Salawat Chamikow aus Chankala.

38

Ein spanisches Restaurant hatte das Catering übernommen. Der Wein wurde von dem gewohnten italienischen Händler geliefert, obwohl bei den Treffen kaum noch getrunken wurde. Julia hatte beschlossen, ihren Buchclub doch nicht in der Joseph-Roth-Diele zu veranstalten, weil es dort zu laut gewesen wäre. Stattdessen lud sie in ihre Galerie, wo ein paar bequeme Stühle im Kreis standen. Sie hatte das Licht gedämpft, auf einem großen Couchtisch stand ein Blumenstrauß neben einem Stapel jener Bücher, über die sie bei früheren Treffen gesprochen hatten. In der Kladde des Clubs war eine neue Seite aufgeschlagen worden.

Der Buchtitel war bereits notiert: *Die Rebellion*.

Hier würde eine Analyse stattfinden. Der Buchclub würde sein Urteil fällen. Auf einer Wand war die vergrößerte Projektion des Covers der Erstausgabe zu sehen: ein Krüppel, der seinem Schatten mit der Krücke droht. Außerdem ein Foto des jungen Roth mit Krawatte und verschmitzter Miene. Damals hatte er noch nicht begonnen, sich zu Tode zu saufen.

Die Gäste bedienten sich am Büfett.

Es waren appetitliche Tapas-Portionen, darunter vegane Gerichte wie Auberginen-Schnitzel oder Humus und Baba Ganoush aus einem israelisch-palästinensischen Restaurant. Auf einem anderen Tisch standen Kaffee, kleine Stückchen Apfelstrudel und Schokobrownies.

Julia fragte, ob jemand die Aufführung in der Schaubühne gesehen habe, bei der sich der Schauspieler am Ende ausgezogen und wie ein menschliches Schnitzel in Eiern und Paniermehl gewälzt habe. Gott sei Dank habe er die Unterhose anbehalten.

Guten Appetit, fügte sie hinzu.

Lena ist eine Künstlerin aus New York, die sich vorübergehend in Berlin aufhält, erklärte Julia ihren Gästen. Es hatte zwei Absagen gegeben. Anwesend waren Sabina Wilfried, eine aus Stuttgart stammende Lehrerin, die in Berlin lebende Britin Valerie Crosthwaite, Betreiberin einer Online-Arztpraxis, Renate Frohn, eine alte Schulfreundin Julias, die als Kulturmanagerin tätig ist, und der Grieche Yanis Stephanopoulos. Bitte schweigt zu Griechenland, sagte Julia, er will von seinem Land nichts hören. Sie nahm ihn in den Arm und sagte: Er schaut schon jetzt grimmig drein, seht ihr? Außerdem war Jürgen Kohl da, ein auf Paartherapien spezialisierter Psychoanalytiker. Seine Frau, Zeta, ist Kroatin, erzählte Julia, sie haben die zwei hübschesten Kinder auf der ganzen Welt.

Julia holte ihr Handy heraus und zeigte Lena ein Foto.

Erkennst du diesen Mann?

Das Bild stammt aus einem Spiegel-TV-Beitrag, sagte Julia, vom 9. Oktober 1989. Es zeigt die Bösebrücke, den berühmten Grenzübergang in der Bornholmer Straße. Diese Brücke kommt in dem Song von David Bowie vor: »Where are we now?«

Lena betrachtete das Foto. Es zeigte eine Menschenmenge, die kurz nach der Öffnung der Grenze zum ersten Mal die Brücke überquerte. Alle lächeln, die meisten sind jung, gespannt, voller Hoffnung, alle scheinen zu schwatzen. Unter ihnen ist ein hochgewachsener Mittzwanziger mit schwarzer Bomberjacke und Schultertasche. Er hält eine Flasche Bier und scheint im Vorübergehen etwas zu einem Grenzer zu sagen.

Julia zeigte auf Jürgen. Das ist er, sagte sie. Er hat die Brücke an dem Abend als Hundertster überquert. Stimmt's, Jürgen?

Jürgen nickte.

Lena lächelte: Ja, jetzt erkenne ich ihn.

Er war dabei, als Geschichte geschrieben wurde, sagte Julia. Schau dir mal die Klamotten an, Lena. Und seine Haare. Was hast du zu dem Grenzer gesagt, Jürgen?

Ich habe gesagt, er kann mich mal.

Die Nummer einhundert, sagte Julia. Von zwanzigtausend. Und von vielen weiteren Millionen.

Jammerschade, dass ich nicht der Erste war.

Ich liebe das Foto, sagte Julia.

Nachdem sich alle gesetzt hatten, eröffnete Julia das Treffen, indem sie noch einmal meinen Autor und meinen Titel nannte und darauf hinwies, dass ich bis heute in zig Ausgaben erhältlich sei. Während ich herumgereicht wurde, erwähnte sie, dass ich von Lenas Großvater vor der Bücherverbrennung gerettet worden sei. Sabina wollte wissen, ob das Hakenkreuz aus jener Zeit stamme, und Lena antwortete, nein, es sei neu, man habe die betreffende Seite herausgeschnitten.

Das Gespräch drehte sich zunächst um die Bücherverbrennung, und Sabina erwähnte eine spezielle Bibliothek, die sich in der Augsburger Universität befand. Nach dem Krieg hatte ein Geschäftsmann für viel Geld all jene Bücher gesammelt, die von den Nazis verboten worden waren. Sie hatten sein ganzes Haus gefüllt und waren ein paar Jahre vor seinem Tod von der Universität übernommen worden.

Gut, sagte Julia. Sprechen wir zunächst über den Inhalt des Buches. Magst du ihn zusammenfassen, Renate?

Renate erzählte in aller Kürze die Geschichte von Andreas Pum, der im Ersten Weltkrieg ein Bein verloren hat und sich in einem Wiener Militärkrankenhaus wiederfindet. Ich habe mich gefragt, ob es wirklich Wien ist, fügte sie hinzu.

Renate meinte, dem Autor sei es offenbar nicht darum gegangen, eine realistische Geschichte zu erzählen. Eher sei es eine Parabel, in der ein braver Leierkastenmann in der Straßenbahn Opfer eines ignoranten Schnösels werde. Man entzieht ihm die Straßenmusiklizenz, woraufhin seine Ehe zerbricht. Nachdem er eine Haftstrafe verbüßt hat, bietet ihm sein einziger Freund, Willi, der ehemalige Wurstdieb, eine Stelle als Toilettenmann in einem Café an. Dort arbeitet er bis zum bitteren Ende in der Gesellschaft eines Papageis, der alle Eintretenden begrüßt.

Der Roman endet mit einem Akt der Rebellion. Andreas Pum erklärt sich zum Heiden. Mit seinem Papagei als einzigem Zuhörer hält er vor den leeren Kabinen eine letzte Rede, in der er gegen alles aufbegehrt: gegen sein Land, den Staat, die Nation, Gott, Religion, Politik, den Krieg, die Gesellschaft, für die er sein Bein gegeben hat, gegen alle, die an seinem Niedergang beteiligt waren.

Ein Protagonist, der gegen den eigenen Autor aufbegehrt?

Er schlägt die bequemen Arbeitsstellen im Himmel aus, die ihm angeboten werden, und sagt: Ich will in die Hölle.

Yanis sagte, das könnte auch Samuel Beckett geschrieben haben. Ein Mann, der in einer Herrentoilette Dienst schiebt und in Gesellschaft seines Papageis über Nacht vergreist.

Einige kannten die Verfilmung des österreichischen Regisseurs Michael Haneke, in der Andreas Pum von jemandem mit einem Augenfehler gespielt wird. Das lässt ihn tragisch wirken, hilflos wie einen kleinen Jungen. In einer Szene dreht er auf dem Innenhof des Gefängnisses seine Runden, während Hühner nach Futter picken, als wären auch sie Gefängnisinsassen.

Jürgen ging, um sich Nachschlag zu holen.

Valerie sagte, der Roman bleibe der männlichen Perspektive verhaftet.

Das Buch wurde vor hundert Jahren geschrieben, erwidert Yanis.

Er hechelt Frauen mit großen Brüsten und breiten Hüften hinterher.

Ja, und?, fragt Julia.

Das ist Toter-weißer-Mann-Mist, sagt Valerie.

Der Autor ist ein toter weißer Mann – und war damals als Jude auf der Flucht vor den Nazis, ruft Yanis ihr in Erinnerung.

Schau mal, sagt Valerie, es ist ein schönes Buch. Ich will es gar nicht schlechtreden. Aber ich habe ein Problem damit, dass der Protagonist von seiner Frau vor die Tür gesetzt wird. Dadurch wird der Anschein erweckt, sie wäre schuld an seinem Schlamassel. Und das, fürchte ich, ist die Perspektive eines Frauenhassers.

Ganz ähnlich Roths Meisterwerk über den Niedergang Österreich-Ungarns, fuhr Valerie fort. *Radetzkymarsch.* Der junge Kadett Trotta wird mit fünfzehn von der Frau eines Sergeanten verführt. Sie knöpft seinen Uniformrock auf, zieht ihn ins Schlafzimmer und tritt die Tür zu, wenn ich mich richtig erinnere. Eine gute Szene, nur basiert sie auf dem Bild der Frau als Sünderin, die alles und jeden verdirbt.

Die Runde schwieg.

Wenn ich etwas dazu sagen darf, warf Jürgen ein. Er setzte sich wieder auf seinen Platz in der Runde, in der Hand eine Gabel mit einem Stück Süßkartoffel wie ein Mikrofon. Ich denke, sagte er, es hat weniger mit den Unterschieden zwischen den Geschlechtern zu tun, sondern vielmehr mit Erwartungen, die sich nicht ergänzen.

In meiner Praxis erlebe ich das ständig, sagte er. Ich habe oft mit Männern zu tun, die an Funktionsstörungen leiden. Darunter viele Kontrollfreaks. Hochgradige Narzissten. Männer voller Reue. Oder solche, denen man vorwirft, zu wenig Initiative zu zeigen. Männer, deren Auftritt durch ein Seufzen torpediert werden kann. Durch ein falsches Wort zum falschen Zeitpunkt. Ich verstoße hier nicht gegen meine Schweigepflicht. Gestern war einer bei mir, der Ehefrau und Kind an der Autobahn zurückgelassen hat, weil seine Frau eine Bemerkung über seinen Schwanz gemacht hatte. Ein anderer behauptet, seine Partnerin schaue beim Sex ständig auf ihr Handy. Ein weiterer Patient kehrte letzte Woche heim und ertappte seine Frau dabei, wie sie mit einem anderen Mann auf dem Teppich im Wohnzimmer schlief – zehn Jahre nach der Trennung. Sie hatte immer noch einen Schlüssel.

Aber ich schweife ab, sagte Jürgen. Ich will nur darauf hinweisen, dass das Gefühl der Unzulänglichkeit bei manchen Männern zu Aggressivität führt. Andere deckeln sie.

Renate sagte: Stellst du bitte die Cashewnüsse weg, Julia?
Wenn ich einmal anfange, kann ich nicht mehr aufhören.
Man hielt kurz inne, um das Essen zu loben. Yanis meinte,
er hätte nie geglaubt, dass Hummus so gut zu Calamari passe.
Das muss ich dir wirklich lassen, Julia, das Essen ist köstlich.
Danach begannen sie, über ihre Lieblingsrestaurants zu sprechen. Sabina fragte, ob jemand das russische Restaurant beim
Gendarmenmarkt kenne, es sei umwerfend gut.
Was ist das hier, hätte ich gern gefragt, ein Foodie Club?
Sabina kam auf ihren Mann zu sprechen. Heute Morgen,
erzählte sie, hätte ich Klaus fast in den Wahnsinn getrieben.
Ich habe Kaffee aufgesetzt, aber vergessen, den Topf in die
Maschine zu setzen. Der Kaffee floss auf den Küchentresen. Ich fand das unglaublich witzig. Es war so komisch, dass
ich lachen musste. Ich habe sogar gefilmt, wie der Kaffee auf
den Fußboden tropfte, und das Video meinen Freunden geschickt.
Klaus ist der Kragen geplatzt. Was soll das?, fragte er.
Er war so ernst, dass ich noch mehr lachen musste, fuhr
Sabina fort. Ich konnte nicht anders. Er hatte gestern Geburtstag, und wir haben in dem russischen Restaurant gegessen, es war herrlich. Und heute Morgen meine Blödheit. Als
wäre die Innigkeit des gestrigen Abends, die Blase, in der wir
uns befanden, plötzlich zerstört worden, sagt sie.
O mein Gott, sagte Sabina, unfassbar, dass ich euch diesen
Quatsch erzähle. Eigentlich wollte ich damit nur sagen, wie
leicht man missverstanden werden kann.
Und das passiert ständig. Hinterher heule ich, und am
nächsten Tag bin ich total neben der Spur. Dann dürfte ich
eigentlich kein Auto fahren. Keine schweren Maschinen be-

dienen. Ich bin wie benebelt, alles ist unwirklich. Bei Klaus ist das anders. Er wird ganz traurig. Er ähnelt einer verstummten Amsel. Legt diese düstere Musik auf. Irgendetwas hoffnungslos Dunkles und Tragisches. Meist Mahler. Oder Górecki. Ratet mal, was er heute Morgen gehört hat, sagt sie, in voller Lautstärke. Es war dieser Song über eine Frau, die am Fluss erschossen wird. *Down by the river I shot my baby,* zitierte sie den Song. Das bedeutet nicht, dass sie tatsächlich erschossen wird, schon klar. Es bringt nur zum Ausdruck, dass die Liebe bei Männern rasch in Gewalt umschlagen kann. Vielleicht deute ich zu viel hinein. Und trotzdem heißt es: *shot her dead.*

Alle saßen eine Weile schweigend da. Jeder schien nachzudenken. Einige standen auf, um sich einen Kaffee und Nachtisch zu holen. Julia fragte, ob sie den Strudel aufwärmen solle: Ich habe noch ein bisschen frische Pfefferminze, falls jemand einen Tee möchte.

39

Ein Roman Roths enthält in mancherlei Hinsicht die auffälligsten Parallelen zu seiner Ehe. Dieses schmale Buch, das gegen Ende seines kurzen Lebens entstand, ist sein eigentliches Meisterwerk, geschrieben in dem Bewusstsein, wie wenig Zeit ihm, der vor den Nazis floh, noch blieb. *Das falsche Gewicht.* Es ist die Geschichte eines Eichmeisters, der in eine Kleinstadt an der russischen Grenze versetzt wird. Er soll sicherstellen, dass niemand betrügt. In einer Phase, in der Österreich-Ungarn zu zerbrechen droht und eine Ära des Nationalismus heraufdämmert, schwelgt die Stadt ungehemmt in Betrug und Korruption, ähnlich wie Brody, der Geburtsort meines Verfassers. Eibenschütz, so der Name des Eichmeisters, kämpft auf verlorenem Posten um die Einhaltung korrekter Maße und Gewichte, und wird im Ort von allen verachtet.

Als er herausfindet, dass seine Frau ihn betrügt, versinkt sein Leben im Chaos. Sie gebiert einen Jungen und behauptet, dieser sei von ihm. Der niedergeschmetterte Eichmeister verliebt sich in der Grenzschenke, einer notorischen Stätte von Lug und Betrug, in die junge Euphemia Nikitsch. Er beginnt zu saufen und nimmt plötzlich am lokalen Leben teil, rutscht in genau jenes verlogene Dasein ab, das er eigentlich hatte bekämpfen wollen. Frei und ungebunden wie ein Maronenröster überquert er Grenzen mit Karren und Hund.

Dann bricht eine Cholera-Epidemie aus.

In einem Brief erfährt er, dass sein Sohn tot ist und seine Frau im Sterben liegt. Als er sie besucht, kümmert sich eine Nonne um sie. Seine Frau reckt ihm die Arme entgegen und erklärt, ihn immer geliebt zu haben: Muss ich denn sterben? Er möchte etwas Gutes für sie tun, vielleicht noch etwas Musik spielen, bevor sie stirbt. Er geht im Zimmer auf und ab und lauscht ihrem fiebrigen Stöhnen. Er steht am Fenster und schaut dem Regen zu, den Pferdewagen, die am Haus vorbeikommen, geführt von Männern mit schwarzen Kapuzen und beladen mit Cholera-Toten, die für ein Massengrab bestimmt sind. Die Krankenhäuser sind überfüllt, viele Menschen sterben zu Hause. Auf einem runden Tisch brennt eine Kerze wie ein letztes Zeichen der Güte. Im Augenblick ihres Todes greift seine Frau mit einem schrillen Schrei nach ihm. Er geht auf sie zu, um ein letztes Mal ihre Hand zu halten, aber die Nonne hält ihn barsch auf Abstand. Er bricht schluchzend zusammen und holt die Flasche heraus.

Vielleicht sollten wir zu *Die Rebellion* zurückkehren.

Yanis brachte den Buchclub auf das eigentliche Thema zurück.

In seinen Augen war der Leierkastenmann das Paradebeispiel für einen Menschen am Rand der Gesellschaft. Sein Glück wird durch einen vorurteilsbeladenen Schnösel zerstört.

Du glaubst also, es ist eine Parabel zum Thema Ausgrenzung?, fragte Renate.

Es ist die Geschichte eines Außenseiters, sagte Yanis, der am Ende dazu herabgewürdigt wird, in einem Café Toilettenbesuchern hinterherzuputzen.

In mancher Hinsicht, fuhr Yanis fort, musste ich während der Lektüre an *Ulysses* denken. James Joyce' Meisterwerk erschien gerade mal zwei Jahre zuvor. Die Geschichte von Leopold Bloom, der durch die Straßen Dublins schweift. Auch ein Ausgestoßener. Ein Gehörnter. Ein Jude. Betrogen von seiner Frau, die mit einem anderen schläft, während er den lieben langen Tag durch die Straßen wandert. Bloom hat seine Heimat verloren. Sein Land existiert nur in seiner Einbildung. Als er spätnachts heimkehrt, schläft seine Frau schon. Er hebt ihre Unterwäsche auf, und als er die Stücke vor sein Gesicht hält, dämmert ihm, dass er einem Zuhause niemals näherkommen wird als in diesem Moment.

Ich bin kein Literaturwissenschaftler, sagt Yanis, aber ich denke, Joseph Roth greift bei seiner Schilderung eines Außenseiters ebenso auf ein Motiv der antiken griechischen Literatur zurück wie Joyce. Der einsame Reisende.

Der Unerkannte.

Sie standen auf und wollten die Stühle wegstellen.

Lasst das bitte, sagte Julia.

Die Gäste schienen jedoch das Bedürfnis zu haben aufzuräumen. Also machten sie weiter, deckten das restliche Essen ab und trugen die benutzten Teller in die kleine Küche. Sie falteten die Tischdecken und stellten die Tische weg. Es kam zu verstreuten Gesprächen, während sie die Stühle wieder um den Couchtisch im Foyer gruppierten. Die Kladde lag noch auf dem Schreibtisch, damit jeder einen Kommentar notieren konnte.

Jürgen blätterte den Roman durch und stieß auf die Landkarte. Lena erklärte, sie sei vom ursprünglichen Eigentümer des Buches gezeichnet worden und zeige wahrscheinlich einen Ort nahe der polnischen Grenze.

Jürgen erzählte, er sei mit seiner Frau Zeta vor nicht allzu langer Zeit dort gewesen, um sich Immobilien anzuschauen. Vielleicht nur aus Nostalgie, meinte er, irgendetwas an der Landschaft lässt mich nicht los. Ich hätte dort gern einen Zufluchtsort. Zeta sagt, dort solle die Regel gelten, auf Handys und andere Geräte zu verzichten. Wir würden nur wandern, kochen und reden, schlicht lebendig sein.

Hört sich gut an, sagte Lena.

Wir haben mitten in einem Naturschutzgebiet ein hübsches Haus entdeckt, sagt Jürgen. Die Immobilienmaklerin bestand darauf, uns den Keller zu zeigen. Er war feucht. Es roch schimmelig. Und es gab nur ein Regal mit Gurkengläsern. Die Maklerin wies mehrmals auf die Geräumigkeit hin. Während des Krieges haben sich dort dreiundzwanzig Menschen versteckt, sagte sie. Alle haben überlebt. Sie wurden nicht mal von den Russen entdeckt. Es war der sicherste Ort in ganz Deutschland.

Die Maklerin pries den Keller als schlagendes Argument für einen Kauf an. Hier finden Sie Schutz vor allem, was die Welt Ihnen zumutet, und man weiß nie, was auf einen zukommt, sagte sie. Krankheit, Hunger, Immigranten, das Klima. Hier wären Sie in Sicherheit, erklärte sie. Es würde Ihnen nie an Wasser mangeln. Hier könnten sie Nahrungsmittel horten. Schauen Sie sich die Metalltüren an – Plünderer hätten keine Chance. Sie wären weit weg von Überflutungen. Und vor der Hitze geschützt, sagte die Immobilienmaklerin. Wenn die Welt brennen würde, hätten Sie es hier unten schön kühl.

Wollt ihr das Haus kaufen?, fragte Lena.

Wir haben sofort zugeschlagen.

40

Man sehe sie während ihrer glücklichen Zeit – Friederike Roth. Durch Berliner Straßen schlendernd, leise lächelnd, in einem pelzgesäumten Mantel mit einer Brosche auf dem Aufschlag. Der lange Mantel ist dezent kariert und gerade geschnitten, ein Doppelreiher mit vier großen Knöpfen. Sie hat den Glockenhut bis dicht über die Augen gezogen. Dunkle Handschuhe und spitze Schuhe, schimmernde Strümpfe. Sie ist siebenundzwanzig, Ehefrau eines aufstrebenden Schriftstellers. Sie trägt sein Manuskript unter dem Arm. Er geht neben ihr, sein Mantel steht offen, die Hände stecken in den Taschen, aus einer ragt eine Zeitung. Er trägt einen Anzug, ebenfalls ein Doppelreiher, weißes Hemd und Fliege. Seine Augen funkeln umtriebig, sein Lächeln wirkt trotzig, es scheint ein Wort von einem Mundwinkel zum anderen zu schicken. Beide gehen im Gleichschritt, sie heben jeweils den rechten Fuß.

Er habe sich nie vorstellen können, schreibt er, eine so mädchenhafte Frau so innig zu lieben. Er liebe ihre Schüchternheit, ihre Empfindsamkeit und ihr Herz, das voller Furcht und Zuneigung sei und sich immer vor dem fürchte, was es liebe.

Das war im Jahr 1927, vor der Machtergreifung der Nazis. Als die Welt vorübergehend im Sonnenschein lag. Bevor Friedl erkrankte und in eine Heilanstalt bei Wien eingewiesen wurde, um näher bei ihrer Familie zu sein.

Er schreibt ihren Eltern, wenn er genug Geld zusammenbekomme, werde sich Friedl gewiss erholen und müsse nicht in eine Anstalt.

Wenn es nicht zu viel Mühe koste, könne sie einen Kanarienvogel in ihrem Zimmer halten, das werde sie ablenken.

Er schreibt seinem Freund Stefan Zweig, er brauche monatlich 1200 Mark für seine Frau und 800 für sich selbst.

Im Falle seiner Frau könne er die Kosten nicht reduzieren, sie seien fix. Er werde sich abrackern, und wenn es ihn umbringe.

Seine Frau sei ihm wichtig, ohne sie könne er nicht überleben.

Und ihrer Mutter schreibt er, wenn Friedl wieder gesunde, wäre er weitaus älter als sie. Sobald er sich steinalt fühle, werde sie die Krankheit abschütteln, davon sei er überzeugt.

In allen Hotels und Restaurants Marseilles erkundigt man sich nach ihr.

Sein Leben geht weiter.

Er schreibt seinem Cousin, er habe sich in eine Zwanzigjährige verliebt, doch es sei unmöglich, ja fast ein Verbrechen, dieses Mädchen an sich zu binden, in das grässliche Durcheinander seines Lebens zu zerren.

Zum ersten Mal seit der Erkrankung seiner Frau fühle er sich wieder lebendig.

Und Stefan Zweig lässt er wissen, das Leben sei schöner als die Literatur. Literatur sei in jeder Bedeutung des Wortes ein Schwindel.

Seine Frau sei stumm, schreibt er. Seine Schwiegereltern redeten von ihrer Heilung und der Fortführung ihrer Ehe,

230

sie würden stets betonen, wie glücklich sie sei, wenn sie von ihm erzählten.

Hinsichtlich der kurzen Affäre mit der Zwanzigjährigen schreibt er, dass er es nicht ertrage, eine weitere Frau leiden zu lassen.

Ihrer Mutter schreibt er, Friedl noch bis August finanzieren zu können.

Wenn es Friedl besser ginge, würde es auch ihm besser gehen. Es sei grausam, er ertrage es nicht.

Seine Frau, lässt er Stefan Zweig wissen, sei in einem Zustand, der es ihm unmöglich mache, nach Österreich zu fahren.

Er sei sehr froh gewesen, schreibt er ihrer Mutter, Friedls Handschrift unverändert zu sehen.

In letzter Zeit sei sie klarer, schreibt er seinem Cousin, sie erkundige sich gelegentlich nach ihm, doch ihm fehle die Kraft, nach Wien zu fahren. Welchen Nutzen hätte das? Er frage sich, ob er tatsächlich zu seiner Frau zurückkehren wolle, selbst wenn sie wieder ganz bei Verstand wäre.

Das Einzige, teilt er Stefan Zweig mit, was er noch fortsetze, seien die monatlichen Zahlungen an die Heilanstalt, in der seine Frau sich befinde.

Bis zum zwanzigsten September müsse er leben wie ein Hund.

Und ihrer Mutter schreibt er, er denke an sie und ihren Schmerz und hoffe, Friedls Genesung werde sie alle trösten.

Derweil lebt er mit einer anderen Frau zusammen. Andrea Manga Bell. Kubanischer Vater, aus Hamburg stammende Mutter. Sie hat zwei Kinder aus einer Ehe mit einem Prinzen aus Kamerun. Sie arbeitet in der Redaktion eines Musikverlags. Roth nimmt seine Rolle als Versorger ernst. Er kann gut mit Kindern, denkt sich Geschichten aus wie die, er sei als Rabe geboren und von der Vogelmutter aus dem Nest geworfen worden.

Er behandelt Manga Bell wie sein Eigentum. Er verbietet ihr das Tanzen. Lässt nicht zu, dass sie Badeanzüge trägt. Untersagt ihr, zum Friseur zu gehen, weil derlei Läden Bordelle seien, der Friseur solle Hausbesuche machen. Er will nicht, dass sie weiter als Redakteurin tätig ist, sie wiederum hat den Eindruck, er wolle sie abhängig machen.

Manga Bell beschreibt ihn als hässlichen Mann, der die Frauen jedoch stark anziehe. Es habe immer wieder solche gegeben, die sich in ihn verliebt hätten, schreibt sie. Sie habe nie einen Mann von so großer sexueller Anziehungskraft gekannt. Er habe sich so träge bewegt wie eine Schnecke, nie habe man ihm eine spontane Bewegung angemerkt, er habe gelauert, jede Miene sei berechnet gewesen. Trotzdem habe er so zärtlich sein können wie niemand sonst, und sie sei verrückt nach ihm gewesen.

Sie trinken viel und streiten oft. Er unterstellt Andrea, eine Waffe in ihrer Handtasche bei sich zu führen. Er bittet einen Freund, ihn zu einem Versöhnungsgespräch zu begleiten, damit sie ihn nicht über den Haufen schieße.

Die Beziehung mit Andrea Manga Bell nimmt ein bitteres Ende.

Er schreibt viel über den Irrsinn. Eine Gruppe Verrückter, die aus einem Zug steigt. Eine Mutter, die dem Wahnsinn anheimfällt, als sie erfährt, dass ihr Sohn im Krieg gefallen ist. Einmal schildert er sich selbst als Irrsinnigen, in eine

Gummizelle gesperrt, in der es nur einen auf dem Boden festgenieteten Hocker gibt, einer seiner Mundwinkel zuckt, der Versuch eines Lächelns, nur haben seine Lippen vergessen, wie es geht.

Er beschreibt den grassierenden Irrsinn in der Gesellschaft. Der Nationalismus ist der neue Glaube. Er schreibt über Hitler und den auf den Straßen entfesselten Wahnsinn.

Er säuft immer mehr und schreibt wie besessen Romane, als könnte es ihn davor bewahren, verrückt zu werden.

An Stefan Zweig schreibt er, seine Schwiegereltern wollten nach Palästina auswandern. Nur aus gutem Willen gegenüber diesen alten Menschen habe er so viel für seine Frau getan; nun lasse die Mutter ihre Tochter im Stich, er sei ab jetzt die alleinige Mutter.

Seine Frau sei zurzeit unentgeltlich in einer Anstalt in Baden bei Wien untergebracht, doch die Heilanstalt verlange siebentausend Schilling.

Bei anderen gehe die Liebe durch den Magen, bei ihm durch das Gewissen.

Seiner französischen Übersetzerin Blanche Gidon schreibt er, er habe Amsterdam überstürzt verlassen müssen, um nach Paris (sein Codename für Wien) zu seiner Frau zu fahren. Er verlebe dort entsetzliche Tage, sei todunglücklich.

Er habe die Scheidung angeleiert, eine extrem schwierige Angelegenheit.

Die Heilanstalt seiner Frau habe ihm Gerichtsvollzieher auf den Hals gehetzt.

Er sieht davon ab, sich scheiden zu lassen.

In Ostende beginnt er eine Beziehung mit der Romanautorin Irmgard Keun. Sie ist keine Jüdin, doch ihre Bücher, in denen sie emanzipierte Frauen feiert, wurden trotzdem verbrannt. Sie strengte eine Klage gegen die Kulturkammer an, deren Vorsitzender Joseph Goebbels persönlich entschied, welche Bücher zu verbieten seien, fand aber kein Gehör. Sie wurde inhaftiert und erst gegen eine hohe, von ihrem Vater hinterlegte Kaution auf freien Fuß gesetzt. Sie floh nach Belgien. Über Roth schreibt sie, ihre Haut habe sofort Ja zu ihm gesagt.

Irmgard ist jung und attraktiv. Sie war noch nie so verliebt. Sie ist noch nie jemandem mit so großer sexueller Energie begegnet. Sie liebt seinen Kampf, sein Unglück, sein Scheitern, seine Wut auf Hitler und die verlogene Welt. Sie charakterisiert ihn als begnadeten Hasser. Sie bezeichnet ihn als Kind aller Länder. Sie leben und trinken und schreiben gemeinsam. Es geht stetig bergab mit ihm, die Zähne fallen ihm aus, seine Augen sind gerötet. Er isst kaum noch etwas, seine Beine sind mager, sein Bauch gleicht einer Kanonenkugel. Er wirkt wie ein alter Mann mit dem Geist eines Kindes, ruft nach der Mutter. Und er wird wieder von Eifersucht zerfressen. Er klammert so sehr, dass er sie nie aus den Augen lässt, in den Hotelfluren ihren Namen brüllt.

Als sie ihn nach anderthalb Jahren und zahllosen heftigen, betrunkenen Streitereien verlässt, sagt Irmgard Keun, der Alkohol habe ihn seiner Männlichkeit beraubt. Es sei eher eine tiefe Freundschaft als die große Liebe gewesen, sagt sie. In Wahrheit habe er immer nur Friedl geliebt.

Kein Tag sei vergangen, ohne dass er von ihr gesprochen hätte.

Zum letzten Mal sieht er Friedl durch den Spion ihres Zimmers.

Er ist heimlich in Wien. Fährt mit der Tram zum Vorort Penzing, zu der auf einem Hügel gelegenen Heilanstalt »Am Steinhof«. Trinkt einen Schluck Cognac, bevor er den riesigen Komplex betritt – sechzig Gebäude und eine weiße Kathedrale mit goldener Kuppel. Die drei- bis vierstöckigen Häuser, Pavillons genannt und durch Baumgruppen in verschiedene Bereiche unterteilt, beherbergen fünfzehntausend Patientinnen und Patienten. Es ist die neue Heil- und Pflegeanstalt, eine Stadt innerhalb der Stadt. Fenster, die sich vertausendfachen wie bei einer Wahnvorstellung. Tausende Augen, die erkannt werden wollen. Man muss ihm erklären, wie er zu ihr gelangt. Er ist mit den Zahlungen im Verzug, und man droht, sie in eine Einrichtung zu verlegen, wo sie ihren Aufenthalt durch Arbeit verdienen muss. Er kann nicht zu ihr. Sie sind durch die verriegelte Tür getrennt.

Er ruft ihren Namen.

Sie schreit ihn an, er solle verschwinden.

Sie neigt inzwischen zu Gewalttätigkeit. Laut der Erinnerungen Friderike Zweigs, Ehefrau von Stefan Zweig, wurde es für Roth irgendwann zu riskant, sich in einem Raum mit ihr aufzuhalten.

Sie hasse ihn, schreibt er.

Die schlanke Frau mit Glockenhut und Mantel mit Pelzkragen, die an seiner Seite durch Berlin spazierte, hockt auf dem Fußboden und stiert ins Nichts. Ihr Gesicht ist aufgedunsen. Sie verletzt sich regelmäßig selbst, biegt die Beine nach hinten und beschädigt ihre Kniegelenke.

Ihre Akte enthält Fotos, auf denen sie aussieht wie eine inhaftierte Kriminelle. Eines zeigt sie von vorn, das andere im Profil. Sie trägt einen gestreiften Anstaltskittel mit großen schwarzen Knöpfen. Ihr Blick ist drohend. Trotzig und leidend. Ihre Lippen deuten ein gequältes Lächeln an. Auf dem Profilbild lehnt ihr Kopf an einer Metallhalterung, in der ein Kärtchen mit ihrem Namen steckt: Roth, Frieda.

In einem seiner Romane schreibt er, die Straßenlaternen würden sich nach der Morgendämmerung sehnen, um endlich gelöscht zu werden.

Wer wollte ihm vorwerfen, in seine Schaukelpferdtage zurückzufallen? In die Kindheitsfantasien von der Kavallerie, die durch seine Heimatstadt zog? Es war seine Art zu trauern, der Versuch, Friedl in sein Leben zurückzuträumen, Ausdruck der hartnäckigen Hoffnung, sie könnte vielleicht doch noch geheilt werden, wenn man den Lauf der Geschichte verlangsamte.

Er träumte von der Wiederherstellung der österreichischen Doppelmonarchie mit ihrer Vielfalt und ihren offenen Grenzen. Die den Juden Schutz bot. In der Maronenröster und Pferdehändler frei von einem Land ins nächste ziehen konnten. Ein Reich mit Städten, deren Bevölkerung bunt gemischt war. In dem die Musik den Handelsrouten von Osten nach Westen folgte, von Süden nach Norden. Seine politischen Ansichten wurden immer abstruser, am Ende glaubte er, man könnte Hitler daran hindern, Österreich zu annektieren, indem man den Kaiser wieder inthronisierte. In seinen wildesten, trunkensten Visionen plante er, den im Exil lebenden Thronerben in einem Sarg nach Österreich zu schmuggeln. Eine aberwitzige Vorstellung. Der Kaiser, von den

Toten auferstanden, steigt aus dem Sarg in eine dem Untergang geweihte Demokratie. Eine umgekehrt ablaufende Beerdigung. Eine rückwärts tickende Uhr. Roth hatte die äußerste Grenze der Tragik erreicht. Seine private Katastrophe vollzieht sich parallel zur globalen Katastrophe. Der Fall Europas, der kollektive Abstieg in den Wahnsinn, verkörpert durch Friedl, die er ein letztes Mal auf dem Fußboden ihrer Zelle erblickt, geradeaus starrend, die Beine zwanghaft nach hinten gezogen.

Zuletzt wurde sie in die entlegene Anstalt Mauer-Öhling verlegt, deren Patientinnen und Patienten als billige Arbeitskräfte auf umliegenden Höfen und in Haushalten eingesetzt wurden. Kaiser Franz Joseph hatte anlässlich der Eröffnung gesagt, es sei ein wunderbarer Ort, um ein Narr zu sein.

Am Tag bevor Hitler in Wien Einzug hielt, floh Roth aus der Stadt. Er kehrte nach Paris zurück und fuhr fort, zu schreiben und sich zu Tode zu saufen. In seinem letzten Roman sah er sich ein letztes Mal mit seiner Frau vereint. Im Alter von vierundvierzig Jahren starb er in einem Pariser Armenspital elend am Delirium tremens – am 27. Mai 1939.

Am 15. Juli 1940 wurde Friedl aus Mauer-Öhling geholt und per Bahn nach Linz verbracht. Dort setzte man sie in einen schwarzen Autobus. Einer jener schlichten schwarzen Busse, in denen die Jugend des Umlands nach Linz ins Kino gefahren war. Die Fahrt dauerte nicht lange. Das Ziel war Schloss Hartheim, wo sich die Töchter der christlichen Liebe vom heiligen Vinzenz von Paul jahrelang um geistig behinderte Kinder gekümmert hatten. Als die Nonnen des Schlosses verwiesen worden waren, hatte eine gefragt, ob sie einige der Kinder mitnehmen dürften. Das war abgelehnt worden. Das Schloss wurde mit Gemeinschaftsduschen und Öfen ausgestattet. Die Schornsteine waren unablässig in Betrieb, sie qualmten sogar im Sommer. Die Menschen in der Umgebung mussten ihre Fenster schließen. Der Geruch verbrannter Menschen hing in den Zimmern wie ein Gedanke, der weder formuliert noch verdrängt werden konnte. Der schwarze Bus fuhr durch das Tor auf den Innenhof. Dort musste Friedl aussteigen. Man brachte sie direkt zu den Duschen und forderte sie auf, sich zu entkleiden.

Frieda Roth. 1900-1940.

41

Lena holte ihn vom Flughafen ab. Sie stand mit verschränkten Armen in der Empfangshalle, sah wiederholt zur Anzeigetafel. Sie beobachtete, wie es zum Wiedersehen teils verblüffender Paare kam. Als Mike erschien, erkannte sie ihn nicht sofort. Und auch sein Blick schweifte über die Wartenden, als hielte er Ausschau nach einer anderen. Sie stürzte auf ihn zu und umarmte ihn. Sie küsste ihn leidenschaftlich und trat einen Schritt zurück. Sie lächelte und wischte mit dem Handgelenk über ihre Augen.

Im Taxi hielten sie Händchen.

Beim Hotel angekommen bezahlte er den Fahrer. Er hatte nur einen Koffer dabei – er reiste mit leichtem Gepäck. Er trug Wanderstiefel. Eine Hose mit Tarnmuster. Eine militärisch geschnittene Jacke mit zugeknöpften Brusttaschen.

Das Hotelzimmer bot einen Blick auf den Bahnhof Friedrichstraße, wo S-Bahnen und Fernzüge wie Modelleisenbahnen unter dem langgestreckten Dach einfuhren und ausfuhren, so weit entfernt, dass sie nicht zu hören waren.

Sie küssten sich.

Sie wiederholten drei-, viermal ihre Namen.

O Mann, Lena, sagte er. Jetzt weiß ich, wie sehr ich dich vermisst habe.

Sie betastete seinen Bart und sagte: Toll. Du siehst aus,

als kämst du direkt aus dem Wald. Und deine Oberarme …
Hast du Holz gehackt?

Sie gingen in ein italienisches Restaurant in der Rudi-Dutschke-Straße. Benannt nach einem Revolutionär, der auf seinem Fahrrad angeschossen worden war, wie Lena erklärte. Weiße Decken auf den Tischen längs der Wand, eine lange Bar und hinten, vor hohen Fenstern, weitere Tische. Das Restaurant war gut besucht. Das Stimmengewirr laut. Sie mussten den Kellner mehrmals vertrösten, weil sie die Speisekarte vergaßen. Sie lachte: Konzentrieren wir uns. Mike bestellte Lammkoteletts, sie Thunfisch. Sie baten um einen Antipasti-Teller vor dem Hauptgang und wählten den Wein aus.

Sie brachten sich gegenseitig auf den neuesten Stand. Es war eine fast geografische Angelegenheit. Manchmal waren sie einander nahe, dann wieder weit voneinander entfernt und sahen sich über den Tisch hinweg an wie über den Atlantik.

Sie erzählte, in der Bahn zum Flughafen habe ein Mann auf Englisch gesungen. Er sei so verwirrt gewesen, dass er die immer gleichen Worte wiederholt habe, über Liebende, durch Meere voneinander getrennt. Findest du die Parallele nicht auch verrückt?, fragte sie.

Sie schwiegen kurz.

Und deine Mom?, wollte sie wissen.

Sie hat es schwer, sagte er. Ich war gestern bei ihr, um beim Packen zu helfen. Wird ein wenig dauern, bis der Verkauf abgewickelt ist, aber ich fand es sinnvoll, dass sie sich gleich wieder einrichtet. Sie wird zunächst eine Wohnung mieten. Sie will unbedingt weg. Die Atmosphäre ist völlig vergiftet. Die Nachbarn haben Hunde angeschafft, große schwarze Wachhunde, die auf dem Parkplatz herumlaufen.

Du ahnst sicher, was passiert ist, fuhr Mike fort. Eines Tages fand sie keinen Parkplatz in der Straße, also fuhr sie hinter das Haus. Die Tore des dortigen Parkplatzes standen offen, und sie dachte: Egal, ein letztes Mal. Und dann saß sie in der Falle. Die Hunde hielten sie im Auto fest. Sprangen am Wagen hoch und sabberten die Scheiben voll. Zwei riesige Rottweiler. Die Nachbarn hatten sie vermutlich rausgelassen, als meine Mutter gekommen war, und dann die Tore geschlossen. Sie konnte nicht aussteigen, die Hunde knurrten schon, wenn sie nach ihrem Handy greifen wollte. Die Autotür ist total zerkratzt.

Das muss furchtbar gewesen sein, sagte Lena.

Sie hat mich angerufen, sagte Mike, aber ich war in einer Sitzung. Sie saß eine geschlagene Stunde fest.

Hat sie denn nicht die Polizei gerufen?

Das ist es ja, antwortete Mike. Sie hat den pensionierten Cop angerufen, Dan Mulvaney. Und der kam sofort mit seinem Gewehr. Er kletterte über den Zaun und erschoss beide Hunde. Einen, kurz bevor das Biest ihm an die Kehle gehen konnte, erzählt meine Mutter. Es muss wie in einem Horrorfilm gewesen sein. Zwei große schwarze Tiere tot auf dem Asphalt.

Eines mit halb zerfetztem Kopf und entblößten Zähnen, sagte Mike, als hätte er sich selbst das Gesicht abgebissen.

Mein Gott.

Meine Mutter erzählt, Dan habe sie an den toten Hunden vorbei zu ihrem Haus gebracht. Er trug ihre Einkäufe, und sie lud ihn auf einen Kaffee ein. Sie bat ihn, das Gewehr draußen zu lassen.

Sie sollte gegen die Nachbarn klagen.

Sie ist heilfroh, endlich verschwinden zu können, meinte Mike. Sie kam sich vor wie eine Fremde im eigenen Land. Sie wollte nicht mal zurückkehren, um ihre Sachen zu holen. Der ganze Kram steht noch in meinem ehemaligen Zimmer. Ich kann ihn unmöglich nach New York schaffen. Ein großer Container mit all meinem Krempel, darunter mein alter Baseballhandschuh. Ich musste mich zusammenreißen, um nicht alles durchzusehen und in Kindheitserinnerungen zu schwelgen. Das hätte ewig gedauert. Ich wäre immer noch dort.

Ich hoffe, sie kommt jetzt zur Ruhe, sagte Lena.

Sie erwägt, nach Kalifornien zu ihrer Schwester zu ziehen. Das ist ihr langfristiger Plan. Das Wetter in Iowa macht ihr zu schaffen. Ich glaube, sie will einen sauberen Schlussstrich.

Lena griff über den Tisch hinweg nach seinen Händen.

Und du?, fragte er. Du hast deinen Onkel in Magdeburg besucht.

Schau mal, sagte sie.

Sie zog mich aus ihrer Tasche. Sie zeigte ihm ein weiteres Mal die Landkarte.

Henning weiß, wo sich der Ort befindet, sagte sie. Er liegt dicht an der polnischen Grenze. Wir könnten mit der Bahn fahren.

Ich habe einen Termin in Frankfurt, sagte er.

Ich habe auf dich gewartet, Mike.

Es ist ein wichtiger Kunde, sagte er. Das muss ich zuerst erledigen, Lena.

Also eine Geschäftsreise.

Nein, nicht nur, sagte er. Ich habe Pläne. Wart's ab.

Du musst mitkommen, Mike, sagte sie. Ich bin überzeugt,

dass dort etwas zu finden ist. Ich weiß nicht, was, aber ich
möchte, dass du es gemeinsam mit mir entdeckst.

Ich habe schon alles gebucht, sagte er. Die Reise nach
Transsylvanien. Zu deinem Geburtstag.

Aber ich muss das machen, sagte sie.

Er klang aufgeregt, als er seine Pläne schilderte. Zuerst
wolle er nach Frankfurt, um das Geschäftliche zu regeln.
Danach würden sie sich in Bukarest treffen. Von dort würden
sie nach Brașov fahren, eine Stadt im Gebirge. Eine wunderschöne Stadt der Siebenbürger Sachsen, sagte er. Ich habe
einen Führer organisiert. Răzvan wird uns in seinem Jeep zu
einer Stelle fahren, wo wir eine Wanderung durch einen riesigen Buchenwald antreten können. Danach sind wir in einer
Kleinstadt, die in einem der vielfältigsten Biosphärenreser-
vate Europas liegt. Die dortige Landwirtschaft wird noch be-
trieben wie vor Jahrhunderten, auf jedem Hof gibt es einen
Heuhaufen, und Mauern schützen die Tiere vor Wölfen
und Bären. Es gibt viele Roma, von denen manche bis heute
ohne Elektrizität leben. Wir feiern deinen Geburtstag auf
zweitausend Metern Höhe, Lena. Dort gibt es eine Schäfe-
rei, erzählt Răzvan, deren Schäfer den Käse vor Ort herstel-
len – den werden wir im Freien essen, frisch, und dazu Pflau-
menschnaps trinken.

Wir werden in einem Kloster wohnen, oben auf dem Berg,
fuhr er fort. Răzvan hat alles organisiert. Es liegt mitten im
Nirgendwo. Der Aufstieg dauert fünf Stunden. Die Mönche
sind Selbstversorger, sie leben auf einer Hochebene, wo sie
Ackerbau betreiben, Rinder und Schafe halten. Ihr Brot soll
laut Răzvan eine Köstlichkeit sein. Bei einem seiner Besuche
zeigte ihm der Abt mit mehlbestäubten Händen die Kloster-

zelle. Es ist absolut entlegen. Kein Tourist verirrt sich dorthin. Nur wir zwei, Lena. Ein Leben wie vor fünfhundert Jahren. Nachts hört man bloß das Klacken der Hölzer, mit dem die Mönche zum Gebet gerufen werden. Nur dort kann man noch so tief in die Vergangenheit eintauchen. Es wird dich umhauen.

Wir müssen aber in getrennten Zellen schlafen, ergänzte er.

Sie erwiderte lächelnd: Also jeder für sich allein.

Du könntest nachts zu mir schleichen, meinte er. Wenn die Mönche nach den nächtlichen Gebeten wieder in ihren Zellen sind. Ich lasse die Tür für dich offen.

Hoffen wir mal, dass ich die richtige Zelle finde, sagte sie.

Die Hauptgerichte wurden serviert. Seine Lammkoteletts bildeten ein Tipi neben einem Kohlsalathügel und Pommes frites, angeordnet wie die Scheite eines Lagerfeuers. Ihr Thunfischsteak lag auf einer Schicht aus Kartoffelgratin, daneben befand sich ein Teich aus Pflaumensauce. Mike begann sofort zu essen. Lena griff zu Messer und Gabel und schnitt in den zarten Thunfisch, der durch das Grillen kreuz und quer verlaufende dunkle Rillen hatte.

Ein oder zwei Sehenswürdigkeiten sollten wir uns aber anschauen, sagte Mike. Zum Beispiel das berühmte Schloss Peleş, in dem angeblich der kommunistische Staatschef Ceauşescu gewohnt hat. Es war sein Sommersitz, er ging dort auf die Jagd. Angeblich fing man Bären für ihn, die in den Gärten ausgesetzt wurden, damit der Staatschef sie morgens nach dem Aufstehen von seinen Gemächern aus erlegen konnte. Er war ein lausiger Schütze, sagte Mike. Deshalb wurde in aller Heimlichkeit ein weiterer Schütze postiert, der den Bären für ihn schoss. Der große Führer bildete sich ein, das Echo seines Schusses im Schloss zu hören.

Mike lachte beim Essen. Er aß ein Lammkotelett heißhungrig mit den Fingern. Er wischte mit der Serviette über Mund und Finger, bevor er nach dem Weinglas griff.

Ich will auch jagen, sagte er. Gegen Ende der Reise. Răzvan hat alles geklärt. Lizenz, Jagdgewehr und so weiter. Das interessiert dich bestimmt nicht, sagte er, aber Gabi, seine Frau, hat sich bereit erklärt, mit dir zum Dracula-Schloss zu fahren, obwohl es nicht ganz authentisch zu sein scheint. Vielleicht möchtest du lieber die Salzbergwerke besichtigen. Unterirdische Kavernen, riesig wie Kathedralen, in denen Leute Fußball spielen. Angeblich heilsam für Lungenkranke.

Lena aß so langsam, als wäre ihr der Appetit vergangen oder als hätte sie lieber etwas anderes bestellt.

Diese Bären, sagte sie. Ich muss ständig an sie denken, Mike. Sie ziehen durchs Gebirge, fressen Beeren, Laub, Gräser, Wurzeln, sind rundum zufrieden. Ein gemütliches Leben, obwohl sie schon so gut wie tot sind.

Er spürte ihren Unwillen.

Glaub mir, Lena, das wird super. Nach der Jagd stoße ich wieder zu dir. Dann besichtigen wir die Moldauklöster im Norden des Landes mit ihren prächtigen Fresken. Wir werden das Glücklichsein neu erfinden, Lena, das schwöre ich.

Sie sah ihn stumm an, tat die Gabel weg. Sie legte eine Hand auf mein Cover und sammelte sich kurz, bevor sie sprach.

Ich muss das tun, sagte sie.

Warum bist du so besessen von diesem Buch?

Ich hatte auf dich gezählt, Mike.

Lena, ich fahre nicht mit, um die Habseligkeiten irgendwelcher Juden auszugraben, sagte er. Willst du deshalb dorthin? Suchst du einen Schatz? Wenn du etwas fändest, müsstest du es melden, das ist dir klar, oder? Du könntest das Zeug nicht einfach einsacken.

Darum geht es mir gar nicht, Mike.

Der Grundeigentümer erhält die Hälfte.

Die Grundeigentümer haben es sicher den Juden abgeknöpft, die dort bis zum Ausbruch des Zweiten Weltkriegs gewohnt haben. Ich habe nicht die Absicht zu behalten, was ich finde, Mike. Du solltest mich besser kennen.

Und wem würden die Dinge gehören?

Ich würde versuchen, die rechtmäßigen Eigentümer ausfindig zu machen. Und wenn das nicht klappt, lasse ich mir etwas anderes einfallen.

Der Staat wird das meiste einstreichen.

Ich bin nicht daran interessiert, mich zu bereichern.

Du könntest behaupten, es von deinem Onkel erhalten zu haben, sagte er. Auf diese Weise wären die Grundeigentümer außen vor. Doch der Staat wird einen Anspruch darauf erheben und dir nur einen kleinen Anteil gönnen. Es wäre die Mühe nicht wert.

Mir geht es um die Geschichte dahinter, sagte sie. Um ihre Bedeutung für uns, Mike, für dich und mich. Ich möchte, dass wir zusammen hinfahren, um herauszufinden, ob es dort etwas gibt, und wenn ja, was es ist.

Mike wischte noch einmal mit der Serviette über seinen Mund und nahm mich zur Hand. Er blätterte die Seiten durch und stieß auf die mit dem Hakenkreuz.

Was ist das?

Sie begann zu erklären, was sich zugetragen hatte.

Das Buch wurde gestohlen, erinnerst du dich?, sagte sie. Dann wurde es von einem Tschetschenen im Görlitzer Park entdeckt. Er heißt Armin Schneider. Seine Schwester, Madina, ist Sängerin. Ich habe dir Links zu ihren Songs geschickt. Diese Seite wurde aus dem Buch geschnitten und kam dann mit dem Hakenkreuz zurück, als eine Art Morddrohung. Armin und ich mussten zur Polizei.

Mike hörte auf zu essen.

Inzwischen ist es Teil meines aktuellen Projekts, sagte sie. Das Leben Armins. Seine Verwundungen aus dem Tschetschenienkrieg. Der Verlust seiner Eltern. Die Bombensplitter in seinem Körper.

Mike legte Messer und Gabel ab, um zuzuhören.

Ich habe ihn um seine Röntgenaufnahmen gebeten, sagte Lena. Sie zeigen drei schwarze Metallsplitter in seinem Körper. Diese Aufnahmen und alles andere, was ich über ihn herausfinde, sollen die Grundlage meiner Arbeit bilden. Es wird eine visuelle Geschichte seines Lebens.

Mike, der ihr über den Tisch hinweg in die Augen sah, legte die Serviette neben den Teller.

Ah, ich kapiere, meinte er.

Er stand wortlos auf und ging.

Lena reagierte mit leichter Verzögerung.

Mike, rief sie ihm nach.

Er ging zwischen der Bar und den Tischen hindurch, zog dabei seine Jacke an.

Lena warf mich in ihre Tasche, als wäre sie erzürnt, weil ich nicht zu ihr gehalten hatte. Sie folgte Mike durch das Restaurant, rannte fast. Sie blieb stehen, um dem Kellner zu sagen, sie komme gleich wieder, um zu bezahlen. Sie müsse erst Bargeld holen. Er schien zu merken, dass sie es eilig hatte, und sagte nur *prego*.

Sie eilte ohne Mantel auf die Straße und entdeckte Mike in einiger Entfernung.

Mike, bitte.

Sie folgte ihm in den Bahnhof Friedrichstraße, früher an der Grenze zwischen Ost- und Westberlin gelegen. Sie hatte ihm all diese Orte zeigen wollen. Die Reste der Mauer, die Tunnel, das Stasi-Hauptquartier mit dem Schreibtisch, an dem Erich Mielke seine Überwachungsaktionen dirigiert hatte. Den Ort der Bücherverbrennung vor der Oper, wo sich ein im Boden versenkter Raum mit leeren weißen Regalen befand. Stattdessen rannte sie auf einen Bahnsteig und rief über die Gleise nach einem Mann, der, wie sich herausstellte, gar nicht Mike war.

Sie rief ihn an.

Keine Reaktion.

Ihr blieb nichts anderes übrig, als ins Hotel zurückzukehren und auf ihn zu warten.

Alles meine Schuld. Ich hatte sie nach Berlin gelockt. Ich war verantwortlich dafür, dass Armin in ihr Leben getreten war. Ich hatte dieses erzählerische Experiment angekurbelt, war blindlings und ohne die Folgen zu bedenken in eine nicht kartierte Geschichte aufgebrochen. Ich hätte es besser wissen müssen, denn unzählige Bücher in Hennings Bibliothek erzählten genau davon. Hatte ich denn nicht genug Lebenserfahrung, um zu wissen, dass Liebe nie stockt, sondern wie Wasser strömt, abfließt und zurückschwappt, im Uhrzeigersinn strudelt?

Sie beobachtete im Hotelzimmer, wie Züge in die große Halle fuhren oder diese verließen. Das Dach war während des Krieges von Bomben getroffen worden, eine Lokomotive hatte an verbogenen Gleisen gehangen. Lena öffnete eine Wasserflasche. Ich konnte hören, wie der Sprudel zischte. Ich weiß nicht, ob sie etwas trank. Sie starrte weiter die Züge an, wartete darauf, dass Mike an einem der Bahnsteige ankam wie ein Reisender, der an einem unbekannten Ort im Osten aufgebrochen war. Schließlich legte sie sich mit Schuhen auf das Bett, als müsse sie gleich wieder aufspringen und gehen.

42

Er tauchte mitten in der Nacht auf, als wäre er mit einem verspäteten Zug eingetroffen. Vermutlich gegen drei Uhr früh, denn im Bahnhof herrschte Ruhe. Vor dem Seiteneingang warteten einige wenige Taxis auf letzte nächtliche Kunden. Lena schlief. Nach dem Eintreten schloss Mike lautlos die Tür, es klickte nicht einmal. Er blieb kurz stehen, ging dann zum Fenster und verharrte dort. Die Vorhänge waren offen.

Warum erwachte sie nicht?

Sie hätte seine Anwesenheit im Schlaf spüren, sich aufrichten und ihn bitten müssen, sich neben sie zu legen. Dann hätte sie den Kopf auf seine Schulter gebettet, und am nächsten Morgen hätten sie geredet. Er drehte sich zu ihr um. Sie lag leise atmend im Bett, das Gesicht zur Tür gewandt. Sie lächelte nicht, blieb stumm, wer war sie? Ihr Mund war in der Stille gefangen wie auf einem Foto. Ein Wort von ihm, und sie hätten wieder zueinandergefunden, doch er betrachtete sie wie ein Fremder.

Ohne dass ihr Blick zugestimmt hätte.

Ich lag neben ihr auf dem Bett, und er griff nach mir, ihrem kostbarsten Besitz. Er hielt die Seiten ins Licht, das von draußen hereinfiel. Als hätte er ihre Hand ergriffen, um daraus zu lesen. Er studierte die Landkarte genauso wie ihr Gesicht.

Was ging ihm durch den Kopf? Hatte er beim Betrachten der Landkarte den Impuls, heimlich aufzubrechen, um herauszufinden, was an dem Ort verborgen war? War er tatsächlich ein solcher Typ, hätte er sie bedenkenlos bestohlen? Raubte er wie alle Männer kleine Kostbarkeiten, um sie dann zu horten? Er hatte bereits ihr Handy gehackt. All ihre Nachrichten gelesen. Er war so klug, dies nicht zu verraten, und trotzdem merkte sie, dass er zu viel wusste.

Wieso, um ein Beispiel zu nennen, hatte er so wenige Fragen gestellt?

Er hatte, indem er aus dem Restaurant gestürmt war, indirekt eingestanden, mehr zu wissen, als er preisgab. Nur hatte er seine Verdächtigungen nicht in Worte gefasst, sondern für sich behalten, als wären sie seine Kumpane, seine Waffen oder die Beweise, die er aus dem Ärmel zöge, wenn man ihr den Prozess machte.

Während eines Anrufs aus Iowa hätte er sich fast verraten, indem er sagte, sie habe ihren Schlüssel im Atelier vergessen. Sie fragte, woher er das wisse, und er antwortete, er habe es geahnt. Er kenne sie in- und auswendig, weil er sie liebe.

Er sammelte Fakten, die er lieber nicht gekannt hätte. Und doch schenkte ihm der Schmerz, der sich während seines Spionierens einstellte, ein Gefühl zunehmender Kraft. Seine Macht schien mit jedem weiteren Beweis zu wachsen. Vielleicht hatte er eine Vorliebe für Negatives, vielleicht war er jemand, der schlechte Neuigkeiten in allen quälenden Details erfahren wollte. Einmal hielt er außerhalb von Iowa City am Straßenrand und weinte eine Stunde, neben sich ein gerade gekauftes, unangetastetes Subway-Sandwich. Er brachte keinen Bissen hinunter. Er konnte nicht weiterfahren. In einem

Telefonat mit einem Freund machte er seinem Herzen Luft, zählte alles auf, was er über Lena herausgefunden hatte. Seine technischen Fähigkeiten als Experte für Cybersecurity erlaubten es ihm, bei jeder ihrer Begegnungen mit Armin dabei zu sein und mitzuerleben, wie sich seine schlimmsten Befürchtungen bewahrheiteten.

Er beschloss, mich wieder neben sie aufs Bett zu legen, vielleicht weil er wusste, dass ich ohne sie wertlos war.

Er packte seinen Laptop ein. Nahm seinen Pass vom Nachttisch, wobei er ihren Atem wie eine Feder auf seiner Haut spürte. Im Bad tastete er wie ein Blinder nach seiner Zahnbürste, ohne das Licht anzuknipsen. Er nahm alles mit, was nicht ihr gehörte. Er ließ den Blick noch einmal durchs Zimmer schweifen, um sicherzugehen, nichts vergessen zu haben. Lena drehte sich im Schlaf zum Fenster um. Sie murmelte ein unverständliches Wort, wahrscheinlich in einem Traum. Er wich zur Tür zurück und verließ das Zimmer.

Am nächsten Morgen stellte sie nach dem Erwachen fest, dass seine Sachen verschwunden waren, und schrieb ihm: Warum hast du mich nicht geweckt?

Sie erhielt keine Antwort.

Sie wartete beim Frühstück auf ihn, obwohl sie es besser wusste, und fragte sich, wohin er verschwunden war. Durch welche Straßen er gegangen war, ob er sich vielleicht verlaufen hatte – war er deshalb die ganze Nacht fort gewesen? Wenn die Tür aufging, sah sie jedes Mal mit einem Lächeln auf, das gleich wieder verflog. Er kam nicht. Als sie sich an der Rezeption erkundigte, erfuhr sie, dass er sich ausgecheckt hatte. Das Zimmer war bezahlt.

Es war kalt. Sie ging zum Restaurant, um ihren Mantel zu

holen. Sie nahm die falsche Straße. Bei Tageslicht sah alles anders aus. Als sie aufs Straßenschild schaute, stellte sie fest, dass sie doch richtig war und schlicht entschlossener weitergehen musste, um das Restaurant zu finden, wo das Essen in einen Eklat gemündet war. Ein Radfahrer sauste an ihr vorbei und blaffte sie an. Sie hatte sich wie eine blinde Touristin auf den Radfahrweg verirrt.

Als sie das Restaurant erreichte, deckte man die Tische für das Mittagessen. Gerade war eine Gemüselieferung eingetroffen, und jemand schleppte Kisten mit Möhren und Blumenkohl herein. Der Kellner vom Vorabend kam auf sie zu, als sie in der Tür stand. Sie wollte zahlen, doch er sagte, ihr Mann habe das schon getan. Er sei, erzählte der Kellner, gestern Abend noch einmal gekommen, kurz bevor sie geschlossen hätten. Er habe mit Karte bezahlt. Er habe ein großzügiges Trinkgeld gegeben. Ihr Mann, sagte der Kellner, war schon weg, als wir merkten, dass Ihr Mantel noch hier war. Ich habe schnell danach gegriffen und bin auf die Straße gerannt, aber Ihr Mann war schon weg – nirgendwo zu sehen.

Der Kellner schaute traurig drein. Er hatte zur Versöhnung beitragen wollen und war bis zur nächsten Straßenkreuzung gelaufen. Sie bedankte sich lächelnd. Das ließ ihn hoffen.

Prego, sagte er, als er ihr in den Mantel half.

Sie ging in ein Café und betrachtete die vorbeigehenden Passanten. Die Geräusche des Kaffeemachens, das Ausklopfen der Einsätze, das Zischen des Dampfes, tröstete sie zunächst, aber dann wurde sie schlagartig von der Realität eingeholt. Sie sah wieder auf ihr Handy. Sie schrieb eine letzte Nachricht:

Mike, wo bist du? Am Flughafen? Ich habe meinen Mantel aus dem Restaurant geholt. Angeblich warst du noch mal dort. Ich muss gleich heulen, Mike. Ich sitze in der Friedrichstraße in einem Café und kann die Tasse kaum noch erkennen.

Zwanzig Minuten später kam eine Antwort. Diese enthielt die Details ihres Fluges nach Bukarest. Er wolle dort auf sie warten, schrieb er. Und: Wir können es schaffen, Lena. Wir können glücklich sein. Es ist jetzt an dir.

43

Wir fuhren eine Weile mit der Bahn, vielleicht eine knappe Stunde. Die Ansagen erfolgten auf Deutsch und auf Polnisch. Wir stiegen in einem ländlichen Bahnhof aus, vielleicht am Rand einer Stadt. Nur Vogelgezwitscher. Das Rauschen des Windes im Laub. Die Stimmen anderer ausgestiegener Fahrgäste: eine Schülergruppe mit ihrem Pfadfinderführer, ein älteres Paar und drei junge Frauen, die aus Berlin zurückgekehrt waren. Hinten auf dem Bahnsteig stieg ein Mann mit Sonnenbrille aus und trat unter die Überdachung, um auf den Fahrplan zu schauen.

Das Bahnhofsgebäude mit Warteraum und Café war seit Langem dicht. Es gab nur noch einen Fahrkartenautomaten und einen Taxistand. Die drei Frauen stiegen in das erste Taxi und sausten in die nächste Stadt. Lena sprach mit dem Fahrer des zweiten Taxis. Wir fuhren an den Schülern vorbei, die im Gänsemarsch dahintrotteten, und folgten danach schnurgeraden Alleen. In Abständen passierten wir Warnschilder mit dem Piktogramm eines Autos, das gegen einen Baum prallte.

An einem Waldrand stiegen wir aus dem Taxi, das sofort zurückfuhr. Überall Bäume, ein Eichelhäher schrie. Davon abgesehen hörte man nur das Knirschen der Schuhe auf dem sandigen Weg, zwei Menschen im Einklang, die stumm nebeneinandergingen. Und dem Inneren des Waldes nichts weiter hinzufügten außer noch tiefere Stille.

Wir waren schon ein gutes Stückchen weiter vorgedrungen, als Lena sich fragte, ob wir tatsächlich allein waren. Auf der Straße fiel eine Autotür zu. War eine weitere Person an diesem entlegenen Ort aus einem Taxi gestiegen? Nachdem das Auto weggefahren und wieder Stille eingekehrt war, schien sich ein unbekannter Verfolger in dieser Einsamkeit zu verbergen, der sie heimlich beobachtete wie ein Raubtier.

Lena drehte sich mehrmals um.

Folgt uns jemand?, fragte sie.

Dann musste sie über sich selbst lachen. Reine Einbildung, meinte sie. Als New Yorkerin fand sie es unbegreiflich, dass eine Gegend so menschenleer sein konnte. Sie gingen weiter und erreichten eine Lichtung mit einigen Ställen und einer Koppel. Das Wiehern der Pferde wurde von anderen, weiter entfernten Pferden erwidert. Lena, die am Zaun stand, griff in ihre Tasche.

Sie bekommen einen Apfel, sagte sie.

Sie warf den Apfel, doch er prallte von einem der Pferde ab, und sie lachte über ihre Ungeschicklichkeit, während die Tiere erschrocken die Flucht ergriffen, als hätte man einen Stein auf sie geworfen. Sie drehten eine Runde über die Koppel und kehrten dann vorsichtig zurück.

Lena hoffte, dass eines den Apfel entdeckte. Sie wartete auf das Krachen, mit dem die unansehnlichen bräunlichen Zähne den Apfel auf einer Kieferseite zermalmten, den süßen Saft über die Lefzen triefen ließen. Doch die Pferde nahmen die Frucht nicht wahr, obwohl sie direkt vor ihnen lag.

Na, kommt, sagte Lena zu den Pferden. Was ist los mit euch? Der Apfel ist lecker.

Sie wissen nicht, dass es ein Apfel ist, sagte Armin.

Armin war noch nicht zu seiner Schwester nach Amsterdam geflogen, weil er in Berlin vor seiner Abreise noch einiges zu erledigen hatte. Er vertrieb sich die Wartezeit mit logistischen Aufgaben, kommunizierte mit den Tournee-Promotern, buchte Zimmer und Flüge und sorgte dafür, dass die Ausrüstung per Lkw in die Niederlande geschafft wurde.

Sie gingen immer tiefer in den Wald. Irgendwann legten sie eine Pause ein und aßen ein Gebäckstück. Wildschweine hatten den Boden neben dem Weg zerwühlt. Lena sagte, es sehe aus wie von einem Landwirt umgepflügt. Es müsse eine ganze Rotte gewesen sein, meinte sie. Die Erde war noch frisch, vermutlich war es während der Nacht oder am frühen Morgen geschehen.

Als sie weitergingen, hatte Lena erneut das Gefühl, beschattet zu werden, und sie fuhr herum, weil sie den unsichtbaren Verfolger stellen wollte.

Mike, rief sie. Bist du das?

Keine Antwort. Sie sagte zu Armin, sie scheine langsam verrückt zu werden. Wenn sie durch eine volle Straße gehe, habe sie nie das Gefühl, verfolgt oder angestarrt zu werden. Warum habe man im Gegensatz dazu an menschenleeren, einsamen Orten wie diesem das Gefühl, heimlich beobachtet zu werden?

Ruf ihn doch an, meinte Armin.

Auf dem Handy?

Sie wollte nicht, dass ihr in dieser Baumlandschaft irgendjemand im Nacken saß. Sie holte ihr Handy heraus und rief ihn an. Keine Reaktion. Kein Klingelton im stillen Wald, der ihren Verfolger verraten hätte. Die Bäume gaben das, was sie sich einbildete, nicht preis.

Ich bin doch bescheuert, sagte sie. Er sitzt gerade im Flugzeug, auf halbem Weg nach Rumänien.

Bald darauf endete der Wald, und sie standen im Freien. Dann erreichten sie einen Schweinemastbetrieb, der aus mehreren langen, fensterlosen Gebäuderiegeln bestand. Dort schien sich kein Mensch aufzuhalten. In den Gebäuden waren nur die Geräusche der Schweine zu hören, wahrscheinlich Tausende. Sie schienen allein zurechtzukommen, aus automatisch befüllten Behältern zu fressen und zu saufen. Sie grunzten und quiekten, kommunizierten in großen, voneinander getrennten Pferchen, ohne zu ahnen, dass draußen eine Welt mit Tageslicht, Sonnenschein, Luft, Bäumen, Matsch und Futter zu entdecken war. Was, wenn sich das Gerücht von der Existenz einer solchen Welt in den überfüllten Pferchen verbreitete? Würde das Wissen von einer solchen Freiheit ihren Gleichmut trüben?

Ich glaube, wir sind falsch gegangen, sagte Lena.

Nein, warte mal, sagte Armin.

Sie studierten die Karte, und schließlich gelangte Armin zu der Erkenntnis, dass der Schweinemastbetrieb erst vor Kurzem gebaut worden war, und zwar auf dem zum Hof gehörenden Stück Land, auf dem sich früher der Bildstock befunden hatte. Er entdeckte den Pfad, der hinter dem Gebäudekomplex weiterführte. Sie folgten ihm und gelangten zu dem Flüsschen, das von der schmalen Brücke überspannt wurde. Nachdem sie diese überquert hatten, konnten sie ein Bauernhaus sehen, das der Zeichnung auf der Karte im Buch entsprach.

Das Bauernhaus war verlassen und verrammelt. Die Zufahrt war von Unkraut überwuchert, Rankenpflanzen krochen die Türstufen hinauf. Die Natur eroberte den Hof zurück, drang Stück für Stück an Orte vor, die zuvor penibel gepflegt worden waren. Auf dem Hof stand noch ein Traktor. Gras wucherte um seine Räder, ein Ahorn spross vor der Motorhaube. Ringsumher lagen weitere Maschinenteile. Die aus Holz erbauten, ungenutzten Scheunen verfielen. Manche Türen standen offen. Im Inneren waren Pferche für Rinder und Schweine, leere Tröge und Körbe zu erkennen. Eine Taube flatterte aus einem Dachboden und floh über die Felder.

Armin war es, der am Ende beschloss, das Tor einer Scheune aufzuschieben. Die Schaukel war noch dort. Der hölzerne Sitz war rissig, verzogen und hing etwas schief. Die langen Seile waren in vier Metern Höhe an einem Balken befestigt. Sie waren zerfranst, aber heil. Vielleicht hatte man sie ausgetauscht.

Lena traute sich nicht zu schaukeln, doch Armin war mutiger. Sie stieß ihn an. Die Seile knarrten nach der langen Zeit der Reglosigkeit unter der Belastung. Er schwang sich immer höher, bis er das Gefühl hatte, hoch über den Feldern zu fliegen, bis zum Horizont. In den blendenden Sonnenschein. Und dann wieder in die Schatten der Scheune. Er schwang auf und ab, aus dem Dunkel ins Licht und wieder zurück. Kleine Schwärme von Fruchtfliegen, die in den Seilen nisteten, wurden aufgescheucht.

Lena lehnte im Tor, während Armin immer schwungvoller schaukelte. Sie sah noch einmal auf die Landkarte.

Diese war an einem Nachmittag des Jahres 1933 gezeichnet worden. David Glückstein war mit dem Fahrrad aus Berlin gekommen, um seine Verlobte, Angela Kaufmann, zu besuchen. Damals hatte dieser Ort vor Leben gebrummt. Draußen weidete Vieh. Gänse und Hühner liefen über den Hof, der Hund schlief auf der Haustreppe. David und Angela sahen aus der Scheune, wie ihr Bruder nach dem Mittagessen mit dem Pferdepflug aufbrach.

Sie sprachen über ihre Heiratspläne. Die Hochzeit solle auf dem Hof gefeiert werden, sagte David, ganz schlicht, mit Tischen im Freien, unter den Sternen. Während Angela im Scheunentor schaukelte, sprachen sie davon, eine Familie zu gründen, auf dem Land zu leben. Die Luft ringsumher war bedrohlich still, als könnte jederzeit etwas kippen oder eines der Seile reißen.

Angela sah zu, wie ihr zukünftiger Ehemann den Granitsockel mit der Sonnenuhr zur Seite wuchtete. Darunter lag eine Steinplatte als Basis. Er zog sie weg und begann, mit einem Spaten ein Loch zu graben. Sobald es tief genug war, ging er ins Haus und kehrte mit einer Metallkiste zurück. Angela sprang von der Schaukel. Die Schatten der langen Seile kreisten auf dem Boden der Scheune um die eigene Achse, während sie neben ihm stand und zuschaute, wie er die Metallkiste in das Loch tat.

Wir wollen alles abstreifen, es gibt nur noch uns selbst, sagte er.

Er schaufelte das Loch in aller Ruhe zu. Schließlich legte er einen kleinen Sandsack darauf, auf diesen wiederum einen Sack voller Kiesel. Er zog die Steinplatte darüber und wuchtete die Sonnenuhr an ihren angestammten Ort. Zu guter Letzt wischte er sich mit seinem Taschentuch die Hände ab.

An einem warmen Frühlingstag des Jahres, in dem Hitler an die Macht kam, standen sie neben der Sonnenuhr und betrachteten das Feld, auf dem Angelas Bruder pflügte. Er winkte ihnen, und sie winkten zurück. Dann griff der Professor in seine Jackentasche und holte einen Bleistiftstummel hervor, nicht länger als eine Zigarette. Ein Zimmermann hätte ihn hinters Ohr klemmen können. Er schlug das Buch ganz hinten auf, sein Exemplar von Joseph Roths *Die Rebellion*. Angela, die es gelesen hatte, hatte es ihm nachmittags, gleich nach seiner Ankunft, mit den Worten zurückgegeben, sie liebe die Stelle, die erzähle, wie der Leierkastenmann in Berliner Hinterhöfen seine Melodien erklingen lasse und es Geld aus den Fenstern regne.

Mit dem Stummel zeichnete er eine Karte des Ortes, an dem die Metallkiste versteckt war. Es ging ihm nicht sosehr um einen genauen Lageplan, sondern vielmehr darum, diesen Tag vor dem Vergessen zu bewahren. Egal, was geschähe, egal, wohin sie sich begeben würden oder wohin man sie verschleppte – die Karte würde diesen bukolischen Nachmittag verewigen. Er notierte einige wenige geografische Angaben, denn nur Eingeweihte, die wussten, wie sehr sie einander liebten, sollten diese Landkarte zu Gesicht bekommen. Mit der Schulter im Scheunentor lehnend gab er sich große Mühe, alles korrekt wiederzugeben. Er skizzierte den Lichteinfall jenes bestimmten Nachmittags und fügte nur Details hinzu, die für sie beide von Bedeutung waren: die Sonnenuhr, die Schaukelseile, die Scheunen, das Bauernhaus, den Bildstock, den Wald, die Eiche mit der Sitzbank. Ein Pfeil verwies auf das nächste Dorf, das jedoch ungenannt blieb. Es war ein einmaliger Tag an einem einmaligen Ort, von dem sie spurlos verschwanden.

Nur die leise tanzende Schaukel zeugte noch von ihnen.

44

Die Seile knarrten noch. Es war Frühherbst, bald einhundert Jahre später, und die Nachmittagsluft hatte etwas Schneidendes, als würde sie von der kommenden Kälte künden. Auf den Feldern regte sich nichts. Sie waren abgeerntet. Nur Weizenstoppel und Krähen, die nach letzten Körnern pickten. Die Scheunen waren verwaist.

Lena hob den Blick und fragte: Warum steht der Sockel schief?

Sie meinte den Granitsockel der Sonnenuhr. Sie ahnte vermutlich, dass Steine absanken, weil sich der Boden allmählich verdichtete. Man kannte das von Grabsteinen. Sie ging zur Sonnenuhr und versuchte, den Sockel wegzuwuchten. Armin sprang von der Schaukel, um ihr zu helfen. Sie entdeckten eine Steinplatte unter dem Sockel. Als sie diese anhoben, suchten diverse Krabbeltiere Schutz in der Dunkelheit des Bodens. Armin ging wortlos in die Scheune und suchte, bis er eine kurze, rostige Kartoffelforke fand. Lena trat zur Seite, als er zu graben begann. Nach einer Weile übernahm sie und grub weiter, bis die Zinken auf Metall stießen.

Sie grub mit den Händen weiter. Nachdem sie die Metallkiste aus dem Boden gehoben hatte, riss Armin ein Büschel dürrer Gräser aus, um sie abzuwischen. Dann knieten beide im Gras und betrachteten ihren Fund.

Ein Wind fuhr über die Felder und ließ Weizenhalme senkrecht durch die Luft tanzen. Auf einem Dach saß eine Krähe und beäugte sie. Die Schaukel im Scheunentor schwang noch hin und her, träge, fast unmerklich.

Das Schloss ließ sich leicht knacken.

In der Metallkiste lag ein kleiner Lederbeutel, überzogen von weißlichem Schimmel. Lena öffnete ihn und fand darin einen einzigen Gegenstand. Es war ein blauer Füllfederhalter. Seine Metallteile waren rostig. Sie schraubte die Kappe ab und stellte fest, dass die auf der Feder sitzende Tinte trocken und verkrustet war. Die Spitze der Feder war abgebrochen. Am Clip, dazu gedacht, den Füller aufrecht in der Jackentasche zu halten, hing ein Kärtchen an einem feinen Band. Darauf standen der Name eines Schreibwarenhändlers sowie eine mit Bleistift geschriebene Notiz, die noch lesbar war. Lena reichte den Füller an Armin weiter, und er entzifferte die winzige Schrift: *Feiner Bruch in der Hülle.*

Da saßen sie nun, Entdecker des Unerwarteten. Sie hatten etwas geborgen, das seit hundert Jahren in der Erde gelegen hatte und keinen materiellen Wert besaß. Sie verharrten im Augenblick der Desillusionierung, betrachteten das verrostete Zeugnis der Liebe zweier Menschen. Ein Beweis ihrer Existenz, lange nachdem sie von der Welt verschwunden waren. Ein Artefakt, das im Erdboden geschlummert hatte, darauf wartend, durch Fantasie zu neuem Leben erweckt zu werden.

Die Welt schien verstummt zu sein. Es war einer jener Momente, wenn den Bäumen der Atem stockt, alles innehält, ein Reh aufblickt, eine Krähe äugt.

Lena, den kaputten Füllfederhalter in der Hand, fragte sich, ob sie ihn wieder vergraben sollte.

Eine absurde Überlegung.

Sie hatten den Füller geborgen, es wäre also unsinnig, ihn erneut dem Erdboden zu übergeben. Täten sie das, dann würden die Menschen, die ihn vergraben hatten, ein weiteres Mal in Vergessenheit geraten. Es wäre, als würde man alles Erz dieser Welt an seinen Ursprungsort zurückbefördern. Es wäre gleichsam eine Entausgrabung, eine Zeitumkehrung, eine Unentdeckung von Kontinenten. Dies war der Füller, mit dem Angela Kaufmann ihre Briefe an David Glückstein geschrieben hatte. Der Füller, dessen Tinte ihre Finger verfärbt hatte, sodass sie zu ihrer Belustigung bei der ersten Begegnung mit David, abends im Theater, einen blauen Daumenabdruck auf dem Programmheft hinterlassen hatte. Der Füller, mit dem sie einen Roman begonnen hatte, obwohl dieser zum Zeitpunkt seiner Fertigstellung in Deutschland keinen Verlag mehr gefunden hätte. Sie hatte dieses defekte Schreibinstrument unzählige Male in der Hand gehalten, und als David es zwecks Reparatur nach Berlin mitgenommen hatte, war ein dunkelblauer Fleck in seinem Jackenfutter zurückgeblieben. Er hätte ihr ebenso gut einen neuen Füller kaufen können. Er hatte genügend Geld, um gleich mehrere deutsche Schreibfederhersteller aufkaufen zu können, und doch lag ihm daran, diesen Füller zu erhalten, den sie benutzt hatte, um sich in die Welt hineinzuschreiben. Der Sohn eines Papierfabrikanten, verliebt in eine junge Frau, die jede leere Seite zu füllen gedachte, die sie fände. Dieser Gegenstand war die einzige Spur, die beide hinterlassen hatten, er verkörperte ihre gemeinsame Zeit. Ihre Geschichte in Gestalt eines archäologischen Fundes. Ein unbrauchbares Artefakt, das ein Ende jenseits des Endes markierte. Ein billiger blauer Füllfederhalter mit einem Kärtchen aus der Werkstatt, das besagte, er habe seinen Zweck erfüllt, könne nicht mehr repariert werden.

Ein Gegenstand, der kostbar war, weil er jeden Wert verloren hatte.

Geräusche einer Welt, die seit hundert Jahren nicht mehr existierte, waren als verspätete Echos in der Landschaft zu hören. Eine jenseits der Felder vorbeischnaufende Lokomotive. Der Hufschlag eines Pferdes, das auf der Allee eine Kutsche zog. Ein Pfiff. Ein Ruf, der über den Hof schallte und in einer Scheune mit einem heute vergessenen Zungenschlag erwidert wurde.

Und eingebildete Leierkastenmusik.

Lena tat den defekten Füller in den Lederbeutel. Sie hatten keine Zeit mehr, über ihren Fund zu reden oder zu beratschlagen, was damit zu tun wäre, weil sie plötzlich von den Geräuschen der Gegenwart eingeholt wurden. Der Mann, der ihnen gefolgt war, trat in ihr Sichtfeld. Sie hörten seine Schritte. Das Knacken, mit dem ein Zweig zerbrach.

Nun wurde deutlich, wie machtlos Literatur in einem solchen Fall ist. Wie soll ein Buch Alarm schlagen? Wo war der Eichelhäher, wenn man seinen Ruf brauchte? Selbst das Quieken der unzähligen Schweine in ihren Pferchen war nutzlos. Was am lautesten sprach, war das weiße Rauschen der Felder.

Er erschien hinter einer Scheune und ging auf den Hof. Anfangs wirkte er wie ein Angestellter des Schweinemastbetriebs, den man ausgesandt hatte, um nachzuschauen, warum zwei Fremde hier ein Loch ausgehoben hatten. Die Wucht, mit der er seine Füße auf den weichen Boden setzte, war Warnung genug.

Als er so nahe war, dass sie ihn erkennen konnten, stellten sie verblüfft fest, dass es sich nicht um Mike handelte. Sondern um Bogdanow. Er musste ihnen die ganze Zeit gefolgt sein, in der Bahn, im Taxi, auf ihrem Weg durch den Wald. Er hatte im Versteck gelauert, bis sie die Vergangenheit ausgegraben hatten. Auf sie zugehend rief er ein Wort, das im nachmittäglichen Sonnenschein klang, als würde er in die Hände klatschen.

Fresser.

Lena drehte sich nach Bogdanow um, als läge es in ihrer Natur, dem Angreifer die Stirn zu bieten, entschied sich dann aber anders und beschloss, sich in Sicherheit zu bringen. Sie warf den Lederbeutel in ihre Tasche, ergriff Armin beim Arm und floh mit ihm in die Scheune, vorbei an der Schaukel, vorbei an leeren Wassertrögen.

Wenn man nicht schlendert, sondern flieht, scheinen Strecken weiter zu sein, als sie tatsächlich sind. Aus der Luftperspektive hat es den Anschein, als käme der Fliehende nicht voran, weil er nicht schneller ist als sein Verfolger. Wahrscheinlich wäre es auch hier so gewesen, außer Bogdanow hätte athletische Qualitäten besessen oder andere Mittel gehabt, zu den beiden aufzuschließen.

Er stürmte in die Scheune, ohne auf die Schaukel zu achten, die am Balken hing. Vielleicht lag sie im Schatten. Es hatte den Anschein, als würden die zwei dünnen Seile mit der Holzkonstruktion des Gebäudes verschmelzen. Bogdanow lief direkt auf die Schaukel zu, als wollte er sich wie ein Kind mit dem Bauch daraufwerfen. Nach zwei, drei weiteren Schritten prallte der Sitz gegen seinen Unterkiefer. Eine Beleidigung seiner Intelligenz. Er fegte die Seile zur Seite wie Spinnweben.

Diese kurze Verzögerung erlaubte es Lena und Armin, die Scheune auf der anderen Seite zu verlassen. Sie rannten auf den zentralen Hof, wo ein Traktor etwas schief am Hang einer Senke stand, früher ein Feuerlöschteich. Dort hatten Gänse und Enten geplanscht. Nun war sie ausgetrocknet. Hier, an diesem geschützten Ort, dem Herz des Bauernhofs, hatte man im Sommer ein Feuer entfacht und gefeiert.

Hier hatten David und Angela Glückstein ihren Hochzeitsempfang gegeben, mit Tischen und Stühlen, die man aus dem Haus geholt hatte, und mit Leinendecken, die wegen des Windes festgeklemmt worden waren. Hier wurden die Hochzeitsreden gehalten, und die Scheunen schienen voll applaudierender Menschen zu sein. Ein Musikquartett spielte auf dem Rasen Bach, das Cello klang, als würde es unter der Erde ertönen. Die Gäste saßen bis zum späten Abend bei gekühltem Wein. Irgendjemand stand auf und sang ein Lied über die Wolga. Man hatte Laternen an die Scheunenwände gehängt, und man tanzte auf einem Boden aus Holzlatten unter den Sternen.

Schließlich kamen noch späte Hochzeitsgäste.

Automobile, in deren Scheinwerferlicht sommerlicher Staub wogte, hielten vor dem Wohnhaus. Uniformierte Männer stiegen aus, ließen die Türen offen stehen. Sie begaben sich schnurstracks auf den zentralen Hof, als wären sie eingeladen, scherten sich nicht um den kläffenden Hund. Die Gäste blickten auf. Die Musik verstummte, und die Tanzenden erstarrten mitten im Schritt, als der befehlshabende Offizier sagte: Bitte lassen Sie sich nicht stören. Machen Sie ruhig weiter. Er wies die Musiker an weiterzuspielen. Er habe nicht die Absicht, das Fest zu beenden, er sei nur da, um dem Brautpaar zu gratulieren. Tanzen Sie bitte weiter, wiederholte er, die Nacht ist herrlich, sehen Sie die Sterne? Die Musiker mussten gegen ihren Willen weiterspielen. Auf dem Lattenboden setzten die Menschen ihren Tanz zum Klang einer zutiefst melancholischen Melodie mit der Steifheit lebensgroßer Puppen fort.

Man führte Professor Glückstein in eine Scheune. Dort musste er sich auf einen Melkschemel setzen. Seine Braut Angela wurde in eine gegenüberliegende Scheune gebracht. Man verhörte sie im Schein der Laternen. Das Quartett spielte noch eine gute Stunde, dann waren die Musiker erschöpft. Währenddessen durchsuchten die anderen Uniformierten Wohnhaus, Scheunen und Ställe. Es hörte sich an, als würde ein Fuchs über Hühner herfallen. Einige Tiere liefen frei umher, die Kühe standen auf dem Hof, als wollten sie der Musik lauschen. Doch es war nur Zeitverschwendung. Sein Vermögen, sein Wissen, ihre Arbeit, ihre Vorstellungen, ihre Gespräche, ihr Glück, der Tag, an dem sie ihren kaputten blauen Füllfederhalter unter der Sonnenuhr vergraben hatten, auch die Landkarte, die er hinten in ein Buch gezeichnet hatte – auf all das hatte niemand Zugriff. Gegen Morgen hatte man den ganzen Hof auf den Kopf gestellt, ohne etwas gefunden zu haben. Die Gäste waren noch da, sie standen stumm vor den Stufen des Hauses, während man den Professor und seine Frau, beide übernächtigt, aber trotzig, mitnahm. Sie sollten einander nie wiedersehen. Das Hochzeitsfest war ihre letzte gemeinsame Nacht gewesen. Sie wurden getrennt in Autos gesetzt. Der Konvoi entfernte sich auf der Allee, und dann waren die Limousinen außer Sicht.

45

Hier haben meine Reisen ihr Ende gefunden. Ich liege mitten in einem großen Berliner Ausstellungsort auf einem Tisch. Daneben steht ein einsamer Stuhl. Alle fünfzehn Minuten setzt sich ein Schauspieler und liest eine willkürlich ausgewählte Passage von einer Minute Länge. Mehrere Größen aus der Schauspielwelt sind dabei. Stimmen, die man aus Fernsehen und Kino kennt, aber auch Leute aus der Musikindustrie haben sich Zeit genommen, sie bilden eine große Traube rund um den Tisch.

Die Ausstellungstexte ermuntern Besucherinnen und Besucher, sich zu setzen und selbst einen Abschnitt zu lesen. Sie dürfen die Ausstellungsstücke nach Belieben berühren, betasten, zur Hand nehmen und begutachten. Manch einer greift nach dem blauen Füllfederhalter mit dem Kärtchen aus der Werkstatt, der auf einem anderen Tisch neben dem Lederbeutel und jener Metallkiste liegt, in der er jahrzehntelang verborgen war. Manche Besucher gehen sogar so weit, die Landkarte hinten im Buch zu betrachten und den kleinen Finger in das Loch zu stecken, das die Kugel hinterlassen hat. Eine kreisrunde Wunde, die den letzten Buchstaben des Wortes *Rebellion* beschädigt hat. Wenn man das Buch ins Licht hält, kann man durch den Schusskanal bis zur Austrittswunde schauen. Die Seiten durchblätternd kann man den Weg der Kugel verfolgen, er gleicht einem Tunnel, den ein Wurm durch den Text gefressen hat. Dieser ist schmal, es war ein Neun-Millimeter-Geschoss, abgefeuert aus einer Glock-Pistole.

Auf einem anderen Tisch steht eine weiße Schale mit menschlicher Asche. In manchen Medien wurde die Ausstellung als Inszenierung einer Beerdigung charakterisiert. In der *Morgenpost* schrieb ein Kritiker, die Ausstellung ehre den Verstorbenen, indem sie im metaphorischen Sinn seine Asche verstreue.

Andere sahen die öffentliche Zurschaustellung menschlicher Überreste kritischer. Hin und wieder kann man beobachten, wie Besucher einen der drei Bombensplitter aus der Asche fischen, und das geht in Ordnung – würde man ein solches Ausstellungsstück hinter Glas verschließen oder die Besucherinnen und Besucher bitten, nichts zu berühren, dann hätte das Ganze keinen Sinn mehr. Die Künstlerin will, dass die Betrachter der unsichtbaren Grenze zwischen Leben und Tod möglichst nahe kommen.

An einer Wand hängt eine Reihe von Bildern oder Screenshots, die aus einem Nachrichtenbeitrag stammen. Das Material wurde auf dem Höhepunkt des zweiten Tschetschenienkrieges von einem österreichischen Fernsehteam gefilmt. Darauf sieht man zwei Kinder, Junge und Mädchen, in einem Krankenhaus, in das sie nach dem Bombentod ihrer Eltern eingeliefert wurden. Das Mädchen ist verängstigt. Sie starrt ihren dick bandagierten Beinstumpf verständnislos an. Ihre Miene verrät einen anhaltenden Schock, sie traut sich nicht zu weinen, schaut sich offenbar nach ihrer Mutter um, wartet auf jemanden, der ihr erklären kann, was los ist. Die Schwestern kümmern sich nach Kräften. Einige rennen durch den

Flur, fast panisch, weil draußen weiter Bomben fallen. Sie wissen nicht, welcher Teil des Krankenhauses den Kindern noch Schutz bietet.

Das sind Bilder, die erschüttern, doch es folgt eine Fotoserie, die beide Kinder als Erwachsene zeigt. Der Bruder hat einen Arm um seine Schwester gelegt, die ihre Beinprothese präsentiert, und beide lachen. Ein anderes Foto zeigt, wie sie an einem Sommerabend im Badeanzug in einem See im Norden Berlins steht, die Sonne im Rücken, die Beine bis knapp über die Knie im Wasser. Man sieht nicht, dass sie einbeinig ist, so als hätte der See die Macht, die Folge der Bombenexplosion ungeschehen zu machen, ihre Lebensgeschichte samt der Kindheit in Tschetschenien unter der Oberfläche zu verbergen.

Das zentrale Ausstellungsstück ist eine aktuelle Röntgenaufnahme des jungen Mannes, auf der die Relikte der Explosion erkennbar sind. Die Aufnahme zeigt jene drei Bombensplitter in seinem Körper, die nun in der Asche liegen, zu der dieser Mensch geworden ist.

Laut des medizinischen Befundes, der während des Mordprozesses präsentiert wurde, trat die Kugel in den Rücken ein und blieb dicht neben Armins Herz stecken. Seine Lunge füllte sich mit Blut. Er erstickte. Die Kugel selbst stand für die Ausstellung nicht zur Verfügung, weil sie das zentrale Beweisstück der Anklage war. Ballistikexperten beschrieben sie als hochwertiges Geschoss mit einem gehärteten Stahlmantel, der den Kern aus Blei umschloss. Sie war deformiert, weil sie auf ihrer Schussbahn auf diverse Hindernisse traf. Die Tasche, die sich Armin über den Rücken geworfen hatte, durchdrang sie dagegen problemlos, ebenso den darin steckenden Roman über den Leierkastenmann und die Landkarte mit der Eiche, neben der der Tote lag.

Sie waren gerannt, was das Zeug hielt. Über den inneren Hof, vorbei an der Wasserpumpe mit dem schmiedeeisernen Schwengel, vorbei am baufälligen ehemaligen Pferdestall und zum Pfad, der in den Wald führte. In diesem stillen Labyrinth, wo sich die Bäume endlos vervielfältigten, hofften sie, ihren Verfolger abzuhängen. Armin trug Lenas Tasche und hielt ihre Hand, während sie rannten. Dann ließ er los und ging zu Boden. Lena kniete sich neben ihn und hob seinen Kopf an, stellte ihm Fragen, damit er das Bewusstsein nicht verlor. Ob er sich noch daran erinnere, mit ihr auf der Brücke gestanden zu haben. Oder an die Bar mit dem Tisch, der aus einem Autoscooter angefertigt worden war. Oder an die Kühlschrankmagneten. Wisse er noch, welcher seinem Herzen am nächsten gewesen sei, vielleicht der in Gestalt einer Flasche russischen Wodkas? Er antwortete nicht, röchelte bloß erstickt. Sie sprach weiter, obwohl klar war, dass er sie nicht hören konnte. Sie sagte seinen Namen, versprach, bei ihm zu bleiben, Hilfe zu rufen.

Am Abend der Ausstellungseröffnung sprach Julia Fernreich zu den Gästen, stellte dann Armins Schwester vor und bat sie, ein paar Worte zu sagen. Madina schilderte, wie sie und ihr Bruder mithilfe von Schleusern, die ihre Tante organisiert hatte, nach Deutschland gekommen waren. Sie seien in einer wunderbaren Frankfurter Familie aufgewachsen, sagte sie und winkte, denn ihre Adoptivmutter war anwesend. Madina beschrieb, wie der kleine Armin ihren nicht mehr vorhandenen Fuß gekitzelt hatte. Es sei schon komisch gewesen, meinte sie, denn wenn er ihren zweiten Fuß gekit-

zelt habe, jenen, der ihr geblieben sei, dann habe das nie gekitzelt, ganz gleich, ob er es mit einer Feder, einer Gabel oder
der Truthahnkralle versucht habe, die ihre Eltern im Flur
über eine Tür gehängt hatten. Sie habe nie gezuckt. Selbst
wenn sie mit verschränkten Armen tausend Jahre lang da-
gelegen hätte, meinte sie, hätte er ihr kein Lachen entlocken
können. Sie habe erst gekreischt, wenn er ihren nicht mehr
vorhandenen Fuß gekitzelt habe. Dann habe sie das fehlende
Bein weggerissen und unter dem Kopfkissen versteckt, ihn
angefleht, aufzuhören: Nein, Armin, nicht der verschwun-
dene Fuß, bitte.

Dann griff sie nach dem Akkordeon und sang ihren Song
»No Time for Bones«.

Als Lena aufgefordert wurde, etwas zu sagen, erklärte sie,
Worte könnten ihren Gefühlen nicht gerecht werden. Sie las
stattdessen den Text eines Ausstellungsstücks, einen Absatz,
den Joseph Roth in seiner winzigen Handschrift geschrieben hatte.

»Damals war es noch nicht gleichgültig, ob ein Mensch lebte
oder starb. Wenn einer aus der Schar der Irdischen ausgelöscht wurde, trat nicht sofort ein anderer an seine Stelle,
um den Toten vergessen zu machen, sondern eine Lücke
blieb, wo er fehlte, und die nahen wie die fernen Zeugen des
Untergangs verstummten, sooft sie diese Lücke sahen. Wenn
das Feuer ein Haus aus der Häuserzeile der Straße hinweg-
gerafft hatte, blieb die Brandstätte noch lange leer. Denn die
Maurer arbeiteten langsam und bedächtig, und die nächsten Nachbarn wie die zufällig Vorbeikommenden erinnerten sich, wenn sie den leeren Platz erblickten, an die Gestalt

und an die Mauern des verschwundenen Hauses. So war es damals! Alles, was wuchs, brauchte viel Zeit zum Wachsen; und alles, was unterging, brauchte lange Zeit, um vergessen zu werden. Aber alles, was einmal vorhanden gewesen war, hatte seine Spuren hinterlassen, und man lebte dazumal von den Erinnerungen, wie man heutzutage lebt von der Fähigkeit, schnell und nachdrücklich zu vergessen.«

46

Der Mörder stand über seinem Opfer und schnappte sich Lenas Tasche. Danach packte er sie bei einem Arm. Sie wandte jeden Selbstverteidigungskniff an, den sie in Philadelphia gelernt hatte, bis er seine Pistole drohend auf ihren Kopf richtete. Sie rief spontan einen Namen, weil sie hoffte, ihn ablenken und währenddessen mit der Schnellwahltaste ihres Handys Hilfe rufen zu können.

Julia, schrie sie.

Bogdanow durchschaute sie sofort. Sie könne so viel schreien, wie sie wolle, sagte er, niemand würde sie hören. Er nahm ihr das Handy ab und zwang sie, in eines der Nebengebäude zu gehen. Nicht in die Scheune mit der Schaukel, sondern in den einstigen Pferdestall. Das Dach war teils eingebrochen, die Türen hatten sich aus den Angeln gelöst. Er stieß sie in eine Ecke, wo sie gegen einen Metallring prallte, an dem man die Pferde festgebunden hatte.

Er kippte ihre Tasche aus, und das zu Boden fallende Buch öffnete sich auf der Seite mit dem Hakenkreuz. Bei diesem Anblick musste er schallend lachen. Er öffnete den Lederbeutel und fischte den blauen Füller heraus. Eine herbe Enttäuschung. Er hatte eine kostbare Belohnung für seine Vorherrschaft erwartet, vielleicht einen Schatz, aber ganz sicher keinen kaputten, wertlosen Gegenstand. Er warf den Füller wutentbrannt weg und drehte sich zu Lena um, als wäre sie nun kostbarer für ihn als der Inhalt des Beutels.

Zunächst war unklar, wer eingriff. Wäre es möglich, dachte ich, dass Armin die Kraft gefunden hatte, auf die Beine zu kommen und ihr zu Hilfe zu eilen? Es war eine doppelte Überraschung, als sich herausstellte, dass es Mike war, der mit der kurzen Kartoffelforke in der Hand dastand wie ein Geist, der auf ihren Ruf hin erschienen war.

Wie konnte er wissen, wo Lena war?

Warum hatte er sie gesucht? Aus manischer Liebe? Aus Treue, Eifersucht, Kontrollsucht, Besessenheit oder aufgrund des typisch männlichen Glaubens, jemanden besitzen zu können und nie aus den Augen lassen zu dürfen? Durch seine umfassenden IT-Kenntnisse hatte er jedenfalls herausgefunden, dass sie ihn bei seiner Operation Glück nicht begleiten, nicht nach Transsylvanien reisen wollte, dass ihre Ehe kriselte, zu zerbrechen drohte. Er hatte sie aufgespürt, um sie zur Rede zu stellen. Er war ihr die ganze Zeit auf den Fersen gewesen, war ihren Schritten gefolgt, die sich als Punkt auf dem Bildschirm abzeichneten. Anhand des Handyfotos der Landkarte, die sie ihm geschickt hatte, hatte er den Weg zum Bauernhof gefunden.

Hätte er das, was sich unter der Sonnenuhr verbarg, doch nur mit ihr gemeinsam gefunden. Er hatte die Chance vertan, diese Hinterlassenschaft aus der Vergangenheit zu entdecken, und wollte seine Scharte jetzt auswetzen, indem er sie aus höchster Not rettete. Er hörte einen Schuss durch den Wald peitschen, zwischen den Bäumen hin- und herklatschen. Er hörte Lenas Ruf. Er hörte einen Metallring klirren. Er brauchte eine Weile, um sich auf dem Hof zurechtzufinden, griff schließlich nach der Kartoffelforke und eilte, der Schaukel ausweichend, in die Scheune. Für einen quälenden Moment verharrte er auf dem zentralen Hof wie der Teilnehmer einer Realityshow, der diverse Handlungsoptionen gegeneinander abwägen, den richtigen Weg finden muss. Mike rannte in die falsche Richtung, kehrte aber, einer Eingebung folgend, rasch wieder um und erreichte gerade noch rechtzeitig den Pferdestall. Ohne nachzudenken, holte er mit der Forke aus und verpasste Bogdanow einen Schlag gegen den Kopf. Die Zinken der Forke entließen bei der Erschütterung einen summenden, fast melodischen Ton. Bogdanow wirbelte mit wutverzerrter Miene herum, um Mike zu attackieren, aber die Forke summte ein zweites Mal, und dann folgte ein lautloser Stoß, der Bogdanow gegen einen Trog schleuderte.

Alles schien innezuhalten.

Lena stand reglos da und sah Mike in die Augen, als wäre sein unerwartetes Erscheinen schockierender als alles, was sich zugetragen hatte. Er stürmte los und schloss sie in die Arme.

Geht es dir gut?

Hinter ihnen versuchte Bogdanow, auf die Beine zu kommen. Er starrte verständnislos seine blutende Schulter an. Er presste eine Hand auf die schmerzende Wunde und sank gegen den Trog zurück, war zu erschöpft, um sich regen zu können.

Mike las Füllfederhalter und Lederbeutel auf und tat beides in Lenas Tasche. Er besaß sogar die Geistesgegenwart, mich vom Boden aufzuheben. Vielleicht begriff er endlich, wie viel ich ihr bedeutete. Er bemerkte den Kanal, den das

Geschoss hinterlassen hatte. Das verwundete Buch, das er hielt, führte ihm vor Augen, wie knapp er selbst einer Kugel entgangen war. Der Kanal, den das Geschoss quer durch das Buch geschlagen hatte, war Ausdruck puren Hasses. Auch dies war nun ein Teil meiner Biografie. Der Tod eines Lesers. Die Ermordung eines Mannes, der sich in meine Seiten vertieft hat.

Als Lena Mikes Arm auf ihren Schultern spürte, wich das Gefühl der Erleichterung vermutlich unzähligen widersprüchlichen Fragen. Sie bemerkte den selbstgewissen Unterton in seiner Stimme, als er sie ins Freie führte, begann wahrscheinlich, sich über sein unerwartetes Erscheinen an diesem entlegenen Ort zu wundern, dachte vielleicht auch an seine technischen Fähigkeiten, die es ihm ermöglicht haben könnten, sie zu überwachen und spät, aber gerade noch rechtzeitig aufzutauchen, um ihr die Rolle einer hilflosen, geretteten Person zuzuweisen.

Sie riss sich los und rannte zur Eiche, in deren Nähe Armin am Wegrand lag, ungeschützt und einen Arm ins Unkraut gestreckt. Sie kniete sich neben ihn und ergriff seine Hand. Sie sprach zu ihm, obwohl er nicht mehr lebte. Sie weinte und sagte, es tue ihr so leid – es sei ihre Schuld, sie habe ihn mitgenommen. Sie schilderte, wie sie ihn in Erinnerung behalten wolle. Sie erklärte, seine Schwester nicht im Stich zu lassen. Sie würden enge Freundinnen bleiben.

Armin, fragte sie, ist dir kalt?

Sie zog ihre Jacke aus und breitete sie über seinen Oberkörper. Sie rieb seine Hand. Sie umschloss sein Gesicht mit beiden Händen.

Mike, der neben ihr stand und ihre Tasche hielt, wählte

die Notrufnummer. Er dachte an die praktischen Aspekte, nannte die genauen Koordinaten, erklärte, man solle nicht zum Schweinemastbetrieb abbiegen, sondern die nächste Abzweigung nehmen. Es gebe kein Hinweisschild, teilte er den Beamten mit, und die Einfahrt des Hofes verberge sich hinter Lorbeerbäumen, aber man könne die Apfelbäume im Obstgarten und die Torpfosten aus roten Ziegeln sehen. Wenn sie auf dem Hof stünden, erklärte er weiter, sollten sie zum Stall mit dem eingebrochenen Dach gehen, dort befinde sich ein Verletzter, und in der Nähe einer Eiche liege ein Toter. Er werde sie vor dem Tor erwarten, um ihnen den Weg zu weisen.

Lena drückte die Pflanzen nieder, um sich setzen zu können. Sie legte Armins Kopf in ihren Schoß und begann, sich zu wiegen, zu summen, seinen Namen zu murmeln. Seine Körpertemperatur sank immer weiter, bald wäre er so kalt wie der Boden, auf dem er lag, und trotzdem schien er Lenas Gesang zu lauschen.

Mike betrachtete seine Frau und den Toten, als würde ein Teil von ihm selbst mit einer Kugel im Rücken neben der Eiche liegen. Er war ein Betrachter, sah sich aber selbst im Gras liegen und reglos zum Himmel aufblicken. Er wurde zu dem Toten, dem Ermordeten, dem Mann, der einen Platz in Lenas Herz gehabt hatte und nun in der Vergangenheit zu versinken begann. Zu jenem Mann, mit dem Lena im Westen Irlands in einer von Schafen gescharrten Mulde hinter einer Steinmauer vor dem Regen Schutz gesucht hatte. Zu jenem Mann, der mit ihr in der Tate Gallery vor einem Gemälde von Georg Baselitz gestanden und gesagt hatte: Das könntest du auch. Zu jenem Mann, mit dem sie darüber gesprochen hatte, wie es wäre, ein Kind zu bekommen. Und dieser Mann stand nun da und lauschte ihr, als sie versuchte, ein Kind durch ein wortloses Lied ins Leben zurückzuholen.

Sie hob den Kopf und blickte in die flache Landschaft. Sie hörte auf zu singen und richtete stattdessen leise Worte an die Bäume am Horizont.

Er wurde in Grosny geboren, erzählte sie. Einmal zog seine Mutter los, um Brot zu kaufen. Sie versteckte den Laib unter ihrem Mantel und ging, wurde aber von einer anderen Frau verfolgt. Die beiden kämpften auf einer Straße um das Brot, und seine Mutter unterlag. Und später in Frankfurt, wo er als Waisenkind bei einer Familie lebte, fragte er seine Adoptivmutter jeden Morgen: Gibt es heute Abend etwas zu essen? Und sie antwortete jedes Mal lächelnd: Ja, aber sicher. Und danach brach er fröhlich zur Schule auf.

Der Wind frischte wieder auf und strich über die Felder. Die Bäume im Wald begannen zu schwanken, als er mit aller Macht Luft holte. Eichenlaub raschelte wie Stanniol über den Weg. Eine verborgene Krähe ließ sich hören, so laut, dass sie größer zu sein schien, als sie tatsächlich war. Sie stieß drei laute Schreie aus. Ließ etwas später ein Krächzen folgen. Anschließend trat Stille ein. Und dann, nach einer Pause, krächzte sie noch zweimal.

Nachbemerkung

Die Idee, über ein Buch zu schreiben, das 1933 vor der Bücherverbrennung gerettet wurde, hat ihren Ursprung in einer wahren Geschichte, die mir in Magdeburg von Henning Horn erzählt wurde. Als er schilderte, wie ein im sogenannten Dritten Reich verbotenes Buch von seiner Familie versteckt worden war, musste ich an die berühmten Worte Heinrich Heines denken: »Dort, wo man Bücher verbrennt, verbrennt man auch am Ende Menschen.« Diese Worte sind auf einer Plakette zu lesen, die sich am Ort der Berliner Bücherverbrennung, dem heutigen Bebelplatz, befindet. Damals hatten sich Schaulustige versammelt, um die Verbrennung unerwünschter Bücher mitzuerleben, heute blickt man durch eine im Boden eingelassene Glasplatte in einen Raum mit leeren weißen Regalen. Heines Worte hallen bis heute nach, nicht nur, weil sie uns vor Zensur und Menschenrechtsverletzungen warnen, sondern weil man sie auch umgedreht lesen kann: Wenn ein Buch vor dem Feuer gerettet wird, werden auch Menschen gerettet.

Meine Schilderung des Lebens von Joseph Roth und seiner Frau Friederike Roth beruht auf zahlreichen Biografien und Essay-Sammlungen, darunter Werke von David Bronsen, Wilhelm von Sternburg, Michael Bienert, Soma Morgenstern, Géza von Cziffra, Irmgard Keun, Volker Weidermann, Michael Hofmann und Claudio Magris. Die Details von Friederikes Erkrankung habe ich den Krankenakten der Heilanstalten Rekawinkel und Am Steinhof entnommen, die heute im Wiener Stadtarchiv lagern. Die Informationen über den zweiten Tschetschenienkrieg entstammen den Werken der ermordeten russischen Journalistin Anna Politkovskaja. Das Konzept des verwundeten Buches wurde von der Künstlerin Christiane Wartenberg inspiriert, genauer durch eine Ausstellung ihrer Werke, die im Mai 2019 im Haus der Brandenburgisch-Preußischen Geschichte, Potsdam, zu sehen war.

Ich danke Tessa Hadley, Roddy Doyle, Sebastian Barry, Colum McCann, John Banville, Eimear McBride, Neil Jordan und Sinéad Gleeson für ihre großzügigen Ermutigungen. Ich danke meinem Lektor, Nicholas Pearson, 4th Estate, HarperCollins, für seine nimmermüde Unterstützung seit dem Erscheinen von *Gescheckte Menschen*. Grusche Juncker und Regina Kammerer bei meinem deutschen Verlag Luchterhand, Penguin Random House, danke ich dafür, dass dem Roman in der Sprache meiner Mutter Leben eingehaucht wird. Ich danke meinem Londoner Agenten, Peter Straus, und meiner Berliner Agentin, Petra Eggers. Ebenso Stephen Edwards und Cathy King sowie Reagan Arthur bei Knopf. Ich danke Hans-Christian Oeser, der mich in einem frühen Stadium mit klugen Kommentaren unterstützte, und Joe Joyce, Terence Heron und Tim Norton für wertvolle Ratschläge im Hinblick auf Fragen, die sich später ergaben. Ich danke Silvia Crompton, Marigold Atkey und dem gesamten Team von 4th Estate. Ich freue mich über die Unterstützung durch das Arts Council of Ireland – *mo mhíle buíochas*.

In allererster Linie habe ich Mary Rose Doorly zu danken.

Ich bin mir der Schwierigkeiten bewusst, mit denen Joseph Roth zu kämpfen hatte, nachdem sein Lesepublikum aufgrund des Verbots seiner Bücher in Nazi-Deutschland weggebrochen war. Ich denke an die Verleger, die ihm treu blieben, während er um sein Überleben als Schriftsteller rang. Ich denke an die enge Freundschaft mit seinem Kollegen Stefan Zweig, der ihn stützte, wenn er in Verzweiflung zu versinken drohte. Nur das Schreiben, sagte Roth, schenke ihm das Gefühl, lebendig zu sein. Für ihn war Schreiben gleichbedeutend mit Überleben, Zuflucht, Identität, es war das Einzige, was ihm das Gefühl gab, einer Welt anzugehören, aus der man ihn vertrieben hatte. Ich denke, Joseph Roth wäre froh, dieses Buch in Händen zu halten, und ich stelle mir vor, wie wir in seinem Pariser Lieblingsrestaurant anstoßen, dessen Kellnerin seine Manuskripte vor den Nazis versteckte. Sein Werk und sein Leben legen bis heute Zeugnis von der Geschichte ab. Und obwohl es nicht genügt, ein einzelnes Buch zu retten, um auch Friederike Roths Leben vor den Flammen zu bewahren, hoffe ich, dass sie nun einen dauerhaften Platz in unserer Erinnerung einnimmt.

Vor hundert Jahren unternahm Joseph Roth, Starreporter der *Frankfurter Zeitung*, eine Reise durch das hoch industrialisierte Ruhrgebiet und beschrieb die durch den Rauch miteinander verbundenen Städte. Vielleicht ist es der endgültige Beweis für Optimismus und Erneuerungswillen, dass das riesige Gelände eines ehemaligen Stahlwerks bei Duisburg hundert Jahre später einer der größten Renaturierungsräume Europas ist. Unterstützt von vielen Freiwilligen erobern Bäume, Wildblumen und Insekten die Flächen zwischen den rostigen Türmen, Förderbändern und Eisenerzsilos zurück.

An Wochenenden wandern und radeln viele Menschen kilometerweit durch diese sonderbare Parklandschaft. Die maroden Formen werfen abstrakte Schatten. Die untergehende Sonne lässt das Metall in leuchtendem Orange erglühen. Manchmal erzeugt der Wind eine eindringliche Bandbreite von Tönen. Ja – wie ein Leierkasten.

Die Originalausgabe erschien 2021 unter dem Titel
»The Pages« bei 4th Estate, einem Imprint von
HarperCollins Publishers, London.

Sollte diese Publikation Links auf Webseiten Dritter enthalten,
so übernehmen wir für deren Inhalte keine Haftung,
da wir uns diese nicht zu eigen machen, sondern lediglich auf
deren Stand zum Zeitpunkt der Erstveröffentlichung verweisen.

Zitiert wurde aus:
Bertolt Brecht: *Die Dreigroschenoper*. edition suhrkamp 229.
47. Aufl. Berlin: Suhrkamp Verlag, 2022.
Paul Celan: »*Todesfuge*« *und andere Gedichte*.
6. Aufl. Berlin: Suhrkamp Verlag, 2022.
Joseph Roth: *Werke*. Köln: Kiepenheuer & Witsch eBook, 2009.

Penguin Random House Verlagsgruppe FSC® N001967

1. Auflage
Copyright © der Originalausgabe 2021 Hugo Hamilton
Copyright © der deutschsprachigen Ausgabe 2023
Luchterhand Literaturverlag, München,
in der Penguin Random House Verlagsgruppe GmbH,
Neumarkter Straße 28, 81673 München
Umschlaggestaltung: buxdesign | München unter Verwendung
eines Motivs von © Ruth Botzenhardt
Satz: Uhl + Massopust, Aalen
Druck und Einband: GGP Media GmbH, Pößneck
Printed in Germany
ISBN 978-3-630-87681-8

www.luchterhand-literaturverlag.de